艾略特詩選 .1
1909-1922
《荒原》及其他詩作

T·S·艾略特 著　黃國彬 譯註

目　錄

譯者序

　　《艾略特詩選》的翻譯工作始於二〇〇三年。那一年，我的《神曲》漢譯由九歌出版社出版，一項長達十八年的差事結束，有如蒼天從阿特拉斯的肩膀放下，舒暢的感覺只有經歷過類似壓力的同行才想像得到。不過，喜歡翻譯之筆倒沒有患上「恐譯症」；《神曲》漢譯出版後，就把焦點從但丁移向艾略特。結果二〇〇三和二〇〇四年的暑假，全花在艾略特詩歌翻譯的新項目上。

　　艾略特的地位、聲譽、影響，在二十世紀的世界詩壇沒有誰堪與比擬；可是其高度與但丁比較，仍有很大的距離，大概像嵩山之於喜馬拉雅。[1] 因此動筆翻譯他的詩作時心情輕鬆，不覺得有任何壓力。阿特拉斯放下了蒼天，如果我們請他扛阿里山，他一定會微笑著說：「沒問題，把玉山也交給我吧。」

　　「心水清」的讀者見我這樣說，[2] 可能忍不住要竊笑：「你的翻譯項目在二〇〇三年開始，怎麼到二〇二一年才完成？『心情輕鬆，不覺得有任何壓力』，翻譯的速度應該快些才對呀！由開始到結束，竟長達十八年，一條好漢都出來了，還好意思提甚麼『阿特拉斯』。」僅看上述資料，「心水清」的讀者笑得有理。

1　艾略特與莎士比亞的距離也是這樣。

2　「心水清」，粵語，指頭腦清醒，觀察入微，能看出一般人看不出的問題。「心」中之「水」「清」澄，乃能映照萬象；一個「心水濁」的人，則會顛頂糊塗，容易受騙。

為了避免讓讀者說我「假、大、空」，在這裏要交代一下詩選的翻譯經過。二〇〇三年動筆翻譯所選的艾略特詩作後，如果筆不停揮，肯定不會「拖延」到二〇二一年方能把稿子交給九歌出版社。需時「十八年」，是因為中間停了很長的一段時間。

不談創作，只談翻譯和其他項目。二〇〇六年，從嶺南大學轉往中文大學任教，教戲劇翻譯時不再用《羅密歐與朱麗葉》為教材，而代之以《哈姆雷特》。為了上課時給班上的同學舉例，譯了該劇的第一幕第一場。第一幕第一場譯完，竟「見異思遷」，決定請艾略特讓路給莎翁。《哈姆雷特》譯完、註完，於二〇一三年由清華大學出版社出版。之後，又有三本英文學術專著「插隊」。[3] 結果能「心無旁騖」，不再斷斷續續地作業，是二〇二〇和二〇二一年。

從上述交代可以看出，《艾略特詩選》所花的時間的確遠少於《神曲》。我這樣說，不等於承認翻譯時草率馬虎，不動腦筋；譬如譯下面兩節，由於要設法傳遞原詩的音聲效果，就花了不少工夫：

> At the first turning of the third stair
>
> Was a slotted window bellied like the fig's fruit
>
> And beyond the hawthorn blossom and a pasture scene
>
> The broadbacked figure drest in blue and green

3　三本英文專著為 *Dreaming across Languages and Cultures: A Study of the Literary Translations of the* Hong lou meng（《夢越語言與文化——〈紅樓夢〉文學翻譯研究》）(Newcastle upon Tyne: Cambridge Scholars Publishing, 2014)；*Where Theory and Practice Meet: Understanding Translation through Translation*（《理論與實踐的交匯點——譯以明譯》）(Newcastle upon Tyne: Cambridge Scholars Publishing, 2016)；*Thus Burst Hippocrene: Studies in the Olympian Imagination*（《聖泉迸湧也如此——神思研究論文集》）(Newcastle upon Tyne: Cambridge Scholars Publishing, 2018)。

Enchanted the maytime with an antique flute.
Blown hair is sweet, brown hair over the mouth blown,
Lilac and brown hair;
Distraction, music of the flute, stops and steps of the mind
　　over the third stair,
Fading, fading; strength beyond hope and despair
Climbing the third stair.
　　("Ash-Wednesday", ll. 107-16)

在第三梯級迴旋的第一重
是個開槽窗口，窗腹像無花果
在盛放的山楂花和草原景色之外
一個背部寬碩的人物，衣服是藍彩綠彩，
以一枝古笛叫五月著魔。
風拂的頭髮芬芳，棕色的頭髮嘴上拂，
紫髮和棕髮；
心不在焉，笛子的樂聲，心神在第三梯級
　　停停踏踏，
消逝了，消逝；超越希望和絕望的力量啊
攀登著第三梯級上踏。
　　（《聖灰星期三》，一〇七——一六行）

Where shall the word be found, where will the word
Resound? Not here, there is not enough silence
Not on the sea or on the islands, not
On the mainland, in the desert or the rain land,
For those who walk in darkness
Both in the day time and in the night time
The right time and the right place are not here

No place of grace for those who avoid the face

No time to rejoice for those who walk among noise and

deny the voice

("Ash-Wednesday", ll. 159-67)

言詞將在哪裏臨降，言詞將在哪裏

鳴響？不在這裏，這裏沒有充分的寂靜

不在海上也不在島上，不在

大陸區域，不在沙漠地帶或非洲雨域，

對於那些在黑暗中前行的眾人

不管在白晝時間還是黑夜時間

適切時間和適切地點都不在這裏

躲避宓顏的眾人沒有地點賜他們禧典

在喧闐中間前進而不認洪音的眾人無從同欣

（《聖灰星期三》，一五九—六七行）

除了這兩節，本書還有不少要譯者動腦筋的例子；在篇幅有限的序言裏就不再贅述了。

十八年前，我在《神曲》漢譯的《譯者序》裏說過：

一九七七年夏天，乘火車首次越過南嶺到中國大陸各省旅行。最辛苦的經歷，全發生在最初的一段時間：從廣州到杭州，從上海到北京，從鄭州到西安，都在硬座和硬臥車廂中修煉正果，在接近四十度的高溫中受炙熬；尤有甚者，是以自苦為極：旅程中不管是晝是夜，一律像百眼巨怪阿爾戈斯 (Ἄργος, Argos) 那樣，拒絕睡眠。旅程的最後階段，是從南京乘軟臥列車南下無錫，悠然滑行在江南的涼風中。經過挫骨勞筋的大苦之後，這段旅程的輕鬆、舒服竟無與倫比，叫我覺得，在地球上馳行的交通工具之中，沒有一種比得上江南的火車。

　　十八年的漢譯工作結束；此後，我的翻譯旅程，應該是南京到無錫的涼風了吧？

正如上文所說，《神曲》漢譯出版後，我譯了莎士比亞的《哈姆雷特》。譯莎翁劇作的經驗，雖然與一九七七年乘軟臥列車從南京往無錫有別，因為翻譯《哈姆雷特》也要應付各種挑戰；不過翻譯工作結束時的確覺得，翻譯《哈姆雷特》比翻譯《神曲》容易。那麼，《神曲》漢譯出版後十八年，對艾略特作品的翻譯工作又有甚麼感想呢？譯艾略特作品，雖然有《聖灰星期三》一類文字向譯筆挑戰；但與《神曲》的翻譯工作比較，仍然像乘坐軟臥列車在江南的涼風中滑行；也就是說，容易多了。

　　但丁、莎士比亞、米爾頓遠比艾略特博大，也遠比艾略特精深。可是，若論晦澀、難懂的程度，三位大詩人都無從望艾略特的項背。過去幾十年接觸過的中外詩人中，沒有一位會像艾略特那樣，以極度晦澀、極度難懂的文字苦讀者、論者的心志，甚至折磨讀者、論者。——荷馬不會，維吉爾不會，歌德、屈原、李白、杜甫、蘇軾也不會。[4]

　　「心水清」的讀者可能再度忍不住要竊笑：「你不是『乘坐〔著〕軟臥列車在江南的涼風中滑行』嗎？怎麼剎那間就改口，說『艾略特〔……〕以極度晦澀、極度難懂的文字苦讀者、論者的心志，甚至折磨讀者、論者』？」

　　同樣笑得有理——在得知真相之前。

　　艾略特的詩，翻譯起來並不難。請看下列三節：

There I saw one I knew, and stopped him, crying: Stetson!

4　關於艾略特的晦澀、難懂，本譯者的《世紀詩人艾略特》一書有詳細論析，可參看。

'You who were with me in the ships at Mylae!
'That corpse you planted last year in your garden,
'Has it begun to sprout? Will it bloom this year?
'Or has the sudden frost disturbed its bed?
'O keep the Dog far hence, that's friend to men,
'Or with his nails he'll dig it up again!
'You! hypocrite lecteur!—mon semblable,—mon frère!'
　　(*The Waste Land*, ll. 69-76)

Lady, three white leopards sat under a juniper-tree
In the cool of the day, having fed to satiety
On my legs my heart my liver and that which had been
　　contained
In the hollow round of my skull. And God said
Shall these bones live? shall these
Bones live?
　　("Ash-Wednesday", ll. 42-47)

Garlic and sapphires in the mud
Clot the bedded axle-tree.
The trilling wire in the blood
Sings below inveterate scars
Appeasing long-forgotten wars.
The dance along the artery
The circulation of the lymph
Are figured in the drift of stars
Ascend to summer in the tree
We move above the moving tree
In light upon the figured leaf

And hear upon the sodden floor

Below, the boarhound and the boar

Pursue their pattern as before

But reconciled among the stars.

(*Four Quartets*: "Burnt Norton", ll. 49-63)

全按艾略特一輩子緊守的詩觀、詩法[5] 寫成：想盡一切方法，把詞語搭配得匪夷所思；想盡一切方法，叫讀者驚詫、駭愕；詞與詞之間，詞組與詞組之間，詩行與詩行、詩節與詩節之間，全部要互不連屬，各自為政。[6]

譯這樣的作品難嗎？不難。譯者只要當忠實的「傳聲筒」，把匪夷所思的詞語搭配和互不連屬、各自為政的詞語、詞組、詩行、詩節轉換成另一種語言，就大功告成了，一如把液體從一個圓形容器倒進一個方形容器那樣：

> 那裏，我看見一個相識，就把他叫停，喊道：「斯泰森！
>
> 「是你，在邁利的艦隊中跟我一起！
>
> 「去年，你在你花園裏栽的屍體，
>
> 「開始發芽了沒有？今年會不會開花？
>
> 「還是突降的寒霜騷擾了它的苗圃？

---

5 儘管這詩觀、詩法，有的論者稱為伎倆，稱為「把戲」（"tricks"）。早在一九一九年，《泰晤士報文學副刊》就有論者說："Mr. Eliot, like Browning, likes to display out-of-the-way learning, he likes to surprise you by every trick he can think of."（「像布朗寧一樣，艾略特先生喜歡陳列偏僻的學問，喜歡用他想得出的每一樣把戲出你意表。」）參看《世紀詩人艾略特》一書第十三章。

6 艾略特的詩行、詩節互不連屬，各自為政，有時並不是因為作者故意胡搞，而是因為他的作品（包括他的名作）往往由互不連屬、各自為政的零碎片段或獨立散篇拼湊而成。用這種「詩法」「寫」成的作品，怎能不晦澀、不割裂？關於艾略特作品（包括《J‧阿爾弗雷德‧普魯弗洛克的戀歌》、《荒原》、《聖灰星期三》、《四重奏四首》）的成詩經過，《世紀詩人艾略特》一書有詳細論述。

「噢，叫那隻狗遠離這裏（他是人類的朋友）；

「不然，他會用指爪把屍體再度掘起來！

「你呀，hypocrite lecteur!—mon semblable,—mon frère!」[7]

（《荒原》，六十九—七十六行）

娘娘啊，三隻白豹坐在一棵檜樹下

在白天陰涼的時辰，而且吃了個飽

吃我的雙腳心臟肝臟，還吃藏在我顱骨中

圓形空穴的東西。於是，神說

這些骨頭該活下去嗎？這些

骨頭該活下去嗎？

（《聖灰星期三》，四十二—四十七行）

泥濘中的大蒜和藍寶石

把被嵌的輪軸涸住。

血中顫動的弦線

在根深柢固的疤痕下唱歌，

安撫遺忘已久的戰爭。

沿動脈進行的舞蹈

淋巴液的循環

繪在眾星的漂移中，

升向樹中的夏天。

我們移動，凌越移動的樹，

在圖葉之上的光中；

同時聽到下面地板滲漉，

---

7 艾略特在原詩的英文語境中嵌入法文，是故意為之；為了傳遞相應的效果，
譯者也要在中文的語境中嵌入法文；因此詩中的法文沒有譯成中文。法文句
子的意思，參看《荒原》的有關註釋。

其上有獵犬和野豬

追逐它們的秩序，一如往古，

最後卻在星際調和。

（《四重奏四首‧焚毀的諾頓》，四十九—六十三行）

　　問題當然不是這麼簡單。不錯，翻譯上引的三節文字不難：英語讀者認得出原文的每一字（一時認不出，翻查字典後就認得出了）；漢語讀者也認得出漢譯的每一字。可是，英語和漢語讀者知道艾略特說甚麼嗎？讀了上引三節，他們也許會產生某種反應（任何文字都可以叫讀者產生反應）；但肯定不能像他們讀《伊利昂紀》、《神曲》、《哈姆雷特》、《失樂園》、《秋興》八首那樣，讀後有淪肌浹髓的感覺；讀後見眾星各就其位，發出璀璨的光輝。讀了上引三節，他們卻會摸不著頭腦。有誰不同意我的說法，先請他告訴讀者：「泥濘中的大蒜和藍寶石／把被嵌的輪軸涸住。／血中顫動的弦線／在根深柢固的疤痕下唱歌，／安撫遺忘已久的戰爭」是甚麼意思；然後請他翻遍但丁和莎士比亞的全集，看看他能否找到類似的謎語。

　　由於這緣故，譯完艾略特的詩作，就必須詳加註釋。《神曲》和《哈姆雷特》漢譯，有詳細的註釋當然最好；即使沒有註釋，讀者／觀者的閱讀或欣賞過程也不會受到太大的影響，甚至一點影響也沒有。到劇院看莎劇的觀眾，連一行註釋都沒有，但觀劇過程中不會遭遇障礙。《神曲》漢譯的讀者，即使完全不看註釋，只看作品本身，也肯定大有所獲。看艾略特的詩作而沒有詳細註釋，讀者會舉步維艱。正因為如此，本選集的註釋就特別重要了。譯其他現代詩人（如葉慈）的作品，我也會加註，給讀者一點點的方便；但即使不加註，讀者也不致寸步難行。[8]

8　艾略特的作品，叫人聯想到一匹四處亂竄的野馬：即使有鞍鐙也不好騎；沒有鞍鐙，騎者更往往會摔個倒栽蔥。不過，在這裏必須「聲明」，由於艾略

艾略特寫了幾十年詩，產量並不算豐碩，因此選詩的工作十分順利，也是「乘坐軟臥列車在江南的涼風中滑行」。他的名篇（如《J·阿爾弗雷德·普魯弗洛克的戀歌》、《一位女士的畫像》、《前奏曲》、《小老頭》、《荒原》、《空心人》、《聖灰星期三》、《三王來朝》、《四重奏四首》），《艾略特詩選》全部收錄了。讀者看了選集，再看《世紀詩人艾略特》，對叱咤世界詩壇達一百年之久的風雲人物，就認識得差不多了。

二〇二一年十二月十七日　於多倫多

特是譯者幾十年來接觸過的中外詩人中最晦澀的一位——是晦澀之最，詩選中的註釋也未必是「芝麻開門」。（這一「免責條款」，註《神曲》或《哈姆雷特》時沒有添加的必要。）

＊編按：本書標點符號使用依譯者慣用體例，例：中文篇名皆用《》表示。

譯本說明

一　《艾略特詩選》，譯自T. S. Eliot英文原著*Collected Poems: 1909-1962* (London: Faber and Faber Limited, 1963)。

二　註釋先引漢譯，然後以括號列出有關原文，並附原文行碼。艾略特的詩作，除《荒原》(*The Waste Land*) 外，都不附行碼。《荒原》原詩的行碼有舛訛時，註釋會有說明。

三　書中註釋，英文以外的外文引文，一般均附本譯者的漢譯；英文引文則視需要而附加漢譯。比如說，討論英文的節奏、句法、韻律、詞源、發音時，漢譯的用處不大，甚至毫無用處，一般不附漢譯。註釋直接或間接徵引自某一作者的著作時，作者名字以原文列出後，不再附加漢譯，如：「參看Southam, 123」，指「Southam, *A Guide to the Selected Poems of T. S. Eliot*, 頁123」。為避免重複，註釋中除個別例外，一般只列作者之姓，詳細書名見《參考書目》。

四　艾略特詩集與荷馬、維吉爾、但丁、莎士比亞、米爾頓、歌德、葉慈等詩人的詩集有一大分別：即使在同一首詩中，標點符號的用法（無論是用或不用）都沒有統一的準則，有時甚至前後矛盾。由於這緣故，譯本有適當調整，調整時以漢譯的詩義為依歸。具體例子，可參看部分詩作的註釋。

五　註釋採用論者或其他註釋者的論點或意見時，有時是直接徵引，有時是攝譯或攝述。

六　註釋過程中，參考了不少網頁，其中以《維基百科》

(*Wikipedia*) 給本譯者的幫助最大。在互聯網時代，昔日的紙印本《大英百科全書》和《大美百科全書》幾乎已遭淘汰。與互聯網無限的空間／篇幅比較，這兩部著名的紙印本百科全書的容量變得微不足道。在此要向本譯者參考過的所有網頁致謝。

七　引自互聯網的資料，沒有頁碼，只能附錄網頁名稱和登入時間。

八　由於本書在中文語境引用了大量外語，標點符號系統會視需要按有關外語的標點符號系統調整。

艾略特年表[1]

一八八八年　九月二十六日，托馬斯・斯特恩斯・艾略特 (Thomas Stearns Eliot, 1888-1965)，生於美國密蘇里州聖路易斯市 (St. Louis)，家中排行最小；父親亨利・韋爾・艾略特 (Henry Ware Eliot)，母親夏洛蒂・恰姆普・斯特恩斯 (Charlotte Champe Stearns)。艾略特家族為英格蘭裔；先祖安德魯・艾略特 (Andrew Eliot) 於十七世紀中葉從英國薩默塞特郡 (Somerset) 東科克 (East Coker) 移居美國麻薩諸塞州 (Massachusetts)。安德魯・艾略特移居美國後，開枝散葉，成為顯赫的艾略特家族，傑出成員除了詩人艾略特之外，還包括哈佛大學校長查爾斯・威廉・艾略特 (Charles William Eliot)、美國大律師協會主席愛德華・克蘭治・艾略特 (Edward Cranch Eliot)、聖路易斯市科學院主席亨利・韋爾・艾略特、作家、教育家、哲學家、昆蟲學家艾妲・M・艾略特

1　此年表主要根據B. C. Southam, *A Guide to the Selected Poems of T. S. Eliot*, xiii-xv, "Biographical Table" 編譯；編譯時有所補充。要深入了解艾略特的生平、事蹟，可參看Peter Ackroyd, *T. S. Eliot* (London: Hamilton, 1984)。"Eliot" 一姓，又譯「埃利奧特」或「艾利奧特」，不過漢譯「艾略特」已因鼎鼎大名的詩人成俗，年表中的 "Eliot"（包括詩人的祖先之姓）一律譯「艾略特」。詩人家族以外的"Eliots"，自然可譯「埃利奧特」或「艾利奧特」。

(Ida M. Eliot)、美國國會眾議院議員、波士頓市長薩繆爾・艾特金斯・艾略特 (Samuel Atkins Eliot)、聖路易斯市華盛頓大學創辦人之一兼該校第三任校長威廉・格林利夫・艾略特 (William Greenleaf Eliot) 等等。[2]

一八九八年　至一九〇五年，在聖路易斯市史密斯學院 (Smith Academy) 就讀，在校刊《史密斯學院記錄》(*Smith Academy Record*) 發表詩文。

一九〇五年　轉往麻薩諸塞州米爾頓學院 (Milton Academy) 就讀。

一九〇六年　至一九一四年，在哈佛大學先後修讀本科和研究院課程，任哲學課程助教。在哈佛期間，曾任學生雜誌《哈佛之聲》(*The Harvard Advocate*) 編輯；一九〇七年至一九一〇年在該雜誌發表詩作。

一九〇九年　至一九一一年，艾略特完成下列作品：《前奏曲》("Preludes")、《一位女士的畫像》("Portrait of a Lady")、《J・阿爾弗雷德・普魯弗洛克的戀歌》("The Love Song of J. Alfred Prufrock")、《颶風夜狂想曲》("Rhapsody on a Windy Night")。

一九一〇年　秋季，往巴黎；途中在倫敦逗留。到巴黎後，在索邦 (Sorbonne) 修讀法國文學和哲學課程。當時，柏格森 (Henri-Louis Bergson, 1859-1941) 每周在法蘭西學院 (Collège de France) 講課，艾略特是學生之一。在宿舍認識尚・維登納爾 (Jean Verdenal, 1889/1890-1915)；後來把詩集《普魯弗洛克及其他觀察》

2　參看*Wikipedia*, "Eliot family (America)" 條（多倫多時間二〇二一年二月五日下午十二時四十分登入）。

(*Prufrock and Other Observations*) 獻給他。在法國期間，艾略特幾乎視自己為法國人，以法文寫詩，曾一度考慮定居法國。

一九一一年　四月，再往倫敦；七月至八月期間遊德國慕尼黑和意大利北部；十月返回哈佛。

一九一四年　六月，再往歐洲，準備到德國馬爾堡 (Marburg) 大學城修讀夏季課程；由於歐洲戰雲密佈而取消計劃，返回英國；九月十二日探訪美國詩人艾茲拉‧龐德 (Ezra Pound, 1885-1972)。一九〇九年，龐德探訪愛爾蘭詩人威廉‧巴特勒‧葉慈 (William Butler Yeats, 1865-1939)；此後直至一九一六年，名義上是葉慈的秘書。龐德當時認為，葉慈是「唯一值得認真研究的詩人」("the only poet worthy of serious study")。艾略特和龐德見面後，獲龐德器重，並由龐德把他向葉慈引薦。十月，到牛津大學默頓學院 (Merton College)，完成討論布雷德利 (Francis Herbert Bradley, 1846-1924) 哲學的博士論文。由於大戰緣故，未能返哈佛大學就博士論文答辯，結果沒有取得博士學位。博士論文於一九六四年由費伯與費伯 (Faber and Faber) 出版社出版，書名《F‧H‧布雷德利哲學中的知識與經驗》(*Knowledge and Experience in the Philosophy of F. H. Bradley*)。

一九一五年　六月，與維維恩‧海—伍德 (Vivien (也拼 "Vivienne") Haigh-Wood, 1888-1947) 結婚；同年秋季學期在海‧維科姆文法學校 (High Wycombe Grammar School) 任教。

一九一六年　在海蓋特學校 (Highgate School) 任教四個學期。

一九一七年　成為倫敦市勞埃德銀行 (Lloyds Bank) 僱員，任職時間長達八年；同年，第一本詩集《普魯弗洛克及其他觀察》出版；出任倫敦文學雜誌《自我主義者》(*The Egoist*) 助理編輯，直到一九一九年。

一九一九年　第二本詩集《詩歌集》(*Poems*) 自費出版。

一九二〇年　第三本詩集《謹向閣下懇祈》(*Ara Vos Prec*) 在倫敦出版（紐約版書名《詩歌集》(*Poems*)）。[3]

一九二二年　《荒原》在倫敦發表於《標準》(*Criterion*) 雜誌十月號，在紐約發表於《日晷》(*The Dial*) 雜誌十一月號（雜誌約於十月二十日出版）；單行本於一九二二年在紐約由波尼與利弗萊特 (Boni and Liveright) 出版社出版，印數一千冊；一九二三年重印，印數一千冊。《標準》為文學雜誌，由艾略特創辦，並擔任編輯，直到一九三九年。

一九二三年　《荒原》在倫敦由侯加斯出版社 (Hogarth Press) 出版，印數四百六十冊。

一九二五年　出任出版社 (日後稱為Faber and Faber) 總裁。《詩集——一九〇九——一九二五》(*Poems: 1909-1925*) 在倫敦和紐約出版。

一九二七年　六月，領洗，歸信英國國教 (Church of England)。

一九二八年　出版《獻給蘭斯洛特·安德魯斯——風格與秩序論文集》(*For Lancelot Andrewes: Essays on Style and Order*)；自稱「文學上是古典主義者，政治上是保皇派，宗教上是聖公會（又稱「英國國教派」）教徒」("a 'classicist in literature, royalist in politics, and

---

3　"Ara Vos Prec" 是普羅旺斯詩人阿諾·丹尼爾在《神曲·煉獄篇》第二十六章對但丁所說的話。原文為普羅旺斯語。參看但丁著，黃國彬譯註，《神曲·煉獄篇》（台北：九歌出版社，二〇一八年二月，訂正版六印），頁四一〇。

Anglo-Catholic in religion'") (*For Lancelot Andrewes*, ix)。

一九三○年　《聖灰星期三》(*Ash Wednesday*) 在倫敦和紐約出版。

一九三二年　九月，出任哈佛大學查爾斯・艾略特・諾頓講座教授；講稿於一九三三年出版，書名《詩的功用和文學批評的功用》(*The Use of Poetry and the Use of Criticism*)。

一九三三年　七月，返回倫敦；與維維恩分居。

一九三四年　《追求怪力亂神──現代異端淺說》(*After Strange Gods: A Primer of Modern Heresy*) 出版。

一九三四年　歷史劇《磐石》(*The Rock*) 出版；由馬丁・碩 (Martin Shaw) 作曲；據艾略特自述，文本則由艾略特、導演馬丁・布朗 (E. Martin Brown)、R・韋布─奧德爾 (R. Webb-Odell) 合撰。《磐石》於一九三四年五月二十八日在倫敦薩德勒韋爾斯劇院 (Sadler's Wells Theatre) 首演；合誦 (chorus) 部分收錄於《艾略特詩集──一九○九─一九六二》(*Collected Poems: 1909-1962*)。

一九三五年　《大教堂謀殺案》(*Murder in the Cathedral*) 出版。

一九三九年　劇作《家庭團聚》(*The Family Reunion*) 和《老負鼠實用貓冊》(*Old Possum's Book of Practical Cats*) 出版。

一九四三年　《四重奏四首》(*Four Quartets*) 在紐約出版。四首作品曾獨立發表；發表年份如下：一九三六年：《焚毀的諾頓》("Burnt Norton")，一九四○年：《東科克》("East Coker")，一九四一年：《三野礁》("The Dry Salvages")，一九四二年：《小格丁》("Little Gidding")。

一九四四年　《四重奏四首》在倫敦出版。

一九四八年　獲頒諾貝爾文學獎；獲頒功績勛銜 (Order of Merit)。

一九五〇年　劇作《雞尾酒會》(*The Cocktail Party*) 出版。

一九五四年　劇作《機要文員》(*The Confidential Clerk*) 出版。

一九五七年　與秘書維樂麗‧弗雷徹 (Valerie Fletcher) 結婚。

一九五九年　劇作《政界元老》(*The Elder Statesman*) 出版。

一九六五年　一月四日，卒於倫敦。

J・阿爾弗雷德・普魯弗洛克的戀歌[1]

S'io credessi che mia risposta fosse
a persona che mai tornasse al mondo,
questa fiamma staria senza più scosse.
Ma per ciò che giammai di questo fondo
non tornò vivo alcun, s'i' odo il vero,
senza tema d'infamia ti rispondo.[2]

那我們走吧，你我一同──[3]
當黃昏被攤開，緊貼著天空，[4]
像一個病人麻醉在手術台上。
我們走吧，穿過某些半荒棄的街道──
有廉價時鐘酒店供人整夜胡鬧，
有鋸木屑和牡蠣殼碎粉滿佈的酒樓
而又咕咕噥噥的隱歇之藪；
那些街道一條接一條，像煩冗的論辯，
意圖暗藏險奸
把你引向一個勢不可當的問題……[5]
啊，不要問：「是甚麼勢不可當啊？」
我們一起去拜訪拜訪啊。[6]

房間裏，女人們進進出出，

以米凱蘭哲羅為談論題目。[7]

　　背脊擦著窗玻璃的黃色霧靄，
口鼻擦著窗玻璃的黃色煙靄，
把舌頭舔進黃昏的各個角落，
在一灘灘的潦水之上徘徊，
讓煙囪掉下來的煤煙掉落背脊，
滑過平台，再突然躍起，
發覺時間正值十月的柔夜，
就繚屋一圈，滑入睡夢裏。[8]

　　啊，的確會有時間[9]
給黃色的煙靄，那沿街滑動、
背脊擦著窗玻璃的黃色煙靄；
會有時間，會有時間
裝備一張面孔去見你常見的張張面孔；[10]
會有時間去謀殺，去開創，[11]
有時間給雙手所有的工作、所有的日子──[12]
那雙手，會拈起一個問題，往你的碟上放；
有給予你的時間、給予我的時間，
也有時間給予一百次的舉棋不定，
給予一百次的向前憧憬和重新修訂──
在吃吐司、喝紅茶之前。[13]

　　房間裏，女人們進進出出，
以米凱蘭哲羅為談論題目。[14]

　　啊，的確會有時間
去猜想：「我可有膽量？」「可有膽量？」
有時間回頭，沿樓梯下降，

髮叢中間露一斑禿模樣——

（他們會說：「薄得多厲害呀，他的頭髮！」）

我的早晨上衣，衣領緊緊上翹，貼著下巴，

我的領帶，鮮艷而不浮誇，有簡樸的扣針來穩扎——[15]

（他們會說：「他的雙臂跟雙腿真瘦哇！」）[16]

我可有膽量

把宇宙騷擾？[17]

一分鐘內有時間

去決定，去修訂，再讓下一分鐘去倒繞。[18]

　　因為呀，我已經全部熟悉，全部熟悉——[19]

熟悉一個個的黃昏、早晨、下午，

我曾用咖啡匙子把我的生命量出；[20]

我熟悉那些聲音，殞落間殞斃，[21]

覆蓋於從更遠處的一個房間飄來的樂音內。

　　好啦，我該怎麼冒昧？

　　啊，我已經熟悉那些眼睛，全部熟悉——

以定格的片言隻語把你盯定的眼睛。

而一旦被定格，趴在別針頭，[22]

一旦被別針釘住，在牆上蠕移，

我又該怎麼著手

吐出我的日子跟習慣的所有蒂末碎零？[23]

　　那我該怎麼冒昧？

　　啊，我已經熟悉那些手臂，全部熟悉——

戴著手鐲的手臂，白皙且袒露

（不過在燈光下，淺棕的細毛密佈！）[24]

是一襲衣裙的香水

令我的話語離題出軌？
沿桌枕著或摟按著披肩的手臂。[25]

　那麼，我應該冒昧嗎？
　要冒昧又該怎麼著手？

　　　　·　·　·　·　·

　我該說，暮色中我穿過橫街窄巷，
看青煙從只穿襯衫、俯身窗外的
一個個寂寞男人的菸斗冉冉上升嗎？⋯⋯

　我早該成為一雙嶙峋的螯
慌忙竄爬過寂靜的海床。[26]

　　　　·　·　·　·　·

　下午、黃昏又睡得這麼安恬！
由長長的纖指柔撫輕輕，
入睡了⋯⋯疲倦了⋯⋯或者在裝病，
在地上伸展，在這裏，在你我身邊。[27]
我該在吃過茶點，吃過冰淇淋後，
奮力把這一剎那推向緊要關頭？[28]
不過，我雖曾哭泣，曾齋戒，曾哭泣，曾祈禱，[29]
雖曾見過我的頭顱（變得有點禿了）
　　　放在托盤上端進來，
但我絕不是先知──這裏也沒有大事存在；[30]
我見過我一瞬的偉大晃耀，
見過永恆的侍者抓著我的上衣竊笑──
一句話：當時我的心在發毛。[31]

　說到底，如果當時這樣做，值得嗎？
喝過酒，吃過果醬，用過茶點，
在瓷器間，在談論你我的話語間，

在當時那一刻，可值得
把這件事一口咬掉？——咬時微笑著；[32]
值得把宇宙捏成圓球那麼大，
把它滾向一個勢不可當的問題，[33]
說：「我是拉撒路，從陰間重返世上，
回來把一切向你轉達，我會把一切向你轉達」——[34]
要是有人，把枕頭在鬢邊輕輕一放，
　　說：「我完全不是這個意思啊，
　　完全不是啊。」[35]

　　說到底，如果當時這樣做，值得嗎？
在當時那一刻，可值得？
在一次次日落、一個個門前庭院、一條條灑過水的街道
　　　之後，[36]
在一本本小說、一個個茶杯、一襲襲曳地長裙之後——
這一切之外，還有那麼多事情在後頭。——
僅要說出我的意思已經不可能！
啊，彷彿幻燈把條條神經投射在銀幕上，影像縱橫：[37]
要是有下述情形，當時那一刻可值得？
一個人，擺放著枕頭或者把披肩猝然脫下的剎那，
向窗戶轉身間，說：
　　「完全不是啊，
　　我完全不是這個意思啊。」[38]

　　不！我不是哈姆雷特王子，也沒人要我擔當這個角
　　　色；
我是個侍臣，各種雜務過得去的侍臣：
諸如給巡遊體面，演一兩場鬧劇去丟人，
為王子出主意；毫無疑問，是個工具，易於調派，

畢恭畢敬，樂意為人效勞，
圓滑、機敏，而且誠惶誠恐；
滿口道德文章，不過稍欠頭腦；
有時候，甚至近乎懵懂——
近乎——有時候——一個大蠢材。[39]

　　我漸趨衰老了……漸趨衰老……[40]
所穿的褲子褲腳要捲繞……[41]

　　我該從後面把頭髮中分？[42] 我有膽量吃桃子嗎？
我要穿上白色的佛蘭絨褲，在海灘上蹓躂。
我聽到條條美人魚向彼此唱歌對答。

我相信她們不會對我唱。

海風把波浪吹得黑白相間的時候，
我見過她們騎著波浪馳向海深處，
波浪後湧時把濤上的白髮撥梳。

我們曾在大海的內室徜徉，
左右是一個個海姑娘，額上繞著海藻，有棕有紅，
直到人聲把我們喚醒，我們遇溺在海中。

註釋

1　此詩寫於巴黎和慕尼黑，時間為一九一〇年二月至一九一一年七／八月；最初發表於芝加哥的《詩刊》(*Poetry*)（一九一五年六月）。據艾略特自述，此詩約於一九一〇年構思；當年秋天往巴黎時，已寫成多個片段，其中可能包括

"I am not Prince Hamlet" 一節（這節有拉佛格 (Jules Laforgue, 1960-1887) 影響的痕跡。詩中的主角在艾略特早期一首題為 "Spleen" 的詩中已出現："And Life, a little bald and gray, / Languid, fastidious, and bland, / Waits, hat and gloves in hand, / Punctilious of tie and suit / (Somewhat impatient of delay) / On the doorstep of the Absolute." Matthiessen 認為，此詩在多方面都受拉佛格影響，不過詩中匠心，非拉佛格所能臻。）艾略特談到德恩 (John Donne, 1572-1631)、科比埃 (Tristan Corbière, 1845-1875, 原名Édouard-Joachim Corbière)、拉佛格的「詩法」("verse method") 時指出，主導詩律的是內心世界，而非外在事件。這一詩法，在《J·阿爾弗雷德·普魯弗洛克的戀歌》中也可以看到。除了拉佛格，法國哲學家柏格森、小說家菲利普 (Charles-Louis Philippe, 1874-1909)、俄國小說家多斯托耶夫斯基 (Fyodor Mikhailovich Dostoevsky (也拼 "Dostoyevsky"), 1821-1881, 俄語Фёдор Михайлович Достоевский) 對艾略特也有影響。《J·阿爾弗雷德·普魯弗洛克的戀歌》中，讀者可以看出，艾略特描寫主角的心理時，與柏格森的《形而上學導論》("Introduction à la Métaphysique") 和專著《物質與記憶》(Matière et mémoire) 呼應。參看Southam, 45-47。

作品以獨白 (monologue) 方式刻畫一個未老先衰的男子愛上一個女子，卻猶豫狐疑，畏葸膽怯，在獨白過程中把內心世界表露無遺。

作品題目中的人名寫法 ("J. Alfred Prufrock") 與艾略特早期的簽名格式 ("T. Stearns Eliot") 相類。艾略特指出，稱為「戀歌」("Love Song")，是受了吉卜齡 (Rudyard Kipling, 1865-1936) "The Love Song of Har Dyal" 一詩的題目影響。作品最初的題目為 "Prufrock Among the Women"。參看Southam, 47。

《J・阿爾弗雷德・普魯弗洛克的戀歌》收錄於艾略特的第一本詩集《普魯弗洛克及其他觀察》，一九一七年出版，共印五百冊，經過五年才售罄。詩集獻給法國朋友維登納爾。詩的獻詞為 "For Jean Verdenal, 1889（出生年份有別於今日常見的資料）-1915 / Mort aux Dardanelles"（「獻給尚・維登納爾，一八八九－一九一五／卒於達達尼爾海峽」）。其下有引言：*"Or puoi la quantitate / comprender dell'amor ch'a te mi scalda, / quando dismento nostra vanitate, / trattando l'ombra come cosa salda."*（「現在，你可以明白了：我一旦忘掉／我們的虛幻，視幽靈為實體，激發／孺慕、叫我敬愛你的，是多強的火苗。」），出自但丁《神曲・煉獄篇》第二十一章一三三－一三六行。漢譯引自但丁著，黃國彬譯註，《神曲・煉獄篇》（台北：九歌出版社有限公司，二〇一九年四月，增訂新版九印），頁三二二。在煉獄裏，斯塔提烏斯 (Statius, A. D. 45-96) 碰見他景仰的詩人維吉爾，走過來彎腰要摟抱維吉爾的腿，表示敬意。維吉爾制止他，說彼此不過是虛幻的幽靈，都沒有形體。於是，斯塔提烏斯說出上引的話。艾略特認為，斯塔提烏斯與維吉爾相逢，是詩中最動人的會面場合之一。

　　一九一〇年，艾略特在巴黎認識醫科生維登納爾，二人同在一所宿舍寄宿，同時都寫詩，都喜歡拉佛格，而且一起討論最新出版的書籍，一起參觀博物館。一九一一年秋，艾略特返回美國後，繼續與維登納爾通信。後來，維登納爾成為醫生，一九一五年五月，第一次世界大戰期間，在達達尼爾海峽 (Dardanelles) 為國捐軀。一九一六年五月，艾略特寫信給康拉德・艾肯 (Conrad Aiken)，說維登納爾之死，是他寫不出作品的原因之一。一九三四年四月出版的《標準》雜誌中，艾略特發表文章，讚美巴黎文化豐厚，貶英格蘭和美國為文化沙漠；同時憶述他和維登納爾的友誼。

2　這段引言為但丁《神曲‧地獄篇》第二十七章六十一—
六十六行，是地獄第八層的陰魂圭多‧達蒙特菲爾特羅
(Guido da Montefeltro, 1223-1298) 伯爵所說的話。圭多在陽間
時，曾給教皇卜尼法斯八世 (Bonifazio VIII) 出謀獻計，屬奸
人之列。卜尼法斯是但丁的死敵。但丁遭流放，全因卜尼法
斯八世險詐。「卜尼法斯」是一般漢譯。按意大利語發音，
可譯為「波尼法茲奧」。這段意大利文的漢譯為：

> 「要是我認為聽我答覆的一方
> 　是個會重返陽間世界的人，
> 　這朵火燄就不會繼續晃蕩。
> 　不過，這個深淵如果像傳聞
> 　所說，從未有返回人世的生靈，
> 　就回答你吧。——我不必怕惡名玷身。」

見但丁著，黃國彬譯註，《神曲‧地獄篇》（台北：九歌出版
社有限公司，二〇一九年四月，訂正版九印），頁五一五。
Barbi et al. 和Petrocchi 的兩大權威版本與艾略特所引用的版
本有別；謹錄如下：

S'i' credessi che mia risposta fosse

a persona che mai tornasse al mondo,

questa fiamma staria sanza più scosse; ("sanza"，艾略特的引文
作 "senza")

ma però che già mai di questo fondo ("già mai"，艾略特的引文
作 "giammai")

non tornò vivo alcun, s'i' odo il vero,

sanza tema d'infamia ti rispondo.

有的論者認為，引言有自描成分。據康拉德‧艾肯的說法，艾略特極度害羞；羅素曾於一九一四年教過艾略特，認為他「太過溫文，品味完全無懈可擊，不過沒有活力或生命力，也沒有幹勁」("ultra-civilized…altogether impeccable in his taste but has no vigour or life – or enthusiasm")；維珍尼亞‧吳爾夫 (Virginia Woolf) 於一九一八年十一月在日記裏說：「艾略特先生真是名如其人──一位儒雅、細緻而有修養的年輕美國人，說話緩慢，彷彿每一字都經過特別雕琢。」("Mr Eliot is well expressed by his name – a polished, cultivated, elaborate young American, talking so slow that each word seems to have special finish allotted to it.")。參看Southam, 47-48。上述的不少特徵，也可以拿來形容《J‧阿爾弗雷德‧普魯弗洛克的戀歌》的主角。一九六二年，艾略特在一次訪問中說，普魯弗洛克塑造自他本人和一個年約四十的男子。而 "Prufrock" 一名，叫人聯想到 "prudence"（「謹慎」）、"primness"（「拘謹」）、"prissiness"（「一本正經」）。這些特徵，與詩中主角的性格吻合。把 "Love Song"（「戀歌」）與 "Prufrock" 扯在一起，聽來也就有點荒謬。參看Southam, 37。

3　**那我們走吧，你我一同**：原文 "Let us go then, you and I" (1)。這行啟篇，一開始就把讀者帶進戲劇，而且 "you and I" 放在行末，也符合口語句法。一九五〇年代，艾略特回答某一讀者的詢問時指出，"you and I" 中的 "you"（「你」），指某位男性朋友或友伴；在一九六二年的一次訪問中，說詩裏的 "I"，既是普魯弗洛克──一個四十歲左右的男子，也是艾略特本人。他的手法，源自「人格分裂」概念；而這一理論，艾略特寫作前曾經研究過。對作者最直接的影響，則來自柏格森的《論意識的直接資料》(*Essai sur les données* *immédiates de la conscience*) (1889)。一九一〇年，柏格森著作的英譯本《時間與自由意志》(*Time and Free Will*) 出版。艾略特在哈佛大學寫論文談到柏格森時，此書的引用次數最多。書中，柏格森闡發「雙重自我」("double self")這一概念。所謂「雙重自我」，指「日常自我」("the everyday self") 和「深層自我」("a deeper self")。「日常自我」，負責感知日常經驗；「深層自我」，雖然受制於「日常自我」，卻與深遠的真理相契。參看Southam, 48-49。

4　**當黃昏攤開，緊貼著天空，／像一個病人麻醉在手術台上：**原文 "When the evening is spread out against the sky / Like a patient etherised upon a table" (2-3)。這是醫學意象，以傳統詩觀衡量，無疑驚世駭俗。"spread out" 這意象，在柏格森的《論意識的直接資料》中多次出現。「像一個病人麻醉在手術台上」，則可能受拉佛格的《遊戲》("Jeux") 和威廉‧恩納斯特‧亨利 (William Ernest Henley) 的組詩《在醫院裏》("In Hospital") 影響。《遊戲》有下列句子："Morte? Se peut-il pas qu'elle dorme / Grise de cosmiques chloroformes?"（「死了？難道不可以入睡／被宇宙的氯仿麻醉而變灰？」）詩中的 "elle"（「她」）指 "la Lune"（「月亮」）。亨利的作品則提到「被麻醉」("under an 'anaesthetic'")。艾略特在 "John Dryden" (1921) 和 "Andrew Marvell" (1922) 兩篇評論中強調，詩要給人「驚奇」("surprise")。「黃昏……像病人麻醉在手術台上」這一意象，正好和他的理論吻合。此詩最初在《詩刊》發表。當時的編輯赫麗艾蒂‧門羅 (Harriet Monroe) 日後回顧，說收到這首詩的打字稿時，頭三行「幾乎叫我們屏息」（直譯「幾乎把我們的呼吸奪去」更能形容駭異程度）("nearly took our breath away.)" 參看Southam, 49-50。**麻醉**：原文 "etherised" (也拼"etherized")。"etherised" 是 "ether"

（「醚」）的動詞派生詞 (derivative)，漢譯「醚化」。不過「醚化」之於漢語讀者，不若 "etherised" 之於英語讀者普遍；故不用，而用較普遍的「麻醉」。不過，涉獵過英國玄學詩人 (metaphysical poets) 作品的讀者大概會知道，這兩行脫胎自約翰‧德恩的 "Hymn to God My God, in My Sickness"（《病中聖詩：致上帝，我的上帝》）一詩。詩中，德恩描寫自己躺在病床上，像一張平鋪的地圖，讓醫生像地圖繪製師那樣閱讀研究："my physicians by their love are grown / Cosmographers, and I their map, who lie / Flat on this bed"（「懷著愛心，我的醫生變成了／地圖繪製師，而我變成了他們的地圖／平攤在這張病床上」）（六—八行）。艾略特於一九二一年發表《玄學詩人》("The Metaphysical Poets")一文，評論Herbert J. C. Grierson的玄學詩選集*Metaphysical Lyrics & Poems of the Seventeenth Century: Donne to Butler*，自然熟悉德恩的詩。艾略特妙手「偷詩」後，把「贓物」改頭換面，變為可愛的「新貨」，一般「消費者」已看不出手中「貨品」的來龍去脈。艾略特談過創作中的「模仿」和「偷」，本譯者多年前曾撰《從近偷、遠偷到不偷》一文（收錄於黃國彬評論集《莊子的蝴蝶起飛後──文學再定位》（台北：九歌出版社有限公司，二〇〇七年））闡述其論點，可參看。

5　我們走吧，穿過某些半荒棄的街道……把你引向一個勢不可當的問題：原文 "Let us go, through certain half-deserted streets…To lead you to an overwhelming question" (4-10)。詩的首、二行押韻；四至九行也押韻 (aabbcc)。不過四—五 ("streets-retreats")、六—七行 ("hotels-shells") 押的是陽韻 (masculine rhyme)；八—九行 (int**ent** [/ɪnˈt**ent**/]-argum**ent** [/ˈɑːgjʊm**ənt**/]) 押的既非陽韻，亦非陰韻 (feminine rhyme)，

又非元音韻 (assonance)、輔音韻 (consonance)，而是類韻
或準韻 (off rhyme或near rhyme)。正因為如此，韻律有了
同中生變的藝術效果，讀來不覺單調。原文 "Streets that
follow like a tedious argument / Of insidious intent / To lead you
to an overwhelming question..."（那些街道一條接一條，
像煩冗的論辯，／意圖暗藏險奸／把你引向一個勢不可當
的問題……）以虛 ("tedious argument", "an overwhelming
question") 擬實 ("Streets")，巧妙地把主角的想像和忐忑的心
理狀態投射到外在世界，充分發揮了比喻的功能。

6　啊，不要問：「是甚麼勢不可當啊？」／我們一起去拜訪拜
訪啊：原文 "Oh, do not ask, 'What is it?'" / Let us go and make
our visit." 原文句子縮短，再像第一行的口語那麼明快。結尾
用陰韻 (**is it-visit**)，細碎的聲音配合口語句子，與前面較長的
詩行形成鮮明對照，同時利落地為第一節收結。

7　房間裏，女人們進進出出，／以米凱蘭哲羅為談論題
目：原文 "In the room the women come and go / Talking of
Michelangelo" (13-14)。Southam (50) 註釋這兩行時指出，
原文譯自拉佛格的句子："Dans la pièce [Southam 拼 "piece"]
les femmes vont et viennent / En parlant des maîtres [Southam
拼 "maitres"] de Sienne" ("In the room the women come and
go [法語直譯是 "go and come"] / Talking of the masters of the
Sienese School")。其實，拉佛格沒有寫過這樣的句子；法
文句子出自 "The Love Song of J. Alfred Prufrock" 的法譯
("La Chanson d'amour de J. Alfred Prufrock")，譯者為 Pierre
Leyris。Leyris翻譯艾略特的作品時，把 "Michelangelo" 改
為 "maîtres [Southam 拼"maitres"] de Sienne" ("the masters of
the Sienese School"，漢譯「錫耶納畫派諸大師」)；把 "come
and go" 改為法語 "vont [go] et [and] viennent [come]"，詞序

有變。艾略特原詩的聯句（couplet，又譯「對句」）押韻 (go-Michelangelo)；Leyris的法譯也押韻 (viennent-Sienne)。不過艾略特所押之韻只算準韻，並非陽韻，因為 "go" 是重讀音節 (stressed syllable)，"[-]lo" 並非重讀音節。這兩行寫淺薄的女人附庸風雅，談論米凱蘭哲羅以自炫；但她們在房間「進進出出」，輕率隨便的態度與藝術大師的崇高產生強烈的反諷效果。這一反諷效果，更由於押韻 ("go"-"[-]lo") 從重讀音節跌落輕讀音節 (unstressed syllable) 的反高潮 (anti-climax) 而加強。**米凱蘭哲羅**：意大利翡冷翠 (Firenze)人，大雕刻家、大畫家、詩人，對西方藝術影響深遠。有的論者甚至認為，他是有史以來最偉大的藝術家。米凱蘭哲羅的意大利文全名為 "Michelangelo di Ludovico Buonarroti Simoni" (1475-1564)。不過一般人都簡稱為 "Michelangelo"。這一名字的意大利語發音為 /mike'landʒelo/，有不同的漢譯；較常見的「米開朗琪羅」與意大利語原音相差太遠（原文第三音節沒有 /ŋ/ 音，譯者卻平白添一個 /ŋ/ 音；漢譯第三個音節（「琪」），輔音和元音都大大走樣，與原名第四個音節 (/dʒe/) 也相差太遠（即使譯「傑」也勝過「琪」）；故棄而不用。）原名第二音節 (/ke/)，標準現代漢語（或普通話）的「給」(gěi) 字發音十分接近，但拿來譯人名有點滑稽；因此無論譯「開」、譯「凱」都沒有甚麼分別。能譯出第二音節而又不會顯得滑稽的，就筆者所知，是粵語的「奇」、「琪」、「冀」……。普通話的「給」字雖然滑稽，卻也有譯界「先賢」拿來譯 *Mozambique*（「莫三鼻給」）。（——既然「三鼻」都出場了，再滑稽些又何妨？）

8　**背脊擦著窗玻璃的黃色霧靄……就繞屋一圈，滑入睡夢裏：**原文 "The yellow fog that rubs its back upon the window-panes, / The yellow smoke that rubs its muzzle on the window-panes, /

Licked its tongue into the corners of the evening, / Lingered upon the pools that stand in drains, / Let fall upon its back the soot that falls from chimneys, / Slipped by the terrace, made a sudden leap, / And seeing that it was a soft October night, / Curled once about the house, and fell asleep." (15-22) 這節寫城市的黃昏，用了大貓（或類似動物）意象，把霧靄／煙靄比作大貓，生動而傳神；詩行的長短、停頓、起伏、緩急準確地暗示了大貓的動作，叫人讀後難忘。第十五、十六行句式相同，以重複模擬大貓的蓄勢待發。第十七行開頭以一個重讀的單音詞 ("Licked" [/lɪkt/]) 由緩轉急，節奏陡變間模擬大貓突然伸出舌頭（城市的煙霧在黃昏舒展，的確像貓舌外吐）。第十八至第二十行開頭的第一音節都是重讀音 ("Lingered" [/lɪŋgəd/], "Let" [/let/], "Slipped" [/slɪpt/])，第十九行第二音節也是重音 ("fall" [/fɔːl/])；四個重音合作無間，同時模擬大貓的一連串動作，朗誦時可以感覺到最初的「蓄勢待發」進入「勢之已發」。然後（第二十一行），節奏在一連串動作之後慢下來，讓大貓由動入靜，進入睡眠狀態 ("Curled once about the house, and fell asleep.")。在二十世紀的英語詩界，音義配合得如此精妙的片段，實不多見。艾略特指出，詩中的描寫源自密蘇里州聖路易斯市（詩人故城）的實景：黃昏時分，煙霧從工廠吹過密西西比河。在《一位女士的畫像》中，第一行所寫，是相同的煙霧。(Southam, 50) 這節的藝術效果，譯者在一篇題為 "Surprising the Muses: David Hawkes's *A Little Primer of Tu Fu*" 的英語論文中也有詳細的分析。見 *Where Theory and Practice Meet: Understanding Translation through Translation* (Newcastle upon Tyne: Cambridge Scholars Publishing, 2016), 438-523。

9　**啊，的確會有時間**：原文 "And indeed there will be time"

（23）。這句叫讀者想起安德魯‧馬維爾（Andrew Marvell, 1621-1678）的《致他的害羞情人》（"To His Coy Mistress"）中的一句：「要是我們有充裕的空間──和時間」（"Had we but enough world, and time"）。在馬維爾的詩中，詩人（或敘事者）叫情人不要害羞，該儘快一起歡好。作品的主題是「及時行樂」、「今朝有酒今朝醉」，上承羅馬詩人賀拉斯（Quintus Horatius Flaccus, 公元前65—公元8）"carpe diem"（「把握今天」或「抓緊今天」，也可直譯為「採摘今天」）這一名言。普魯弗洛克把馬維爾的句子改動，結果成了馬維爾的反面：馬維爾要及時行樂，劍及屨及；普魯弗洛克卻趑趄不前，羞於向情人示愛。普魯弗洛克一再重複"there / There will be time"，也反映這一心理狀態。Southam (50-51) 指出，"there / There will be time" 一語在詩中一再出現，叫人想起《聖經‧舊約‧傳道書》第三章一—七節（應該是第八節）："To every thing there is a season, and a time to every purpose under the heaven: A time to be born, and a time to die; a time to plant, and a time to pluck up that which is planted; A time to kill, and a time to heal; a time to break down, and a time to build up; A time to weep, and a time to laugh; a time to mourn, and a time to dance; A time to cast away stones, and a time to gather stones together; a time to embrace, and a time to refrain from embracing; A time to get, and a time to lose; a time to keep, and a time to cast away; A time to rend, and a time to sew; a time to keep silence, and a time to speak; A time to love, and a time to hate; a time of war, and a time of peace."（「凡事都有定期。天下萬務都有定時。生有時，死有時；栽種有時，拔出栽種的也有時；殺戮有時，醫治有時；拆毀有時，建造有時；哭有時，笑有時；哀慟有時，跳舞有時；拋擲石頭有時，堆聚

石頭有時；懷抱有時，不懷抱有時；尋找有時，失落有時；
保守有時，捨棄有時；撕裂有時，縫補有時；靜默有時，言
語有時；喜愛有時，恨惡有時；爭戰有時，和好有時。」）
普魯弗洛克的「有時間」和《聖經》的「有時」並列，也有
反諷效果：普魯弗洛克是「有時間」「在吃吐司、喝紅茶之
前」去猶疑不決，去左思右想；《聖經》的「有時」則關乎
嚴肅的人生大事，而且語調直截、堅定，絕不像普魯弗洛克
那樣囉囉唆唆。同時，他的猶疑不決也叫人想起丹麥王子哈
姆雷特，遙呼後面的句子："No! I am not Prince Hamlet, nor
was meant to be; / Am an attendant lord [...]" 普魯弗洛克對時
間念念不忘，也與柏格森的 "le temps"（由時鐘量度的抽象
時間）和 "durée"（主觀時間，也就是感覺中的時間流逝）呼
應。賽門斯 (Symons) 指出，普魯弗洛克對生活中的每一天都
極度在意；一天中的每一時辰，他的腦海都不能遺漏。

10　**裝備一張面孔去見你常見的張張面孔**：原文 "To prepare a face
to meet the faces that you meet"。就常人而言，跟人見面，是
簡單不過、自然不過的小事，普魯弗洛克竟然要「裝備一張
面孔」才能見人，可見他內心世界是多麼不舒服。據艾肯的
憶述，艾略特十分害羞。因此，我們也可以說，艾略特在這
裏藉普魯弗洛克這一角色反映自己的內心世界。

11　**會有時間去謀殺，去開創**：原文 "There will be time to murder
and create"。常人心目中的小事，普魯弗洛克竟看成不得了的
大事，大如「謀殺」。他的謹小慎微，簡直匪夷所思。

12　**有時間給雙手所有的工作、所有的日子**：原文 "And time for
all the works and days of hands"。Southam (51) 指出，"works
and days" 與古希臘詩人赫西奧德 (Hesiod (Ήσίοδος), c. 700 B.
C.) 的教化詩《勞作與時令》(*Works and Days*) (希臘文Έργα
καὶ Ἡμέραι") 呼應。赫西奧德的作品長八百二十八行，先談

普羅米修斯、潘朵拉、人間的五個時代（金、銀、銅、英雄、鐵），然後勸兄弟（是兄還是弟，則不得而知）珀塞斯敬畏神明，遵循正道，按時令勤勞務農。談時令部分，有點像希臘農民的縮略本通書。

13　有給予你的時間、給予我的時間，／也有時間給予一百次的舉棋不定，／給予一百次的往前憧憬和重新修訂——／在吃吐司、喝紅茶之前：原文 "Time for you and time for me, / And time yet for a hundred indecisions, / And for a hundred visions and revisions, / Before the taking of a toast and tea."。「吃吐司、喝紅茶」是日常小事、社交小事。普魯弗洛克「在吃吐司、喝紅茶之前」竟然想到「一百次的舉棋不定，／〔……〕一百次的往前憧憬和重新修訂」，其怯懦膽小、遲疑不決的性格可見一斑。這幾句與前面的「把你引向一個勢不可當的問題……」、「會有時間去謀殺，去開創」等句子互相呼應。反映普魯弗洛克的性格「一以貫之」。

14　房間裏，女人們進進出出，／以米凱蘭哲羅為談論題目：原文 "In the room the women come and go / Talking of Michelangelo" (35-36)。這兩行重複十三—十四行，展現同一場景。

15　我的早晨上衣，衣領緊緊上翹，貼著下巴，／我的領帶，鮮艷而不浮誇，有簡樸的扣針來穩扎："My morning coat, my collar mounting firmly to the chin, / My necktie rich and modest, but asserted by a simple pin" (42-43)。從這兩行可以看出，普魯弗洛克對自己的衣著、形象十分注重。Southam (51) 指出，這兩行也是艾略特本人的自描。認識或見過艾略特的人都知道，他的衣著是哈佛大學當年流行的款式。**早晨上衣**："morning coat" = "a tail-coat for formal occasions"（「隆重場合穿的燕尾服」）(Southam, 51)。

16 （他們會說：「他的雙臂跟雙腿真瘦哇！」）：原文 "(They will say: 'But how his arms and legs are thin!') "(44)。這行反映普魯弗洛克內心不安，有頗重的自卑感。Southam (51) 指出，這行的詞序是法語詞序。

17 **我可有膽量／把宇宙騷擾？**：原文 "Do I dare / Disturb the universe?" (45-46) 採取一點點的行動（如向女子示愛），竟與騷擾宇宙拉上關係；主角膽怯到甚麼程度，就不難想像了。Southam (51) 指出，在拉佛格寫於一八八一年的一封信中，也可找到這一問題。

18 **一分鐘內有時間／去決定，去修訂，再讓下一分鐘去倒繞**：原文 "In a minute there is time / For decisions and revisions which a minute will reverse." 這兩行再度反映普魯弗洛克猶疑不決，始終拿不定主意。三十七—四十八行有多行押韻（"dare"-"stair"-"hair"; "thin"-"chin"-"pin"-"thin"; "universe"-"reverse"）；漢譯保留了原詩韻式；唯一的分別是：原詩 "universe" 最後一個音節是輕音，"reverse" 最後一個音節是重音；這一分別，漢語無從翻譯。

19 **因為呀我已經全部熟悉，全部熟悉——**：原文 "For I have known them all already, known them all—" (49)。這一句式在這裏首次出現；此後一再重複："Have known the evenings […] And I have known the eyes already, known them all […] And I have known the arms already"（「熟悉一個個的黃昏〔……〕啊，我已經熟悉那些眼睛，全部熟悉〔……〕啊，我已經熟悉那些手臂，全部熟悉」）既反映主角在喃喃自語或默默獨白，也反映他的生活（也是現代人的生活）單調乏味，反映他對男女關係感到疲憊，感到疏離。——感到疲憊，感到疏離，是因為他謹小慎微，不敢投入。Southam (51) 指出，艾略特的 "know / have known" 這一句式，來自艾茲拉・龐德的

The Spirit of Romance (1910)，而龐德的句子，又譯自法國詩人法蘭斯瓦・維雍 (François Villon, 1431-?) 的作品："I know a horse from a mule, / And Beatrix from Billet, / I know the heresy of the Bohemians, / I know son, valet and man. / I know all things save myself alone."

20　**熟悉一個個的黃昏、早晨、下午，／我曾用咖啡匙子把我的生命量出**：原文 "Have known the evenings, mornings, afternoons, / I have measured out my life with coffee spoons" (50-51)。這兩行直接寫普魯弗洛克和現代人的單調生活。第五十一行是艾略特的名句，二十世紀曾廣受傳誦，同時也為各國詩人以不同方式模仿。Southam (51) 指出，這句包含柏格森客觀時間和主觀時間的概念，靈感來自拉佛格的作品《巴黎智者的哀嘆》("Complainte du sage de Paris")："Sirote chaque jour ta tasse de néant"（「天天啜飲你那杯虛無吧」）。

21　**殞落間殞斃**：原文 "dying with a dying fall" (52)。原文 "dying fall"，出自莎士比亞的劇作《第十二夜》(*Twelfth Night*) 第一場第一幕奧辛諾公爵 (Duke Orsino) 的話："That strain again! It had a dying fall."（「再奏那樂段！它結束時有頓挫。」）由於要照顧漢語的說話習慣，艾略特和莎士比亞的句子翻譯時都要用移位法 (translation shift)（譯艾略特的句子時更要照顧 "dying" 一詞的重複和遊戲成分），因此 "dying fall" 不可以直譯為「瀕死的墜落」、「正在死亡的墜落」、「墜落間死亡」或「死亡間墜落」。不過「殞落間殞斃」仍儘量保留艾略特原詩的特色（其中包括 "fall" 與四十九行結尾 "all" 的押韻）。莎氏句子的前後文如下："If music be the food of love, play on; / Give me excess of it, that, surfeiting, / The appetite may sicken, and so die. / That strain again! It had a dying fall [...]"

（「如果音樂是愛情食糧，就繼續奏吧；／讓我聽得太多，結果會聽得過飽，／叫胃口生病；胃口生病，就一命嗚呼。／再奏那樂段哪！它結束時有頓挫。」）在《一位女士的畫像》的末節，艾略特再用 "dying fall" 一語。

22 **以定格的片言隻語把你盯定的眼睛。／而一旦被定格，趴在別針頭**：原文 "The eyes that fix you in a formulated phrase, / And when I am formulated, sprawling on a pin […]" (56-57)。這兩句有超現實意味，也反映普魯弗洛克內心世界的惶恐不安。Southam (52) 指出，卡萊爾 (Thomas Carlyle) 在《法國大革命歷史》(*The French Revolution: A History*) 一書中，也用了含有貶義的 "formulated"："Man lives not except by formulas; with customs, ways of doing and living."

23 **蒂末碎零**：原文 "butt-ends" (60)，指菸蒂，是艾略特創作時期典型的現代意象。

24 **戴著手鐲的手臂，白皙且袒露／（不過在燈光下，淺棕的細毛密佈！）**：原文 "Arms that are braceleted and white and bare / (But in the lamplight, downed with light brown hair!)" (63-64) 這兩行視覺效果鮮明，且略涉情色；不過主角未老先衰，即使想到性，也僅能止於意淫，因此說「略涉」。Southam (52) 指出，六十三行可與約翰・德恩《遺物》("The Relique") 一詩中的名句 "A bracelet of bright hair about the bone"（「骨頭戴著閃亮的頭髮為鐲」）並觀。艾略特在《玄學詩人》一文中稱讚過這行詩的「強烈效果」("powerful effect")，在這裏受德恩影響是順理成章。

25 **啊，我已經熟悉那些手臂……沿桌枕著或摟按著披肩的手臂**：原文 "And I have known the arms already…Arms that lie along a table, or wrap about a shawl." (62-67) 這幾行寫普魯弗洛克心神恍惚，思維顯得凌亂。

26 我早該成為一雙嶙峋的螯／慌忙竄爬過寂靜的海床：原文 "I should have been a pair of ragged claws / Scuttling across the floor of silent seas." (73-74) 這兩行也反映普魯弗洛克的內心世界；顯示他一心要逃避現實，不敢在社交場合出現。詩中所寫的行動，既狼狽，又尷尬。Southam (52) 指出，這兩行叫人想起莎士比亞劇作《哈姆雷特》(*Hamlet*) 第二幕第二場裏面主角裝瘋時對波倫紐斯 (Polonius) 所說的話："for you yourself, sir, should be old as I am, if like a crab you could go backwards"（「因為呀，先生，有一天，你本人的年紀也會跟我一樣大——要是你能夠像螃蟹一樣，向後倒行。」）拉佛格在詩中多次提到這一幕。《哈姆雷特》的台詞漢譯，見黃國彬譯註，《解讀〈哈姆雷特〉——莎士比亞原著漢譯及詳注》，全二冊，翻譯與跨學科學術研究叢書，宮力、羅選民策劃，羅選民主編（北京：清華大學出版社，二〇一三年一月，上冊，三五六頁，下冊，三二〇頁）。

27 下午、黃昏又睡得這麼安恬……在你我身邊：原文 "And the afternoon, the evening, sleeps so peacefully! / Smoothed by long fingers, / Asleep…tired…or it malingers, / Stretched on the floor, here beside you and me." (75-78) 這幾行描寫美麗的環境，按理正適合培養浪漫、旖旎的情調；但普魯弗洛克仍克服不了心理障礙，不能全情投入，內心反而無限恐懼（見隨後詩行）。

28 我該在吃過茶點，吃過冰淇淋後，／奮力把這一剎那推向緊要關頭？：原文 "Should I, after tea and cakes and ices, / Have the strength to force the moment to its crisis?" (79-80) 客觀世界的環境柔美浪漫，吃過茶點，吃過冰淇淋後，向女子示愛，本來自然不過；這簡單的行動，在普魯弗洛克的眼中，卻等於「奮力把這一剎那推向緊要關頭」。「奮力」("have the

strength」)、「推」("to force")、「緊要關頭」("crisis") 等字眼，都表示主角連輕而易舉的行動也不能勝任。

29　**不過，我雖曾哭泣，曾齋戒，曾哭泣，曾祈禱**：原文 "But though I have wept and fasted, wept and prayed" (81)。這行與《聖經・舊約》呼應："they mourned, and wept and fasted" (2 Samuel i, 12)（「而且悲哀，哭號，禁食到晚上」）（《撒母耳記下》，第一章第十二節）；"I fasted and wept" (2 Samuel xii, 22)（「我禁食哭泣」）（《撒母耳記下》，第十二章第二十二節）。這裏，詩人暗示主角的內疚；至於何以內疚（是真的有罪過呢，還是無中生有的自責），則沒有明言。

30　**但我絕不是先知**：原文 "I am no prophet" (83)。Southam 指出，這句與《阿摩斯書》(*Amos*)第七章第十四節呼應："I was no prophet, neither was I a prophet's son; but I was an herdsman, and a gatherer of sycomore fruit:"「我原不是先知，也不是先知的門徒；我是牧人，又是修理桑樹的。」在《阿摩斯書》裏，伯特利的祭司亞瑪謝，稱阿摩斯為「先見」（即「先知」，不過有貶義），叫他「不要在伯特利再說預言，因為這裏有王的聖所，有王的宮殿。」（第十三節）於是阿摩斯以上述話語回答亞瑪謝。

31　**雖曾見過我的頭顱（變得有點禿了）放在托盤上端進來，／但我絕不是先知——這裏也沒有大事存在；／我見過我一瞬的偉大晃耀，／見過永恆的侍者抓著我的上衣竊笑——／一句話：當時的心在發毛**：原文 "Though I have seen my head (grown slightly bald) brought in upon a platter, / I am no prophet—and here's no great matter; / I have seen the moment of my greatness flicker, / And I have seen the eternal Footman hold my coat, and snicker, / And in short, I was afraid." (82-86) 這幾行仍然寫主角想像世界和內心恐懼。普魯弗洛克想像自己變成

了施洗約翰，被砍頭後，「頭顱放在托盤上端進來」。不過約翰是先知，普魯弗洛克卻不是先知。參看《馬太福音》第十四章第三—十一節：「起先希律為他兄弟腓力的妻子希羅底的緣故，把約翰拿住鎖在監裏。因為約翰曾對他說：『你娶這婦人是不合理的。』希律就想要殺他，只是怕百姓，因為他們以約翰為先知。到了希律的生日，希羅底的女兒在眾人面前跳舞，使希律歡喜。希律就起誓，應許隨他所求的給她。女兒被母親所使，就說：『請把施洗約翰的頭放在盤子裏，拿來給我。』王便憂愁，但因他所起的誓，又因同席的人，就吩咐給她。於是打發人去，在監裏斬了約翰，把頭放在盤子裏，拿來給了女子，女子拿去給她母親。」《馬可福音》第六章第十七—二十九節描敘得更詳細：「先是希律為他兄弟腓力的妻子希羅底的緣故，差人去拿住約翰，鎖在監裏，因為希律已經娶了那婦人。約翰曾對希律說：『你娶你兄弟的妻子是不合理的。』於是希羅底懷恨他，想要殺他，只是不能。因為希律知道約翰是義人，是聖人，所以敬畏他，保護他，聽他講論，就多照著行，並且樂意聽他。有一天，恰巧是希律的生日，希律擺設筵席，請了大臣和千夫長，並加利利作首領的。希羅底的女兒進來跳舞，使希律和同席的人都歡喜。王就對女子說：『你隨意向我求甚麼，我必給你。』又對她起誓說：『隨你向我求甚麼，就是我國的一半，我也必給你！』她就出去對她母親說：『我可以求甚麼呢？』她母親說：『施洗約翰的頭！』她就急忙進去見王，求他說：『我願王立時把施洗約翰的頭放在盤子裏給我。』王就甚憂愁，但因他所起的誓，又因同席的人，就不肯推辭，隨即差一個護衛兵，吩咐拿約翰的頭來。護衛兵就去，在監裏斬了約翰，把頭放在盤子裏，拿來給女子，女子就給她母親。約翰的門徒聽見了，就來把他的屍首領去，葬在墳墓裏。」（變得有點禿了）：Southam (52) 指出，在括弧中低調自貶，是拉佛格的創作手法之一，艾略特在這裏模仿拉佛格。**我見過我一瞬的偉大晃耀**：即使勉強振作起來，也只是「一瞬的偉大」。既然是「一瞬」，自然只會「晃耀」於剎那之間。**永恆的侍者**：指死亡或死神。死神永遠在侍候人類，寸步不離，所以是「永恆的侍者」。Southam (53) 指出，艾略特的 "eternal Footman" 一詞的靈感可能來自約翰‧班揚 (John Bunyan, 1628-1688)的《天路歷程》(*The Pilgrim's Progress*)，因為該書有 "Heavenly Footman"（「天國侍者」）。**一句話：當時我的心在發毛**：這是普魯弗洛克直接的剖白。當然，像地獄的陰魂在詩的引言中所說，他相信直接的剖白不會傳到「陽間」。

32　**在當時那一刻，可值得／把這件事一口咬掉？──咬時微笑著**：原文 "Would it have been worth while, / To have bitten off the matter with a smile…" (90-91)。「這件事」指甚麼，艾略特沒有交代，大概指女方向普魯弗洛克暗示傳情，而普魯弗洛克想趁機示愛，但又怕自己誤解了女方的意思，結果變成自作多情，遭對方奚落。

33　**值得把宇宙捏得像圓球那麼大，／把它滾向一個勢不可當的問題**：原文 "To have squeezed the universe into a ball / To roll it towards some overwhelming question" (92-93)。在普魯弗洛克心目中，向女子示愛的簡單行動竟可以變成「把宇宙捏得像圓球那麼大，／把它滾向一個勢不可當的問題」。這兩行與第一節的 "To lead you to an overwhelming question"（「把你引向一個勢不可當的問題」）呼應。九十二行脫胎自馬維爾《致他的害羞情人》一詩的句子："Let us roll all our strength and all / Our sweetness up into one ball [...]"（「且把我們所有的力量／和我們所有的溫馨捲成一個圓球〔……〕」）

不過除了馬維爾的句子，Southam (53) 還指出兩個典故：
其一是：賽門斯《文學中的象徵主義運動》(*The Symbolist
Movement in Literature*) 一書提到拉佛格的句子："In Laforgue,
sentiment is squeezed out of the world before one begins to
play at ball with it." 其二是：柏格森的 "An Introduction to
Metaphysics" ["Introduction à la Métaphysique"]（《形而上學
導論》）。在這篇文章中，柏格森把生命形容為一連串的心
理狀態、記憶、身分，「連續不斷的收捲，像一條線在球
上捲繞那樣」("a continual rolling up, like that of a thread on a
ball")。

34 說：「我是拉撒路，從陰間重返世上，／回來把一切向你
轉達，我會把一切向你轉達」：原文 "To say: 'I am Lazarus,
come from the dead, / Come back to tell you all, I shall tell you
all' […]" (94-95) Southam (53) 指出，《聖經》有兩個拉撒
路。一個出現在《約翰福音》第十一章第一一四十四節，是
馬利亞和馬大的兄弟；在故事中死了四天，因耶穌的大能而
復活。另一個拉撒路則在《路加福音》第十六章第十九一
三十一節的寓言中與財主出現。第二個拉撒路，是個「討飯
的」，「渾身生瘡，被人放在財主門口，要得財主桌子上掉
下來的零碎充飢，並且狗來舔他的瘡」（第二十一二十一
節）。後來兩人死了。拉撒路到了亞伯拉罕懷裏；財主墜入
地獄遭烈火煎熬。財主求亞伯拉罕「打發拉撒路來，用指頭
尖蘸點水，涼涼我的舌頭」（第二十四節）。亞伯拉罕說，
彼此有深淵阻隔，深淵兩邊的靈魂不能來往。於是財主求亞
伯拉罕打發拉撒路向財主五個尚在人間的弟兄「作見證」，
以免他們死後也墮進地獄受苦（第二十八節）。「亞伯拉罕
說：『他們有摩西和先知的話可以聽從。』他（指財主）
說：『我祖亞伯拉罕哪，不是的，若有一個從死裏復活的，

到他們那裏去的，他們必要悔改。』亞伯拉罕說：『若不聽摩西和先知的話，就是有一個從死裏復活的，他們也是不聽勸。』」（第二十九—三十一節）艾略特詩中的拉撒路，大概指討飯的拉撒路。普魯弗洛克想像自己從陰間或地獄（自閉的個人世界）返回陽間（外間客觀世界），鼓起勇氣向女子表白，但也止於想像，不能把念頭付諸行動。**把一切向你轉達**：Southam (53) 指出，這句叫人想起耶穌在《約翰福音》第十四章第二十六節所說的話：「他（指聖靈）要將一切的事指教你們，並且要叫你們想起我對你們所說的一切話。」(“he shall teach you all things, and bring all things to your remembrance.”) 同時也與《哈姆雷特》第三幕第二場一四〇行（「演員是不能保守秘密的——他們會和盤托出。」(“The players cannot keep counsel; / they'll tell all.”)）呼應。莎士比亞的劇作中，各版本的行序未必相同。

35　**要是有人，把枕頭在鬢邊輕輕一放，／說：「我完全不是這個意思啊，／完全不是啊。」**：原文 “If one, settling a pillow by her head, / Should say: 'That is not what I meant at all, / That is not it, at all.'” (96-97) 這幾行頗富戲劇效果；由於動作和語調的描敘準確，說話的女子如在目前。

36　**灑過水的街道**：原文 “sprinkled streets” (101)。街道夏天灑水，避免塵土飛揚。威廉·恩納斯特·亨利的組詩《在醫院裏》第二十三首（《音樂》(“Music”)）有 “sprinkled pavements”（「灑過水的人行道」）和 “magic lantern”（幻燈，又譯「魔法燈籠」）之語 (Southam, 53-54)。在這首詩中，作者回憶美好時光，筆觸柔美細膩。

37　**啊，彷彿幻燈把條條神經投射在銀幕上，影像縱橫**：原文 “But as if a magic lantern threw the nerves in patterns on a screen (105)。這一意象十分現代，最初發表時會驚世駭俗，是詩

人現代詩精神的反映，有艾略特重視的詩歌特色：叫人驚奇、驚詫、驚愕。Southam (54) 指出，這一意象源自詩人的閱讀經驗。艾略特父親訂閱的《聖路易斯環球——民主黨人報》(*St. Louis Globe-Democrat*，簡稱*The Globe*（《環球報》）)，於一八九七年一月曾刊登一篇文章，題為《觀看腦部》("Seeing the Brain")。文章的插圖有一個男子坐在一束強光前，強光把他腦部的愛克斯光照片投射到銀幕上，影像縱橫。童年的艾略特看了，印象大概異常深刻，日後乃成為新穎的意象在詩中出現。**條條神經**：賽門斯談拉佛格的詩時有這樣的說法："It is an art of the nerves, this art of Laforgue, and it is what all art would tend towards if we followed our nerves on all their journeys."（「拉佛格的這種藝術，是神經藝術。我們的神經展開所有旅程時，如果我們能追隨其後，則所有藝術都會朝這一方向發展。」）(Southam, 54)

38　要是有下述情形，當時那一刻可值得？／一個人，擺放著枕頭或者把披肩猝然脫下的剎那，／向窗戶轉身間，說：／「完全不是啊，／我完全不是這個意思啊。」：原文 "Would it have been worth while / If one, settling a pillow or throwing off a shawl, / And turning toward the window, should say: / That is not it at all, / That is not what I meant, at all." (106-110) 普魯弗洛克在想像女子的反應；文字極富戲劇效果，反映說話者怕自尊受損。

39　不！我不是哈姆雷特王子……近乎—— 有時候—— 一個大蠢材：原文 "No! I am not Prince Hamlet, nor was meant to be; / Am an attendant lord, one that will do / To swell a progress, start a scene or two, / Advise the prince; no doubt, an easy tool, / Deferential, glad to be of use, / Polite, cautious, and meticulous; / Full of high sentence, but a bit obtuse; / At times, indeed, almost ridiculous─/ Almost, at times, the Fool." (111-19) 據艾略特自述，這段完成於哈佛時期（約一九一〇年二月）。他身在歐洲時，《普魯弗洛克的戀歌》就由這一片段衍生。起先，龐德勸艾略特刪去這一段，但艾略特堅持保留。龐德致赫麗艾蒂·門羅的信中說，既然艾略特喜歡保留這段，保留也無傷大雅。這段受拉佛格的影響至為直接。麥迪森 (F. O. Matthiessen) 指出，在艾略特所有的作品中，就詩的律動、重複、前後呼應以至題材選擇等方面，《普魯弗洛克的戀歌》受拉佛格的影響最為直接。不過其精巧完美的程度，非拉佛格的即興風格所能企及。**不！我不是哈姆雷特王子，也沒人要我擔當這個角色**：普魯弗洛克一直猶豫狐疑，此刻突然勉強振作，要肯定自己的身分，因此「鼓起」「男子氣概」，「強調」自己不是丹麥王子哈姆雷特。哈姆雷特是莎士比亞名劇《哈姆雷特》的主角，優柔寡斷，左思右想，在關鍵時刻趑趄不前。劇中第三幕第一場的獨白（即「活下去呢，還是不活，是問題所在」("To be, or not to be – that is the question") 一段），最能反映他的性格。這段文字廣受傳誦，大概是莎翁所有劇作中最著名的一段台詞了。（獨白的漢譯，參看黃國彬譯註，《解讀〈哈姆雷特〉──莎士比亞原著漢譯及詳注》，全二冊，翻譯與跨學科學術研究叢書，宮力、羅選民策劃，羅選民主編（北京：清華大學出版社，二〇一三年一月），上冊，三五六頁，下冊，三二〇頁。）普魯弗洛克這句話，與《神曲·地獄篇》第二章第四十二行但丁對維吉爾 (Publius Vergilius Maro, 70 B. C. -19 B. C.) 所說的話（"Io non Enea, io non Pablo sono"（「我不是埃涅阿斯，不是保羅」））呼應。漢譯見黃國彬譯註，《神曲·地獄篇》（台北：九歌出版社有限公司，二〇一九年四月，訂正版九印）。在詩中，維吉爾對但丁說，他們所走的路安全，埃涅阿斯和聖保羅以前曾走過；於是引發但丁的回應。一九五六年，西摩·格羅斯 (Seymour L. Gross) 教授認為此句出自勞倫斯·斯特恩 (Laurence Sterne) 的信，因為斯特恩的信中有一句話，除了 "No" 字，其餘部分完全與艾略特詩中的句子相同。艾略特回信說，他從未看過斯特恩的信。此外，沃爾特·佩特 (Walter Pater, 1839-1894)《文學欣賞論文集》(*Appreciations*, 1889) 一書中《莎士比亞的英國君王》("Shakespeare's English Kings" (1889)) 一文有下列句子："No! Shakespeare's kings are not, nor are meant to be, great men [...]" 接著的下文，與普羅弗洛克的性格吻合："rather, little or quite ordinary humanity, thrust upon greatness, with those pathetic results, the natural self-pity of the weak heightened in them into irresistible appeal to others [...]" 艾略特熟悉佩特的這本書，受佩特影響也大有可能。參看Southam, 54-55。**巡遊**：原文 "progress" (113) = "in Elizabethan England, and often represented on stage, the ceremonial journey of the nobility or royalty in full pomp." (Southam, 55) **圓滑**：原文 "Politic" (116) = "in its archaic sense, diplomatic and with an eye to advantage." (Southam, 55) **機敏**：原文 "cautious" (116) = "cf. 'cautelous', crafty, cunning, as used by Shakespeare." (Southam, 55) 這裏不譯「謹慎」，也不譯「狡猾」或「狡獪」，因為 "cautelous" 也有 "wary" 的意思。**誠惶誠恐**：原文 "meticulous" = "in the obsolete sense of fearful, as would befit 'an attendant lord' in the service of his prince." (Southam, 55) "meticulous" 一般譯「精細」或「細密」；這裏含現代不再用的古義。**滿口道德文章**：原文 "Full of high sentence" (117)。"cf. 'ful of hy sentence', meaning full of lofty sentiments and learned talk" (Southam, 56)。Southam (56) 指出，一一七——一一九行叫人想起《哈姆

雷特》一劇中的波倫紐斯。**大蠢材**：原文 "the Fool" (119)。
"Fool" 是大寫，指伊麗莎白時代戲劇中演傻瓜的角色，是當
時戲劇的一個典型，與一般角色有別。參看Southam, 56。

40　**我漸趨衰老了……漸趨衰老……**：原文 "I grow old…I grow
old…" (120) 艾略特說過，這行叫他想起莎士比亞戲劇《亨
利四世第一卷》第二幕第四場 (*Henry IV, Part I,* II, iv) 中佛
斯塔夫 (Falstaff) 所說的台詞："There live not three good men
unhanged in England, and one of them is fat, and grows old."
Southam (56) 則認為，這行的出處大概是柏格森《形而上學
導論》中的一句："to live is to grow old"。

41　**所穿的褲子褲腳要捲繞**：原文 "I shall wear the bottoms of my
trousers rolled." (121) 褲腳有捲邊的褲子，指褲腳邊緣倒捲的
褲子。倒捲部分，英國人叫 "turn-ups"，美國叫人 "cuffs"。參
看Southam, 56。

42　**我該從後面把頭髮中分？**：原文 "Shall I part my hair behind?"
(122) 在一篇自傳文章中，在哈佛大學與艾略特同輩的康拉
德・艾肯提到，從巴黎回來的一位同學，「頭髮從後面中
分」("with his hair parted behind")，大受矚目。當時，「頭髮
從後面中分」是波希米亞（放蕩不羈）的行徑。
**我要穿上白色的佛蘭絨褲……直到人聲把我們喚醒，我們
遇溺在海中**：原文 "I shall wear white flannel trousers, and
walk upon the beach. / I have heard the mermaids singing, each
to each. / [New Stanza] I do not think that they will sing to me. /
[New Stanza] I have seen them riding seaward on the waves /
Combing the white hair of the waves blown back / When the wind
blows the water white and black. / [New Stanza] We have lingered
in the chambers of the sea / By sea-girls wreathed with seaweed
red and brown / Till human voices wake us, and we drown." (123-

31) 在但丁的《神曲》中，尤利西斯 (Ulysses) 航向世界盡頭尋求知識，航程中為塞壬（Siren，希臘神話中的女海妖，又稱「岩礁女妖」）所吸引。艾略特在這裏戲擬史詩風格。參看Southam, 56。**我要穿上白色的佛蘭絨褲，在海灘上蹓躂**：原文 "I shall wear white flannel trousers, and walk upon the beach." (123) 這行也是艾略特在自述，因為他本人有時候也喜歡穿上白色的佛蘭絨褲，在海灘上蹓躂 (Southam, 56)。**我聽到條條美人魚向彼此唱歌對答**：原文 "I have heard the mermaids singing, each to each" (124)。普魯弗洛克接近大自然，不必與人交接，個性得到片刻解放。Southam (56-57) 指出，約翰·德恩的《歌曲》("Song") 有這樣的一行：Teach me to heare Mermaides singing"（「教我聽美人魚唱歌」）在賽門斯《文學中的象徵主義運動》一書中，有一章專談舍哈·德涅瓦爾 (Gérard de Nerval, 1808-1855)，結尾時徵引了他的 "El Desdichado"（《失去繼承權的人》）："J'ai rêvé dans la grotte où nage la sirène"（「我曾在海妖游泳的洞裏做夢」）。註釋《荒原》第四二九行時，艾略特也提到這首詩。那麼，艾略特在這裏有意與德恩和德涅瓦爾呼應，就自然不過了。**我相信她們不會對我唱**：原文 "I do not think that they will sing to me." (125) 雖然聽到美人魚唱歌，但普魯弗洛克仍受矜持約束，未完全釋放自我。希臘詩人荷馬作品中的海妖，以歌聲引誘航行者，目的是令他們半途而廢。英國伊麗莎白時期的詩人，認為海妖就是美人魚。斯賓塞 (Edmund Spenser, 1552/1553-1599) 的 *The Faerie Queene*, II, xii 和撒繆爾·丹尼爾 (Samuel Daniel, 1562-1619) 的《尤利西斯與海妖》(*Ulysses and the Siren*) 就有這類描寫。(Southam, 57) **海風把波浪吹得黑白相間的時候，／我見過她們騎著波浪馳向海深處，／波浪後湧時把濤上的白髮撥梳。／〔分段〕我們曾**

經在大海的內室徜徉，／左右是一個個海姑娘，額上繞著海藻，有棕有紅〔……〕：原文 "I have seen them riding seaward on the waves / Combing the white hair of the waves blown back / When the wind blows the water white and black." (126-30) 這幾行寫普魯弗洛克回歸自然，是他在整首詩中最能釋放自我、最能擁抱生命的剎那。不過既是「剎那」，自然非常短暫，因為到了下一行，也是全詩最後一行，他又返回人間世界，仍然是全詩開始時猶豫狐疑、優柔寡斷的普魯弗洛克。

附註：《普魯弗洛克的戀歌》最初（一九一五年）發表時，結尾是一行圓點，相等於省略號。如果這些標點如實反映艾略特原稿，則《戀歌》這首詩可能是一首未完成的作品。這種猜想，在艾略特於一九六〇年寫給《泰晤士報文學副刊》(*Times Literary Supplement*) 的信中似乎獲得證實。參看 Southam, 57。

一位女士的畫像[1]

你犯了——
通姦罪；不過在另一國度，
何況那個婊子已經死去。
　　《馬耳他的猶太人》[2]

——

一

十二月的一個下午，在煙霧氤氳中，
眼前的場景自成秩序——事情看來也巧合——
以一句「這個下午，我留給你了」；
幽暗的房間有四枝蠟燭，
四圈光暈反映在頭上的天花板，
氣氛像朱麗葉的墓窟，[3]
為一切要說或不說的話而鋪展。
假設我們剛聽完最新版波蘭人
播送前奏曲，透過他的頭髮和指尖。[4]
「真是親切，這個蕭邦。叫我覺得，他的靈魂
只該在朋友之間再度獲賦生命，
在兩三個朋友之間。音樂廳裏被人擦撫
質詢的芳華，這些朋友不會碰觸。」[5]
——就這樣，談話的語言
失足在微弱的期盼和小心捕捉到的遺憾中[6]

穿過與遙遠的短號多支
相混的小提琴柔柔被拉弱的樂聲，
然後正式開始。
「你不知道，諸位朋友對我的重要性，
不知道我的遭遇又罕見如斯，離奇如斯……
在這麼多……這麼多零碎所構成的生命
（我實在不喜歡這樣……你早已知道？你可不是瞎子！
多麼熾熱呀，你這個人！）[7] 找到
找到一位朋友，具備這些品質——
具備——而又把那些品質付出——
友情賴以生存的食物。
跟你這樣說，意義真重大——
沒有了這些友情——生命，真是個*cauchemar*了！」[8]

　　周圍是小提琴繚繞之聲
和沙啞號角
奏出的小調，
我的腦中，響起低沉的手鼓嘭嘭[9]
不知所謂地錘出自己的序曲——
怪異莫測的單一旋律。
至少，這調子肯定是個「假音」。
——到外面吸口新鮮空氣吧，煙霧真叫人恍惚，
欣賞一座座的歷史遺蹟，[10]
談論最近發生的大事，
按公眾地方的大鐘撥正我們手錶的時間。
再坐半個鐘頭，喝我們的黑啤酒，[11] 稍稍流連。[12]

二

此刻，由於紫丁香盛開，
她的房間也擺了一鉢紫丁香盆栽；
說話時，手指間也捻搓著一朵。
「你不會知道，不會知道哇，朋友，
生命是甚麼；你手握生命，是不會知道的」；
（說時慢慢把紫丁香的花梗捻搓）
「你讓它從身邊流走，讓它流走；
青春是殘忍的，不會讓悔恨打攪；
不能看到的處境它會用微笑回答。」
我自然是微微一笑，
然後繼續喝茶。

「不過，不知是甚麼原因，四月日落，會回想
我那被埋的生命和春天的巴黎。[13]
面對這樣的時辰，我感到無限安舒，
覺得世界畢竟奇妙，而且年富力強。」

聲音再度響起，像八月的一個下午，
一把破爛的小提琴總是與調子不符：
「我一直堅信，我的感受
你明白，一直堅信你會有感覺，
堅信你會把手伸過鴻溝。

你立於不敗之地，你沒有死穴。[14]
你會繼續活下去。在你勝利的時候，
你可以說：在這一階段，許多人已輸掉了戰鬥。
可是，我有甚麼……朋友，我有甚麼東西
給你呢？從我手上，你能得到甚麼東西呢？

只會得到友誼跟同情，由一個
很快就到達旅程盡頭的人送給你。

　　我會給朋友們倒茶，就坐在這裏……」

　　我拿了帽子。這樣的款曲經她一提，
我怎可以用怯懦的言行回敬呢？
你都會看見我，無論哪一天早晨，
都在公園裏閱讀連環漫畫跟體育版。
我尤其會留意下列新聞：
英國一個伯爵夫人登上藝壇。
一個希臘人在一個波蘭舞蹈表演中被謀殺，
又一個拖欠銀行債務的人承認了罪行。
我不動聲色，
保持冷靜。
唯一例外的一刻，是聽到街外的鋼琴，機械，困疲，
把某一濫調反覆彈奏，
帶來飄過花園的風信子芬芳，
叫人想起別人渴求過的東西。
是對呢，還是錯？——這些念頭。

三

　　十月的夜晚降臨，回家時情形跟過去相同，
唯一的分別，是稍微感到侷促不安。
我走上樓梯，然後把門柄旋動，
感覺自己上樓時是手膝蹣跚。
「那你要出國啦。回來是甚麼時候？
不過，這樣問也沒用。
甚麼時候回來，也不見得你會清楚；

你會碰到許多新事物，待你去學習吸收。」[15]
我的微笑重重地跌入一堆小飾物。

　「也許你可以給我寫信。」
我的冷靜上燎了一秒；
這情景，一如我所料。
「最近，我常常奇怪
（不過我們開始時總不知道結束前怎樣走！）[16]
我們為甚麼沒有成為朋友。」
我像個正在微笑的人，轉身間突然看見
自己的表情由鏡子反映出來。
我的冷靜像蠟燭熔淌；我們其實在黑暗裏面。

　「因為，大家都這樣說──我是指所有朋友。
他們當時都確信，我們的感情會這麼
緊密相通！這一點，我個人倒難以理解。
現在，我們得把結局交給命運了。
不管怎樣，你會寫信的。
也許還不算太遲呢。
我會坐在這裏，倒茶給朋友。」

　我呢，得借用所有變幻的形貌
來表達意思……跳舞，跳舞，
像一隻跳舞的熊，
像一隻鸚鵡鳴叫，一隻猿猴吱喳吵鬧。
到外面吸口新鮮空氣吧，煙霧真叫人恍惚──

　好了！要是她在某一個下午死去怎麼辦？[17]
煙霧瀰漫、灰濛濛的下午，玫紅帶著曛黃的黃昏；
要是她死去，留下我，拈筆獨坐時，煙霧

降落一戶戶的屋頂；

猶疑著，一剎那

不知怎樣感覺，也不知是否清楚；

不知是智還是愚，是太快還是太慢⋯⋯

歸根結柢，她佔的優勢難道不會勝過我？

這樂曲奏得成功，以「死亡的頓挫」——[18]

既然談到死亡，就姑且用「死亡」一詞——

我該有權利微笑嗎？

註釋

1   題目原文 "Portrait of a Lady" 與亨利・詹姆斯 (Henry James, 1843-1916) 小說的題目《一位女士的畫像》(*The Portrait of a Lady*) 呼應。康拉德・艾肯指出，詩中主角是波士頓一個女主人，在小擺設之間招待客人喝茶。這位女主人的真姓名是「艾德琳・莫法特」("Adelene Moffatt")。參看Southam, 58-59。詩中，說話的人主要是這位女士，敘事人只說旁白。題目也可以譯《一位女士的寫照》。不過這一譯法較離心，不若較向心的《一位女士的畫像》那麼鮮明，因為「寫照」已經用濫，字面意義轉弱，引申意義（如「藍領生活的寫照」）轉強。有關離心和向心翻譯，參看黃國彬，《向心翻譯與離心翻譯》，《翻譯季刊》(*Translation Quarterly*)，第四十七期（二〇〇八年三月），頁一一四十七。

2   「你犯了⋯⋯何況那個婊子已經死去」：原文 "Thou hast committed— / Fornication: but that was in another country, / And besides, the wench is dead." 出自英國劇作家馬婁 (Christopher

Marlowe, 1564-1593) 的戲劇《馬耳他的猶太人》(*The Jew of Malta*) 第四幕第一場。戲劇全名為 *The Famous Tragedy of the Rich Jew of Malta*（《馬耳他富有猶太人的著名悲劇》），作於一五八九或一五九〇年，寫一個叫巴拉巴斯 (Barabas) 的馬耳他商人。引文第一行，是修士指控放蕩不檢的巴拉巴斯。這個修士本身也不是好人；指控巴拉巴斯，是為了勒索他；不料巴拉巴斯先發制人，「坦白認罪」。巴拉巴斯之罪，其實不止通姦；他在兩人對話前，已經毒殺了一所女修道院的修女。

E. J. H. Greene在 *T. S. Eliot et la France*（《艾略特與法國》）一書中指出，此詩的結構和韻律以拉佛格的《傳說》("Légende") 和《月亮獨唱》("Solo de lune") 為藍本。拉佛格和艾略特的作品，都用了內心獨白 (interior monologue) 技巧；《一位女士的畫像》是「拉佛格的自由詩體裁調整後應用於英詩」("the free verse of Laforgue adapted to English poetry")。參看Southam, 59。

3　**朱麗葉的墓窟**：原文 "Juliet's tomb" (6)。在莎士比亞的劇作《羅密歐與朱麗葉》(*Romeo and Juliet*) 中，女主角吃藥佯死逃婚，「葬」在地下墓室；羅密歐趕到，以為情人真的死了而自殺。朱麗葉醒轉，目睹羅密歐的屍體，悲痛中也自戕而死。

4　**假設我們剛聽完最新版波蘭人／傳送《前奏曲》，透過他的頭髮和指尖**：原文 "We have been, let us say, to hear the latest Pole / Transmit the Preludes, through his hair and finger-tips" (8-9)。**波蘭人**：指波蘭和法國的著名作曲家蕭邦 (Frédéric François Chopin (波蘭文 "Fryderyk Franciszek Chopin"，也稱 "Szopen"), 1810-1849)。有「鋼琴詩人」的美譽。蕭邦的父親為法國人，母親為波蘭人，後半生主要在法國度過，因此

有雙重身分。蕭邦的作品包括敘事曲、波蘭舞曲、鋼琴前奏曲、鋼琴練習曲、諧謔曲、即興曲、鋼琴奏鳴曲、夜曲、鋼琴協奏曲、幻想曲、大提琴奏鳴曲、搖籃曲。（見《維基百科》「蕭邦」條）。"latest" 指「最新的」、「最近的」，有別於 "late"（「已故的」）。這裏大概指蕭邦的最新版唱片或某音樂會鋼琴家演奏的蕭邦前奏曲。當然，如把詩的情節放在蕭邦在世時，讀者也可以這樣了解：詩中人物剛在音樂會聽完蕭邦本人演奏。**《前奏曲》**：指蕭邦二十六首鋼琴前奏曲的全部或部分曲目。

5　**「真是親切，這個蕭邦。……這些朋友不會碰觸。」**：原文 "'So intimate, this Chopin, that I think his soul / Should be resurrected only among friends / Some two or three, who will not touch the bloom / That is rubbed and questioned in the concert room'" (10-13) 從這幾行看，詩中兩個角色應該在室內聽蕭邦鋼琴前奏曲的唱片。說話的人是女士，意思是，蕭邦的鋼琴前奏曲只宜在兩三個朋友之間聽。「芳華」("bloom")，可以指英年早逝的蕭邦，也可以指他的音樂。蕭邦的音樂在音樂廳演奏，聽眾就會諸多褻瀆、質詢 ("rubbed and questioned")，有辱作曲家或音樂。「芳華」在這裏是個隱喻。

6　**就這樣，談話的語言／失足在微弱的期盼和小心捕捉到的遺憾中**：原文 "And so the conversation slips / Among velleities and carefully caught regrets [...] (14-15).「失足」("slips")，指漫不經意地說出，像一個人失足滑倒。

7　**（我實在不喜歡這樣……你早已知道？你可不是瞎子！／多麼熾熱呀，你這個人！）**：原文 "For indeed I do not love it... you knew? you are not blind! / How keen you are!)" (22-23) 這兩行是男主角的內心獨白，回應女主角的話。**熾熱**：原文

"keen"，指（感情或情慾）強烈。

8　*cauchemar*：法語，「夢魘」的意思。

9　**手鼓**：原文 "tom-tom" (32)。這是艾略特看人類學書籍時碰到的樂器，叫人想起原始部落。在這裏表示社交場合中的假音，與三十五行的「假音」（"false note"）呼應 (Southam, 59)。

10　**歷史遺蹟**：原文 "monuments" (37)，有多種譯法：「紀念碑」、「紀念館」、「古蹟」、「歷史遺蹟」。原文在詩中屬泛稱，因此不必落實，譯「歷史遺蹟」較恰當。

11　**黑啤酒**：原文 "bocks" (40)，是德國烈性啤酒，也泛指啤酒。

12　**稍稍流連**：與「坐半個鐘頭」共譯 "sit for half an hour" (40)；除了補足原文的言外之意，也有押韻之功（「間」—「連」（"clocks"-"bocks"））。

13　**我那被埋的生命和春天的巴黎**：原文 "My buried life, and Paris in the Spring" (53)。Southam (60) 指出，「被埋的生命」（"buried life"）一語，似乎出自阿諾德 (Matthew Arnold, 1822-1888) "The Buried Life" (1852) 一詩："[…] But often, in the world's most crowded streets, / But often, in the din of strife, / There rises an unspeakable desire / After the knowledge of our buried life; / A thirst to spend our life and restless force / In tracking out our true, original course; / A longing to inquire / Into the mystery of this heart which beats / So wild, so deep in us—to know / Whence our lives come and where they go. / And many a man in his own breast then delves, / But deep enough, alas! none ever mines. […]"「被埋的生命」，指生命中激情的一面。這一面，常常被壓抑或忽視。在《一位女士的畫像》中，艾略特設想讀者對阿諾德的作品有所認識，讓二詩互相呼應；《一位女士的畫像》變成了阿諾德作品的點評。二詩的一大

分別，是艾略特作品的語調含反諷，阿諾德作品的語調則一以貫之，比較統一（這一分別，並非優劣之別）。「被埋的生命」與「春天的巴黎」並列，也叫讀者想到亨利‧詹姆斯的小說《奉使記》(*The Ambassadors*)。在這本小說中，主角藍伯特‧斯特列特 (Lambert Strether) 形容生命的再發現為長久蟄伏的種子萌發：「這幾個胚芽，長年被埋於黑暗角落……經巴黎四十八小時培育，得以再度萌發。」("Buried for long years in dark corners…these few germs had sprouted again under forty-eight hours of Paris.")。《一位女士的畫像》，寫於巴黎的篇幅比例頗大。

14 **死穴**：原文 "Achilles' heel" (68)。希臘神話中，阿喀琉斯 (Achilles) 是大英雄，父親佩琉斯 (Peleus) 是凡人，母親瑟蒂絲 (Thetis) 是海中仙子。阿喀琉斯尚在嬰兒時期，就有預言說他注定早死。於是，瑟蒂絲把兒子帶到斯提克斯 (Styx) 河，把他浸入河水中。斯提克斯河有神奇功效，浸浴後刀槍不入，永不傷亡。可惜瑟蒂絲浸浴兒子時，手握他的腳跟，結果腳跟沒有沾到河水。後來，阿喀琉斯被帕里斯 (Paris) 偷襲，結果因腳跟中箭而死。因此，「阿喀琉斯的腳跟」或「阿喀琉斯之踵」是「唯一的致命弱點」或「死穴」的另一說法。「阿喀琉斯」，又叫「阿基利斯」（英文漢譯），是荷馬史詩《伊利昂紀》的主角。荷馬的作品結尾時，他沒有遭帕里斯偷襲。帕里斯偷襲阿喀琉斯的情節，出現於希臘神話的其他作品。

15 **十月的夜晚降臨……你會碰到許多新事物，待你去學習吸收**：原文 "The October night comes down; returning as before / Except for a slight sensation of being ill at ease / I mount the stairs and turn the handle of the door / And feel as if I had mounted on my hands and knees. / 'And so you are going abroad; and when do

you return? But that's a useless question. / You hardly know when you are coming back, / You will find so much to learn.'" (84-91) Southam (60) 指出，這段有詩人的自描成分：艾略特於一九一〇年十月離開美國往巴黎索邦 (the Sorbonne)「學習吸收」("to learn")。索邦是巴黎拉丁區 (Quartier latin) 的一座建築，自一二五三年起成為索邦書院 (Collège de Sorbonne) 的院址，日後改名巴黎大學 (Université de Paris)，不過巴黎大學一般仍稱「索邦」。

16　不過我們開始時總不知道結束前怎樣走：原文 "But our beginnings never know our ends" (97)。這句原文脫胎自莎士比亞《仲夏夜之夢》第五幕第一場："That is the true beginning of our end" (Southam, 60)。

17　好了！要是她在某一個下午死去怎麼辦：原文 "Well! and what if she should die some afternoon" (114)。Greene 指出，此行脫胎自拉佛格的《皮埃霍勛爵的另一哀嘆》("Autre Complainte de Lord Pierrot")："Enfin, si, par un soir, elle meurt dans mes livres"（「最後，如果有一個晚上，她在我的書中死去」）。這行也許可以解釋，一一六行何以說「拈筆」("pen in hand") (Southam, 60)。

18　「死亡的頓挫」：原文 "'dying fall'" (122)。參看 "The Love Song of J. Alfred Prufrock" 五十二行。在《J·阿爾弗雷德·普魯弗洛克的戀歌》中，"dying fall" 因上下文不同，譯法（「殞落」）也有分別。

前奏曲[1]

一

冬天的黃昏靜下來了。
牛排的氣味氤氳在走廊裏。
六點鐘。
煙霧瀰漫的日子燒盡了的根蒂。
此刻,急風驟雨霎時間
把骯髒的枯葉片片
吹颺,把你的雙腳
和一幅幅建築空地的報紙纏繞;
陣雨瀟瀟,
鞭笞著破爛的百葉簾和煙囪管帽;
在街道的一角,
一匹孤獨的拉車馬噴著氣,四蹄在跺踩。

然後,街燈都亮了起來。

二

早晨醒了過來,感覺
啤酒走味的淡淡氣息
飄升自木屑處處、行人踐踏的街道;[2]

一雙雙沾著泥濘的腳
儘向咖啡檔擁去。³

時間再一遍
讓另一些化妝舞會重新展開，
一個人就想起所有的手
在一千個配備家具的出租房間
把陰暗骯髒的捲簾掀起來。

三

你把一張毛毯從床上甩開，
你仰臥著等待；
你打盹，注視著黑夜展現
上千個骯髒的影像；
你的靈魂，由這些影像構成；
影像閃爍在天花板面。
整個世界醒轉，
亮光穿過百葉窗緩爬而上，
你聽到麻雀在街溝裏啾啾鬧嚷，
這時，你的心目中看到街道的新貌；
這新貌，街道卻難以理解。
你坐在床沿，在那裏
把紙卷從頭髮捲起，
或者用骯髒的雙手緊抱
發黃的腳底，雙掌跟腳底緊貼。

四

天空漸漸消失在城中的一排建築物後面；

他的靈魂緊繃，鞭過了天空，
或被一隻隻不肯罷休的腳踐躪，
在四點鐘、五點鐘、六點鐘；
粗鈍的手指在裝菸斗；
各家晚報；就某些事件——
保證發生的事件——獲保證的眼睛；
一條被弄黑的街道，其良心
急於接管世界。

我受到捲繞著這些意象、並且
在上面黏附的各種幻想撩撥：
想到某一個無限溫柔、
又受著無限痛苦的傢伙。[4]

用手一抹你的嘴，然後，發笑吧；
大千世界在旋轉，像老婦
在一幅建築空地上收柴草。

註釋

1　第一、二首，一九一〇年十月脫稿於哈佛大學；第三首，
　　一九一一年七月脫稿於巴黎；第四首，約於一九一一年十一
　　月脫稿於哈佛大學。四首作品於一九一五年七月在倫敦《爆
　　破》(*Blast*) 雜誌發表。一九五〇年，艾略特提到這幾首作
　　品時說，他的早期詩作中，這幾首雖非最具潛質，「他本
　　人」卻「最感滿意」("the most satisfactory to myself")。參看
　　Southam, 61。

　　　題目《前奏曲》，大概不是 "Portrait of a Lady" 第

九行所指的蕭邦鋼琴作品，而是指收錄於拉佛格《哀嘆集》(*Les Complaintes*) 的《自傳前奏曲》("Préludes Autobiographiques")。這自傳性質，正好與艾略特兒時的波士頓意象呼應。參看Southam, 61。

在這幾首作品的手稿中，第一、二、三首原題為《羅斯伯里前奏曲》("Preludes in Roxbury")（羅斯伯里是波士頓城郊的一個骯髒住宅區）；第三首有副題《黎明》("Morgendämmerung")；第四首有副題《黃昏》("Abenddämmerung")。"Morgendämmerung" 和 "Abenddämmerung" 都是德文。參看Southam, 61。

寫作這些作品時，艾略特也受了法國作家沙爾─路易‧菲利普的小說和法國詩人波德萊爾 (Charles Baudelaire, 1821-1867) 影響。菲利普的小說寫低下階層（如染了梅毒的拉皮條、妓女、嫖客）；波德萊爾寫城市生活的邊邊骯髒。艾略特的手法、意象都從兩位作家的作品中吸取營養。參看 Southam, 11, 61。

2　**飄升自木屑處處、行人踐踏的街道**：原文 "From the sawdust-trampled streets" (3)。許多酒吧和商店在地上撒鋸下的木屑吸去污穢，客人從裏面出來，鞋子就會把污穢的木屑踐落街上。情形就像《J‧阿爾弗雷德‧普魯弗洛克的戀歌》第七行（漢譯第六行）的「鋸木屑〔……〕滿佈的酒樓」("sawdust restaurants")。參看Southam, 62。

3　**咖啡檔**：原文 "coffee-stand"。「檔」字是方言，恰能翻譯 "coffee-stand" 中的 "stand"；標準漢語中的「攤子」、「售貨攤」、「店」都不能準確傳遞原文的意義。

4　**想到某一個無限溫柔、／又受著無限痛苦的傢伙**：原文 "The notion of some infinitely gentle / Infinitely suffering thing" (12-13)。艾略特妻子維樂麗‧艾略特指出，詩人寫這兩行時，

心中想到的是哥哥亨利‧艾略特 (Henry Ware Eliot, 1879-1947)。由於寫哥哥，不必拘禮，語調也就較親切：用 "thing"（「傢伙」）而不用較客氣、較嚴肅的稱呼。

颶風夜狂想曲[1]

十二點。
整段街道，[2]籠在
月亮的融合裏，[3]沿街，
竊竊的月亮咒語
溶解了記憶的層次
及其所有的清晰關係、
其乖離分歧和精確意義。[4]
我經過的每一盞街燈，
像宿命之鼓在敲打，[5]
透過黑暗的空隙，
午夜把記憶搖動，
像瘋子搖動一株死去的天竺葵。[6]

一點半，
街燈劈啪吵嚷，
街燈咕噥嘟嚷，
街燈說：「你看那女子，[7]
在門口的燈光下向你踟躕走來。
那道門迎面打開，像咧嘴的笑容。
你看得到，她的套裙緄邊
扯破了，沾了沙粒；

你還看得到，她的眼角
像彎曲的針在扭動。」

記憶把一堆扭曲的
東西拋起來，伶伶仃仃；[8]
沙灘上一根扭曲的樹枝，
蛀得光滑，而且被打磨，
彷彿世界把骨骼的秘密
向人泄露，
僵硬而刷白。[9]
一家工廠廢料場上的一條破彈簧，
彈力失去，剩下形狀，上面黏附著鏽跡，
堅硬捲曲，隨時會折斷。[10]

兩點半，
街燈說：
「看那貼伏在街溝裏的貓，
輕輕吐出舌頭，
噬去一小片變質黃油。」
於是，小孩的手，不由自主，
偷偷地伸出來，把一個沿碼頭奔跑的玩具放進口袋。
小孩的眼神後，我甚麼都看不見。[11]
我見過街上的眼睛
設法向光亮的百葉窗裏窺看；
一個下午，見過池中一隻蟹，
一隻年老的蟹，背上黏著藤壺，
鉗著我遞給它的棍子的末端。[12]

三點半，

電燈劈啪吵嚷，

電燈在黑暗中咕噥嘟嚷。

電燈嗡嗡發聲：

「看那月亮，

La lune ne garde aucune rancune， [13]

她眨著一隻弱視的眼睛，

她向各個角落微笑。

她把草的頭髮撫平。

月亮失去了記憶。

退色的麻子撕裂了她的臉，

她的手捻著一朵紙摺的玫瑰，

玫瑰發出塵埃和古龍香水的氣味，

她獨自一人，

跟夜間所有的熟悉氣味一起，

這些氣味一再掠過她的腦海。」

憶起

陰鬱乾枯的天竺葵

和罅隙中的塵埃，

街道上栗子的氣味，

關上百葉窗的房間裏女體的各種氣味， [14]

走廊中的香菸，

酒吧裏雞尾酒的氣味。 [15]

電燈說：

「四點鐘， [16]

這就是門上的號碼了。

記憶！

你有鑰匙呀，

小燈把一圈光芒展佈在樓梯上。

上樓。

臥床打開；牙刷掛在牆上，

把你的鞋子放在門口，睡覺，為生活做好準備。」[17]

刀子的最後一旋。[18]

註釋

1　"Rhapsody on a Windy Night"，一九一一年三月寫於巴黎；一九一五年七月發表於《爆破》雜誌。

　　柏格森接觸真理的方法，不是靠分析，而是靠進入當前在時間流動的感覺。在這首詩裏，艾略特探討的，正是這一方法。柏格森的《創造性進化》(L'Évolution créatrice) (1907) 對艾略特的影響尤深。此書於一九一一年由哈佛大學教授阿瑟‧米切爾 (Arthur Mitchell) 翻譯成英文，書名 *Creative Evolution*。柏格森指出，各種事件，似乎並不連貫，但是在連貫的背景前會顯得突出，是交響曲中不時敲響的鼓聲；持續現象是嚙進未來的過去，前進時會膨脹。一九二三年，艾略特承認，柏格森《創造性進化》一書的魅力，對他的心智影響極深。詩中細節（街燈、門廊的婦人、各種氣味、記憶），則脫胎自菲利普的小說《蒙帕納斯的布布》(*Bubu de Montparnasse*) (1901) 和《瑪麗‧多納迪厄》(*Marie Donadieu*) (1904)。此外，這首作品也隱約與詹姆斯‧湯姆森 (James Thomson, 1834-1882) 的《可怖之夜的城市》("The City of Dreadful Night") 呼應。在湯姆森的詩中，主角在城中前行時，沿途也有街燈和月光為標誌。據艾略特自述，他早期寫城市詩時，最大的靈感來自蘇格蘭詩人約翰・戴維森 (John Davidson, 1857-1909)。戴維森的《民謠與歌曲》(*Ballads and Songs*) (1894)，使他化題材為「陰暗骯髒的意象」("dingy images")。艾略特與戴維森的文學因緣密切：一九一七年就一本討論戴維森的著作寫過書評；一九五七年在廣播中向戴維森致敬；一九六一年編過戴維森的詩選；在詩選的序言中，對詩人有佳評。他還承認，由於戴維森的引導，他認識了法國的一些象徵派詩人，其中包括拉佛格；《颶風夜狂想曲》以口語入詩的靈感，也來自戴維森。至於詩中的法語口吻，則受拉佛格啟發。參看Southam, 63-64。

2　**整段街道**：原文 "the reaches of the street" (2)。"reaches" = "length, extent" (Southam, 64)。

3　**月亮的融合**：原文 "lunar synthesis" (3)。賽門斯指出，"lunar" 是拉佛格詩藻的一個關鍵詞。**融合**：柏格森在《形而上學導論》裏也用到 "synthesis" 一詞。參看Southam, 64。

4　**溶解了記憶的層次／及其所有的清晰關係、／其乖離分歧和精確意義**：原文 "Dissolve the floors of memory / And all its clear relations, / Its divisions and precisions "(5-7)。這是柏格森的觀點：各種意象自由地流入記憶，在裏面融合。參看Southam, 64。原文 "relations"、"divisions"、"precisions" 以押韻方式彼此呼應；漢譯設法傳遞類似的音韻效果。

5　**像宿命之鼓在敲打**：原文 "Beats like a fatalistic drum" (9)。在此詩的手稿中，艾略特提到這一行與亨利・沃恩 (Henry Vaughan, 1622-1695) 的關係 (Southam, 64)。

6　**像宿命之鼓在敲打……像瘋子搖動一株死去的天竺葵**：原文 "Beats like a fatalistic drum, / And through the spaces of the dark / Midnight shakes the memory / As a madman shakes a dead geranium" (9-12)。Southam (64) 指出，在托馬斯・海伍德

(Thomas Heywood, 約1570-1641) 劇作《被仁慈殺害的女子》
(*A Woman Killed with Kindness*) 的第四幕第四場，法蘭克福
德 (Frankford) 這樣形容心中的恐懼："as a madman beats upon
a drum"（「像瘋子在打鼓」）；同時，艾略特也可能想到
王爾德 (Oscar Wilde, 1854-1900)《雷丁獄民謠》(*The Ballad
of Reading Gaol*) (1898) 中的兩行："But each man's heart beat
thick and quick / Like a madman on a drum"（「每個人的心搏
動得沉重而急促／就像一個瘋子在打鼓」）。**天竺葵**：原文
"geranium" (12)。天竺葵是拉佛格詩中常見的花。詩人有「剔
透的天竺葵呀」("O geraniums diaphanes") 之句。艾略特在
《玄學詩人》一文中曾經引用。

7　**你看那女子**：原文 "Regard that woman" (16)。Southam (64-
65) 指出，原文 "Regard" 的祈使語氣，是仿效法語祈使
(impératif) 語氣的 "Regarde"。

8　**記憶把一堆扭曲的／東西拋起來，伶伶仃仃**：原文 "The
memory throws up high and dry / A crowd of twisted things"
(23-24)。參看柏格森《形而上學導論》中的句子："I notice
memories which more or less adhere to these perceptions and
which serve to interpret them." **伶伶仃仃**：原文 "high and dry"
(23)，既指「不在水中」，「擱淺在乾陸」，也指「處於困
境」，「沒有憑藉」。譯文設法照顧兩重意義。

9　**沙灘上一根扭曲的樹枝……僵硬而刷白**：原文 "A twisted
branch upon the beach / Eaten smooth, and polished / As if the
world gave up / The secret of its skeleton, / Stiff and white." (25-
29) 這幾行以「非詩」素材入詩，形象鮮明，視覺效果突
出，現代詩色彩強烈。

10　**一家工廠廢料場上的一條破彈簧……堅硬捲曲，隨時會折
斷**：原文 "A broken spring in a factory yard, / Rust that clings to

the form that the strength has left / Hard and curled and ready to snap." (30-32) 這三行是現代詩中典型的城市意象。

11　「看那貼伏在街溝裏的貓……小孩的眼神後，我甚麼都看不見：原文 "'Remark the cat which flattens itself in the gutter, / Slips out its tongue / And devours a morsel of rancid butter.' / So the hand of the child, automatic, / Slipped out and pocketed a toy that was running along the quay. / I could see nothing behind that child's eye." (35-40) Southam (65) 認為，這六行的藍本似乎是波德萊爾的《窮孩子的玩具》("Le Joujou du pauvre")。小孩的眼神後，我甚麼都看不見：原文 "I could see nothing behind that child's eye." (40) 參看拉佛格的《小丑》("Pierrots")："ces yeux! mais rien n'existe / Derrière"（「這樣的眼睛！不過後面甚麼／都沒有」）。參看Southam, 65。

12　一個下午，見過池中一隻蟹……鉗著我遞給它的棍子的末端：原文 "And a crab one afternoon in a pool, / An old crab with barnacles on his back, / Gripped the end of a stick which I held him." (43-45) Southam (65) 指出，這幾行也許來自詩人的童年經驗。在《詩的功用和文學批評的功用》一書裏，艾略特提到這經驗："There might be the experience of a child of ten, a small boy peering through sea-water in a rock-pool, and finding a sea-anemone for the first time: the simple experience (not so simple, for an exceptional child, as it looks) might lie dormant in his mind for twenty years, and re-appear transformed in some verse-context charged with great imaginative pressure."（「一個十歲大的孩子──一個小男孩，可以有這樣的經驗：透過一個岩石潭的海水凝視間，首次發現一隻海葵。這簡單的經驗（對於一個穎異的孩子，卻不像表面看來那麼簡單），可以在他的心中蟄伏二十年，然後在某段詩作中轉化再現，充滿

巨大的想像張力。」）顯而易見，這段文字也可以形容這幾行。

13 **La lune ne garde aucune rancune**：法語，意為「月亮絕不記仇」。源出拉佛格《那皎月的哀嘆》（"Complainte de cette bonne lune"）詩中的兩行："Là, voyons mam'zell' la Lune, / Ne gardons pas ainsi rancune"（「看那邊年輕的淑女皎月呀；／我們可不要這樣記仇」）。參看Southam, 65。

14 **街道上栗子的氣味，／關上百葉窗的房間裏女體的各種氣味**：原文 "Smells of chestnuts in the streets, / And female smells in shuttered rooms" (65-66)。參看《瑪麗·多納迪厄》中的類似描寫："des odeurs de filles publiques mêlées à des odeurs de nourriture"（「妓女的氣味與烹飪的氣味相混」）(Southam, 65)。

15 **街道上栗子的氣味……酒吧裏雞尾酒的氣味**：原文 "Smells of chestnuts in the streets, / And female smells in shuttered rooms, / And cigarettes in corridors / And cocktail smells in bars" (65-68)。這四行訴諸感官，證明詩人同時注重視覺、聽覺、嗅覺。

16 **四點鐘**：原文 "Four o'clock" (70)。在《神曲》中，但丁旅程的第一階段在午夜和凌晨四點鐘之間發生 (Southam, 65)。

17 **記憶……為生活做好準備**：原文 "Memory! / You have the key, / The little lamp spreads a ring on the stair. / Mount. / The bed is open; the tooth-brush hangs on the wall, / Put your shoes at the door, sleep, prepare for life." (72-77) Southam (65) 指出，這幾行是記憶所展示的一面。**臥床打開；牙刷掛在牆上，／把你的鞋子放在門口，睡覺，為生活做好準備**：這兩行藉語意和節奏強調，現代生活變得如何機械化。住在酒店的客人，晚上會把鞋子放在門外，讓工作人員清理。

18　**刀子的最後一旋**：原文 "The last twist of the knife" (78)。這行
　　單獨成段，與前面各行沒有明顯而固定的關係，可以有各種
　　不同的詮釋，也可以引發不同的聯想。

窗前早晨[1]

他們在地下室的廚房裏哐哐唧唧洗早餐碟子，
沿著行人踐踏的街邊，
我察覺女傭的濕靈魂
在庭院門前垂頭喪氣地發芽。[2]

濃霧的褐浪從街道的盡頭
把一張張扭曲的面孔向上拋給我，
並且從一個裙子沾了泥污的路人撕下
一張漫無目的在空中徘徊
然後沿屋頂高度消失的笑容。[3]

註釋

1　原詩題目為 "Morning at the Window"。作品以超現實手法寫早晨一景。

2　**我察覺女傭的濕靈魂／在庭院門前垂頭喪氣地發芽**：原文 "I am aware of the damp souls of housemaids / Sprouting despondently at area gates." (3-4) 這兩行以超現實手法寫現代人的無聊。

3　**濃霧的褐浪從街道的盡頭／……然後沿屋頂高度消失的**

笑容：原文 "The brown waves of fog toss up to me / Twisted faces from the bottom of the street, / And tear from a passer-by with muddy skirts / An aimless smile that hovers in the air / And vanishes along the level of the roofs." (5-9) 這節是超現實手法的典型，與畢加索等現代畫家的作品呼應。由五行組成的句子「累贅冗長」，暗示現代生活的單調無聊；第二個並列從句 (co-ordinate clause) ("And tear…the roofs") 所產生的效果尤其突出。

波士頓晚報[1]

《波士頓晚報》的讀者
在風中搖擺,像一田成熟的玉米。[2]

黃昏在街上的步伐隱約轉急,[3]
把某些人對生命的各種欲望喚醒,
給另一些人帶來《波士頓晚報》。
這時,我正在上樓梯,按門鈴,疲倦地
轉身,像一個人轉身點頭,向拉羅什富科道別,[4]
——如果街道是時間,而拉羅什富科又在街的盡頭;
然後說:「海麗姐,波士頓晚報。」[5]

註釋

1 　《波士頓晚報》原詩題目為 *"The Boston Evening Transcript"*。
　　這份晚報於一八三〇年七月二十四日至一九四一年四月三十
　　日在波士頓印行,每天下午出版。作品是機智的小詩,寫波
　　士頓黃昏一景,雋永有趣,比喻新穎。

2 　《波士頓晚報》的讀者／在風中搖擺,像一田成熟的玉米:
　　原文 "The readers of the *Boston Evening Transcript* / Sway in the
　　wind like a field of ripe corn." (1-2) 艾略特從獨特的視角觀世

界，新穎可喜。

3　**黃昏在街上的步伐隱約轉急**：原文 "When evening quickens faintly in the street" (3)。「隱約轉急」的是行人的步伐，不是黃昏的步伐；但是作者把黃昏擬人後，讀者乃有耳目一新的感覺。

4　**這時，我正在上樓梯……而拉羅什富科又在街的盡頭**：原文 "I mount the steps and ring the bell, turning / Wearily, as one would turn to nod good-bye to La Rochefoucauld, / If the street were time, and he at the end of the street" (6-8)。**拉羅什富科**：指弗朗索瓦·德拉羅什富科 (François de la Rochefoucauld, 1613-1680)，法國作家，善於寫格言 (maxims)。詩中的敘事者顯然不喜歡這位作家，否則他不會說「疲倦地／轉身，像一個人轉身點頭，向拉羅什富科道別」。

5　**海麗姐**：原文 "Cousin Harriet" (9)。"Cousin" 可以指堂兄、堂弟、堂姐、堂妹、表兄、表弟、表姐、表妹。"Harriet" 是女子名字，"Cousin" 的意義於是縮窄，但仍可譯「堂姐」、「堂妹」、「表姐」、「表妹」；在這裏只能在「姐」、「妹」之間選一，然後「含糊其詞」，「堂」字和「表」字都不用。

海倫姑母[1]

海倫・斯靈斯比小姐是我的姑母，沒有結婚；[2]
住在一所小房子裏，離一個時髦街區不遠；[3]
由多達四個僕人照顧。[4]
卻說她去世時，天堂寂寥；[5]
街上，她家所在的一端也寂寥。[6]
百葉窗拉了下來，殯儀員抹了抹腳——[7]
殯儀員知道，這種事情以前也發生過。[8]
她有不止一隻狗，此後生活都優渥；[9]
只是過了不久，那隻鸚鵡也死了。[10]
那個德雷斯頓時鐘依然在壁爐架上嘀嗒嘀嗒。[11]
男僕則坐在餐桌上面，
把第二個女僕抱在膝上——
這女僕，主人在世時一直謹慎。[12]

註釋

1 《海倫姑／姨母》，原詩題目 "Aunt Helen"。"Aunt" 字可以
譯「姑母」、「姨母」、「嬸嬸」、「伯母」、「舅母」等
等。由於詩人沒有說明是哪一種人倫關係，選擇任何一種譯
法都沒有對錯之分。詩中敘事者的身分是姪兒，以不動感情

的語調敘述姑母之死。

2　**海倫‧斯靈斯比小姐是我的姑母，沒有結婚**：原文 "Miss Helen Slingsby was my maiden aunt" (1)。敘事者稱姑母為「小姐」("Miss")，可見他和姑母的關係疏遠。第一行為全詩定調後，其餘各行都按同一調子發展。

3　**住在一所小房子裏，離一個時髦街區不遠**：原文 "And lived in a small house near a fashionable square" (2)。從這行可以看出，這位姑母雖非大富，家境卻也不錯。

4　**由多達四個僕人照顧**：原文 "Cared for by servants to the number of four" (3)。這行再暗示姑母家境殷實。敘事者說這句話時，口吻接近書面語，聽來莊重嚴肅，也有點故意誇張。看了這行，讀者更可以肯定，敘事者與姑母的關係一般。說得親切些，這句話應該是較隨便的日常口語："Cared for by four servants"（「有四個僕人照顧」）。

5　**卻說她去世時，天堂寂寥**：原文 "Now when she died there was silence in heaven" (4)。英語 "Now" 字在這裏是承上轉折，不譯「現在」或「此刻」，而譯「卻說」，以傳遞原文「講故事」的語調；唯其是「講故事」語調，就更能突顯敘事者不動感情，甚至冷漠。敘事者提到天堂，證明他或姑母相信神，大概是個教徒（也許是基督徒）。按照宗教傳統，死者如受寵於上帝，死後會升天，安享永福；或者有天使在天堂為她唱安魂曲之類；姑母死時，天堂卻無聲無息，可見她微不足道。

6　**街上，她家所在的一端也寂寥**：原文 "And silence at her end of the street" (5)。在凡間，姑母死時，她家所在的一帶，也沒有動靜：沒有人表示哀思，沒有人到來弔唁——一個人寂寞獨居，鄰居當然也無從弔唁。也就是說，這個姑母，死得無聲無臭，死時世界運作如常。而這種辭世方式，也最為常見，說不上甚麼「生榮死哀」。

7　**百葉窗拉了下來，殯儀員抹了抹腳**：原文 "The shutters were drawn and the undertaker wiped his feet" (6)。「百葉窗拉了下來」一句，給作品添上了死亡氣氛，也免不了在讀者心中引發一點點的哀思，使他想起，有生必有死；所有生命，最後的結局都相同。「殯儀員抹了抹腳」一句，再把這種感覺加強：就承辦喪事的人而言，海倫姑母之死，不過是工作的一部分，不會引起半點哀傷，過程如抹腳無異。抹腳後，工作結束，他又會辦另一宗喪事的了。在這裏，短短的一首詩，又有了哲學層次。在傳統中國，英語的 "undertaker" 該譯「仵作」（廣東某些地方又叫「仵作佬」）或「仵工」。在西方世界，尤其在北美，譯「殯儀員」或「喪事承辦人」方能配合譯出語（又叫「源語」，即英語的 "source language"）社會的「文明程度」。

8　**殯儀員知道，這種事情以前也發生過**：原文 "He was aware that this sort of thing had occurred before" (7)。這行把第六行的哲學意念擴而充之，口語語調與第一至第三行的莊重語調形成鮮明對照，把生死大事「降格」為日常小事，叫人想起英國詩人奧登 (W. H. Auden, 1907-1973) 的《美術館》("Musée des Beaux Arts") 一詩。在奧登的詩中，死亡或痛苦發生時，世界依然會運作如常。某人受苦受難的俄頃，其他人可能在「吃東西或打開窗戶或乏味地走著路」("eating or opening a window or walking dully along")。老者熱切地等待「神奇誕生」("miraculous birth") 時，小孩子可能毫不在意，正在溜冰。即使「可怕的殉教行動」("the dreadful martyrdom")，也不過是常態，要如常進行；如常進行時，群狗依然在「某一骯髒角落」("some untidy spot")「過群狗生活」("go on with their doggy life")，施刑者的馬可能「貼著樹幹挨擦無辜的屁股」("Scratches its innocent behind on a tree")。即使希臘神話中的伊卡洛斯 (Icarus, 希臘文 Ἴκαρος)，插翼逃離克里特時，由於離太陽太近而蠟融翼脫，從高空墮海；犁田的農夫見了，會若無其事，覺得這意外「並不是大不了的過失」("it was not an important failure")；太陽仍會如常發光，照落伊卡洛斯的腳；一艘船駛過，目睹「一個男孩從高空下墜」("a boy falling out of the sky")，仍會怡然航向目的地。就詩論詩，不談兩位詩人的全面成就，奧登的《美術館》把哲理發揮得更廣、更深，要勝過《海倫姑母》。

9　她有不止一隻狗，此後生活都優渥：原文 "The dogs were handsomely provided for" (8)。海倫姑母沒有子女，遺產只能由寵物繼承。這句再度強調姑母一生寂寞。

10　只是過了不久，那隻鸚鵡也死了：原文 "But shortly afterwards the parrot died too" (9)。鸚鵡之死與姑母之死並列，更顯得姑母死得尋常，其死與一隻鳥兒之死沒有甚麼分別。這一題意，與莊子的《齊物論》有點不謀而合。

11　那個德雷斯頓時鐘依然在壁爐架上嘀嗒嘀嗒：原文 "The Dresden clock continued ticking on the mantelpiece" (10)。德雷斯頓時鐘，在德國德雷斯頓市 (Dresden) 出產，是名貴時鐘，有計時和裝飾的雙重功用。這行鋪敘海倫姑母的家當。

12　男僕則坐在餐桌上……這女僕，女主人在世時一直謹慎：原文 "And the footman sat upon the dining-table / Holding the second housemaid on his knees— / Who had always been so careful while her mistress lived" (11-13)。海倫姑母是個老處女，自然嚴肅古板；死前所有僕人都要循規蹈矩；死後獲得「解放」，自然可以放肆了。全詩結尾（尤其是末行）觸及「食色性也」這一題意，有點睛之功：女僕之有慾與主人之無慾（或不得不寡慾），形成強烈的對比。

南茜表姐[1]

南茜・艾利科特小姐
踏著大步，跨過群山，把群山踏破；
騎馬奔突，馳過群山，把群山踏破——[2]
踏破新英格蘭荒蕪的群山——
攜獵犬騎馬打獵
馳過飼牛牧場的時候。

南茜・艾利科特小姐抽菸，
跳所有的現代舞。[3]
對此，其姑母、姨母可不敢確定該持甚麼態度，[4]
只知道抽菸、跳舞夠現代。[5]

壁櫥中塗釉的擱板上，
守護著馬太和沃爾多——信仰的衛士，
鐵律的軍隊。[6]

註釋

1　原詩題目："Cousin Nancy"。英語 "cousin" 一詞，可以指堂
　　兄、堂弟、表兄、表弟、堂姐、堂妹、表姐、表妹。光看原
　　詩，只知道作品中的人物是女性，卻無從斷定敘事者指堂

姐、堂妹、表姐或表妹。因此只能選四種譯法之一。這首短詩是南茜表姐的一張小畫像：為人豪放，驚世駭俗，與象徵傳統的姑母、姨母、馬太、沃爾多形成強烈對比。

2　踏著大步，跨過群山，把群山踏破；／騎馬奔突，馳過群山，把群山踏破：原文 "Strode across the hills and broke them, / Rode across the hills and broke them" (2-3)。這兩行以誇張手法寫南茜表姐豪放不羈。

3　南茜・艾利科特小姐抽菸，／跳所有的現代舞：原文 "Miss Nancy Ellicott smoked / And danced all the modern dances" (7-8) 這兩行寫南茜的前衛作風，與第九、第十行的姑母、姨母形能鮮明對照。

4　對此，其姑母、姨母可不敢確定該持甚麼態度：原文 "And her aunts were not quite sure how they felt about it "(9)。原文的 "aunt"，當然也可譯「嬸嬸」、「伯母」、「舅母」。

5　只知道抽菸、跳舞夠現代：原文 "But they knew that it was modern" (10)。原文的 "it" 是泛指：既指「抽菸」，也指跳「現代舞」。第八行已經提過「現代舞」，在這裏只說「跳舞」就夠了；說「跳現代舞」反而累贅，而且與後面的「現代」相犯（變成拗口的「跳現代舞夠現代」）。敘事者在這裏以幽默筆觸寫南茜的姑母、姨母。

6　壁櫥中塗釉的擱板上，／……鐵律的軍隊：原文 "Upon the glazen shelves kept watch / Matthew and Waldo, guardians of the faith, / The army of unalterable law" (11-13)。「馬太」和「沃爾多」，大概是南茜前輩（可以是姑父、姨父、伯父、叔父或舅父）的照片，代表守舊的傳統。「馬太」是《聖經・新約》中的人物；象徵「信仰的衛士」，至為恰當。「馬太」和「沃爾多」既是「信仰的衛士」，也是「鐵律的軍隊」。不過「鐵律的軍隊」暗含幽默：軍隊而只有兩人，不過是孤軍；雖然決心維護綱紀，保衛信仰，堅持鐵律，但與「騎馬奔突，馳過群山，把群山踏破」的南茜表姐交戰，注定要敗北。原文 "Upon the glazen shelves kept watch / Matthew and Waldo" 是倒裝；一般詞序是 "Matthew and Waldo kept watch upon the glazen shelves"。作者用倒裝句法，把 "Matthew and Waldo" 放在下一行的開頭，句子乃變得遒勁，結果有強調作用，暗示兩個「信仰的衛士」捍衛信仰時夠決心。但這一決心在南茜表姐的凌厲衝擊下，變成虛有其表；倒裝句法的遒勁與實際情況不符，乃產生幽默效果；就像戲劇中一個骨瘦如柴的人大喝大聲，向彪形大漢出擊，觀眾見了會忍俊不禁。

阿波林耐思先生[1]

Ω τῆς καινότητος. Ἡράκλεις, τῆς παραδοξολογίας.
εὐμήχανος ἄνθρωπος.[2]

呂西安

阿波林耐思先生訪問美國時，[3]
其笑聲在茶杯間叮叮作響。
我想起弗拉吉利恩，[4] 那個樺樹間的害羞人物；
想起灌木叢中的普里阿普斯[5]
張著口呆盯鞦韆上的女子。
在弗拉庫斯夫人的王宮，在燦寧・捷踏教授家裏，[6]
他笑得像個不負責任的胎兒。[7]
他的笑聲潛在海裏，深不可測，
像大海老人的笑聲，
隱藏在珊瑚島下。
那裏，溺者遭撕咬過的屍體從浪花的指間掉下來，
在綠色的寂靜中漂沉。[8]

我尋找阿波林耐思先生的頭顱，在一張椅子下滾動，
或者在俯臨一張屏幕咧嘴而笑，
海藻纏在頭髮中。[9]
他那枯燥而激昂的演講吞沒下午時，[10]

我聽到人馬怪蹴踏的蹄聲滾過硬草地。[11]

「他這個人真可愛」——「不過，他到底是甚麼意思
呢？」——

「他的一雙尖耳朵……他的精神大概不穩定。」

「他的演講中有一點，我當時應該反駁。」[12]

貴婦弗拉庫斯夫人和捷踏教授、夫人呢，

我只記得一小片檸檬、一塊咬過的蛋白杏仁甜餅乾。[13]

註釋

1　原詩題目為 "Mr. Apollinax"。"Apollinax" 是艾略特為詩中主
角鑄造的名字，暗指拉丁文 "Apollinis arx"。"Apollinis" 是
"Apollo"（「阿波羅」）的屬格 (genitive case，又稱「所有
格」)；"arx" 指「城堡」、「堡壘」、「要塞」。"Apollinis
arx"（直譯是「阿波羅的要塞／城堡」)，據克里斯托弗·
里克斯 (Christopher Ricks) 和吉姆·麥克烏 (Jim McCue) 的說
法，是希臘和羅馬神話中女先知西比拉 (英文*Sibyl*，希臘文
Σίβυλλα，拉丁文*Sibylla*) 山洞的入口。在希臘和羅馬神話中，
西比拉把預言寫在葉子上，葉子放在山洞裏。在維吉爾的
《埃涅阿斯紀》和但丁的《神曲》中，都有西比拉的描敘。
此外，西比拉又與阿波羅有密切關係，因為阿波羅既是光明
之神、音樂之神、詩歌之神、醫藥之神……也是預言之神。
因此，"Mr. Apollinax" 兼具神祇和先知的屬性。不過細讀作
品，讀者會發覺，詩中有強烈的諷刺意味。參看Christopher
Ricks and Jim McCue, eds., *The Poems of T. S. Eliot*, 2 vols.
(London: Faber and Faber, 2015)。也有論者認為，"Apollinax"
指「阿波羅之子」，不過沒有提出可信的論據。

阿波林耐思這一角色，影射英國哲學家羅素 (Bertrand Russell, 1872-1970)。羅素本人也承認，他是作品的影射對象。艾略特是羅素的學生，一九一五年與維維恩·海—伍德結婚。婚後不久，維維恩被羅素勾引，對艾略特不忠。羅素獸慾得償後，即把維維恩拋棄，導致維維恩神經失常。羅素為人狡黠，所寫的英文極富煽動力，作品中儘多崇高的理念和情操，純真而未諳人性的年輕人最易著迷。一九五〇年，他獲頒諾貝爾文學獎時，讚辭這樣稱譽他：「『文學獎』表揚其變化多姿、舉足輕重的著作。在這些著作中，他捍衛人道主義理想和思想自由。」("in recognition of his varied and significant writings in which he champions humanitarian ideals and freedom of thought")——這是攝影機鏡頭前的得獎者。不錯，得獎者的文字簡潔曉暢，不像某些哲學著作那樣累贅糾纏，難以卒讀；許多讀者——尤其是大學生——往往一見鍾情。艾略特本人也說，羅素的散文有休謨 (David Hume, 1711-1776) 之風。不過，文字的好壞與人格的好壞未必成正比；有時甚至成反比。同樣，一個人的才智和品格也未必成正比；沒有品格的人越有才智，作起惡來越可怕，而羅素正是這現象的典型代表。今日，我們可以從不少文獻看出，哲學家、數學家、文學家羅素是個絕頂聰明的敗類。在國際政治舞台上，他欺善怕惡，投機取巧，在不察者的心目中贏得美名，贏得羨慕、欽仰——甚至崇拜——之情。在欺世盜名的「反戰」活動中，他助紂為虐，討好極權，攻擊、削弱讓他佔盡便宜的自由世界，其偽善行徑為人所不齒。羅素這一類人物，有一個共通特徵：生命力特別強，善於欺詐，善於譁眾取寵，沒有羞恥之心，損人利己時絕不手軟，也不會受良知譴責，因為他們都沒有良知。羅素死前在國際政治舞台上是怎樣的一個「影帝」，相信對他的「政治騷」有充分了解的「觀眾」早已知道，在這裏不必贅述。回顧羅素的「演技」，有識者不難看出，他是個摩登秦舞陽，只能在燕市橫行；見了當代的秦始皇就會「色變振恐」。私生活中，羅素是怎樣的一個色鬼，怎樣不擇手段，許多論者已經談過，在此不能一一縷述。讀者參看彼德・艾克羅伊德 (Peter Ackroyd) 的《艾略特傳記》(*T. S. Eliot*) 一書，即可窺色豹的一斑。

《阿波林耐思先生》是艾略特婚後所寫，當時大概已經遭羅素欺負。一般論者認為，此詩完成於一九一五年下半年。

2　Ω τῆς καινότητος. Ἡράκλεις, τῆς παραδοξολογίας. εὐμήχανος ἄνθρωπος.：詩的引言是希臘文，出自希臘作家兼修辭學家魯克阿諾斯（Λουκιανός，英文 *Lucian*，因此也有譯者按英文轉譯為「呂西安」或其他名字），意為「多新奇呀！我的天，多神妙的似是而非！真是個有辦法的人！」魯克阿諾斯的句子有諷刺意味；艾略特引用，是為全詩定調。"Ἡράκλεις" 指希臘神話中的赫拉克勒斯，英譯 "Hercules"，在引言中是發誓賭咒之語，約等於漢語「天哪」或「我的天」；英譯 "By Hercules"。

3　**阿波林耐思先生訪問美國時**：原文 "When Mr. Apollinax visited the United States" (1)。羅素（阿波林耐思）曾到美國哈佛大學講學。其後（一九一四年），艾略特到英國跟隨羅素念博士學位。

4　**弗拉吉利恩**：原文 "Fragilion" (3)，在詩中是個娘娘腔角色；"Fragilion" 一詞，使人想起 "fragile"（「脆弱」）。

5　**普里阿普斯**：原文 "Priapus"，希臘文 Πρίαπος，希臘神話中的生殖之神，其生殖器巨大，且永久勃起，是英語 "priapism"（「陰莖異常勃起症」）一詞所本。普里阿普斯是個色鬼，在詩中張著口色迷迷地偷窺鞦韆上的女子。因此，在詩中，色鬼不止一個：除了羅素，還有普里阿普斯。

6　**燦寧・捷踏**：原文 "Channing-Cheetah" 據艾略特妻子維樂麗（艾略特）追憶，燦寧・捷踏與哈佛的一位教授威廉・亨利・斯科菲爾德 (William Henry Schofield, 1870-1920) 相似。英語 "cheetah"，又指「獵豹」。

7　**他笑得像個不負責任的胎兒**：原文 "He laughed like an irresponsible fœtus" (7)。羅素的腦袋特別大，與軀體不成比例，就像子宮裏的胎兒。「不負責任的胎兒」，一語中的，點出了羅素為人自私，只顧滿足自己的私欲。胎兒沒有意識，是自私的生命，當然不會知道甚麼叫「負責」，因此也不會顧及他人。這一形容，既影射羅素的品格，也把一切自私自利的人寫活。「笑得像個不負責任的胎兒」，也強調羅素充滿自信，目中無人；而世間沒有道德、恬不知恥的壞蛋都是充滿自信，目中無人的。

8　**他的笑聲潛在海裏，深不可測……在綠色的寂靜中漂沉**：原文 "His laughter was submarine and profound / Like the old man of the sea's / Hidden under coral islands / Where worried bodies of drowned men drift down in the green silence, / Dropping from fingers of surf" (8-12)。這五行是超現實描寫。「深不可測」在這裏有諷刺意味。

9　**我尋找阿波林耐思先生的頭顱……海藻纏在頭髮中**：原文 "I looked for the head of Mr. Apollinax rolling under a chair / Or grinning over a screen / With seaweed in its hair." (13-15) 這三行用了超現實和漫畫手法，極盡誇張之能事。敘事者對主角的鄙夷也表露無遺。

10　**他那枯燥而激昂的演講吞沒下午時**：原文 "As his dry and passionate talk devoured the afternoon" (17)。羅素目中無人，

滿懷自信（「演講吞沒下午」），大概說得口沫橫飛，卻不知道自己的演講枯燥無味，叫聽眾心中竊笑。這句也把世間的妄人、寶貝寫活。

11 **我聽到人馬怪蹴踏的蹄聲滾過硬草地**：原文 "I heard the beat of centaur's hoofs over the hard turf" (16)。古希臘神話中，人馬怪人首馬身。

12 **「他這個人真可愛」……「他的演講中有一點，我當時應該反駁。」**：原文 "'He is a charming man'—'But after all what did he mean?'—/ 'His pointed ears....He must be unbalanced.' — / 'There was something he said that I might have challenged.'" (18-20) 這三行寫聽眾對羅素的評語。有的人像成年人看小孩，覺得他幼稚可笑（「他這個人真可愛」有嘲笑口吻）；有的人覺得他故弄玄虛，不知所云（「不過，他到底是甚麼意思呢？」）；有的人注意到羅素的尖耳朵（西方傳說中，山精、木妖、水怪、色鬼的耳朵往往又尖又長，在這裏則叫人想起好色的人羊怪（satyr，又稱「牧神」），也就是說，羅素是獸不是人），覺得他精神有問題；有的人覺得他胡說八道，應該加以駁斥。一句話，在聽眾眼中，羅素只是個令人發噱的不堪人物。

13 **貴婦弗拉庫斯夫人和捷踏教授、夫人呢，／我只記得一小片檸檬、一塊咬過的蛋白杏仁甜餅乾**：原文 "Of dowager Mrs. Phlaccus, and Professor and Mrs. Cheetah / I remember a slice of lemon, and a bitten macaroon." (21-22)。這兩行是敘事者最後的一句評語：他接觸的儘管是「貴婦」（「貴婦」在這裏有諷刺意味），是教授，是教授夫人，心中卻不留一點印象；「只記得一小片檸檬、一塊咬過的蛋白杏仁甜餅乾」。既然如此，這些人物的素質、地位就不問可知了。

歇斯底里[1]

　　她笑時，我發覺自己會捲入她的笑聲，成為笑聲的一部分；[2]
意識到她的牙齒不過是有小隊操演才華的臨記時，[3] 這感覺才消
失。我被短促的呼吸內扯，恢復過來的每一剎那間又被吸入，最
後在她喉嚨中的黑暗洞穴迷失方向，看不見的肌肉波動時被撞
瘀。[4] 一個年長的侍者，雙手震顫，匆忙把一張粉紅和白色相間
的格子桌布鋪在鏽綠的鐵桌上，說：「要是這位女士跟這位先生
要在園中喝茶，要是這位女士跟這位先生要在園中喝茶……」[5]
我斷定，如果能阻止她的乳房搖蕩，這個下午的一些碎片也許還
可以收集起來。[6] 於是，我小心翼翼，不動聲色，為這一目標把
注意力集中。

註釋

1　題目原文為 "Hysteria"。作品寫敘事者面對一個歇斯底里的女
　　人時的感覺，其中有超現實的誇張手法。當然，敘事者的經
　　驗，也可能是艾略特本人的經驗。全詩不分節，也不分行，
　　是一首散文詩。——也可以說是一篇散文。

2　**她笑時，我發覺自己會捲入她的笑聲，成為笑聲的一部分：**原
　　文 "As she laughed I was aware of becoming involved in her laughter
　　and being part of it"。作品一開始，就有強烈的戲劇效果。

3　小隊操演：原文 "squad-drill"。婦人的上下兩排牙齒一開一合，像士兵在操演。

4　我被短促的呼吸內扯，恢復過來的每一剎那間又被吸入，最後在她喉嚨中的黑暗洞穴迷失方向，看不見的肌肉波動時被撞瘀：原文 "I was drawn in by short gasps, inhaled at each momentary recovery, lost finally in the dark caverns of her throat, bruised by the ripple of unseen muscles." 敘事者面對歇斯底里的女人，越想越可怕，竟覺得自己被扯進了她的喉嚨，被裏面的肌肉撞瘀。這駭人的感覺，艾略特本人大概在現實生活中經歷過。至於這位女士是誰，則有待考證。

5　一個年長的侍者，雙手震顫，匆忙把一張粉紅和白色相間的格子桌布鋪在鏽綠的鐵桌上，說：「要是這位女士跟這位先生要在園中喝茶，要是這位女士跟這位先生要在園中喝茶……」：原文 "An elderly waiter with trembling hands was hurriedly spreading a pink and white checked cloth over the rusty green iron table, saying: "If the lady and gentleman wish to take their tea in the garden, if the lady and gentleman wish to take their tea in the garden..." 這裏寫侍者面對歇斯底里的女顧客，也顯得侷促不安，雙手震顫，說起話來囁囁嚅嚅。艾略特不但直接寫女主角的神態，也藉敘事者和年長侍者的反應側描女主角歇斯底里時令人感到不自在。

6　我斷定，如果能阻止她的乳房搖蕩，這個下午的一些碎片也許還可以收集起來：原文 "I decided that if the shaking of her breasts could be stopped, some of the fragments of the afternoon might be collected [...]" 這句也是誇張的超現實手法。女主角大概是個大胸脯女人，笑起來乳房起伏。一般男人，面對這樣的景象，大概不會反感，更不會覺得整個下午被摧毀，變成碎片；好色之徒，不但不會反感，反而會心旌搖蕩。這個敘事者卻像普魯弗洛克那樣，感到侷促不安，覺得整個下午被摧毀。當然，艾迷也可以說，女主角可能並不漂亮，並不年輕，只是一個胖女人，體重超過二百磅。面對這樣的女人，敘事者的心旌怎會搖蕩呢？對，一般男人，面對這樣的女人，大概不會心旌搖蕩，卻也不至於產生敘事者所描的恐怖感吧？因此，這個敘事者大有可能是艾略特本人的寫照。縱觀艾略特的生平和詩作，讀者可以發現，他是個極度內向、極度敏感（甚至過度敏感）的男人，不容易展露感情；也許正因為如此，他才會極力主張逃離自我，喜歡知性多於感性的玄學詩（艾略特認為玄學詩「感知交融」，並沒有孰多孰少的現象，因此不會贊同這種說法），不喜歡浪漫派詩歌。就這點而言，他是但丁、莎士比亞、葉慈的反面。看但丁、莎士比亞、葉慈的作品，我們不覺得他們的性情像艾略特──雖然但丁、莎士比亞、葉慈三人彼此又有分別。要看玄學詩的知性如何多於感性，不妨讀讀約翰・德恩的名作《告別詞──禁哀》("A Valediction: Forbidding Mourning")。在這首作品中，敘事者（也可以是德恩本人）向情人表示自己的愛如何強烈時，要用油腔滑調，以邏輯語言借一個圓規逐步推論，把感情翻譯成一個心智層次的比喻，就是知性多於感性的表現。德恩「傳情」之法與艾略特「傳情」之法相近，因此獲艾略特鍾愛。但丁、莎士比亞、葉慈也寫愛情，也用比喻，但作品不會讓人覺得，感情在比喻中變成了知性演繹。

情話[1]

我說：「月亮──我們這個多愁善感旳朋友！
也許（這話說來古怪，我承認）
它可能是祭司王約翰的氣球，[2]
或者是破扁的舊燈籠高懸[3]
照著可憐的旅人向他們的災殃來臻。」
　　於是她說：「你離題得過分！」

於是我接著說：「有人以這些主音
編出那優美的夜曲，讓我們用來解說
黑夜和月光；是我們抓來的音樂作品，
用來體現我們的空虛。」[4]
　　於是她說：「這是對我的諷喻？」
　　「啊，不，空洞的是我。」

「你呀，夫人，永遠是個幽默家，
永遠是絕對看法的敵人，視之如禍患，[5]
輕得不能再輕，給我們游離的情緒撐一下！
以你冷漠而專橫的態度，
一舉就可以駁倒我們瘋狂的文學觀──」
　　回答是──「我們竟認真到這個地步？」[6]

註釋

1　　情話：原文題目 "Conversation Galante"，法語。"galante" 是 "galant" 的陰性；英語 "flirtatious"、"amorous" 的意思。題目是「情話」之意，也可譯「調情」或「打情罵俏」。這是一首荒誕詩，筆調滑稽輕鬆，也有諷刺意味。詩中對話有兩個角色：敘事者和一位女子。二人一來一往，態度輕佻，都志在調侃對方，說的話沒有一句認真，可視為男女之間的打情罵俏。全詩三節，每節六行，第一節的韻式為abacbb；第二節的韻式為abaccb；第三節的韻式為abacbc（第二行 "absolute" 結尾的音節並非重音，第五行 "confute" 結尾的音節為重音，因此 "-lute" 與 "-fute" 所押的韻不算全韻 (perfect rhyme)）。

2　　祭司王約翰的氣球：原文 "Prester John's balloon" (3)。"Prester John"，拉丁文 "Presbyter Johannes"，傳說中基督教的牧首 (Patriarch) 兼君主，在十二至十七世紀歐洲的文獻中廣受傳誦；治下為景教國家。在中世紀的荒誕傳說中，約翰是朝聖三王的後裔，統治的國家極為富庶，有各種奇異生物。參看 *Wikipedia*, "Prester John" 條（多倫多時間二〇二一年十月二十八日上午十時登入）。

3　　或者是破扁的舊燈籠高懸：原文 "Or an old battered lantern hung aloft" (4)。把月亮喻為「祭司王約翰的氣球」是匪夷所思；喻為「破扁的舊燈籠高懸」，則大煞風景，與唯美比喻大異其趣。

4　　於是我接著說：「有人以這些主音……用來體現我們的空虛。」：原文 "And I then: "Someone frames upon the keys / That exquisite nocturne, with which we explain / The night and moonshine; music which we seize / To body forth our own vacuity.'" (7-10)。這幾行把焦點轉移，語調較第一節嚴肅。

5　**永遠是絕對看法的敵人，視之如禍患**：原文 "The eternal enemy of the absolute" (14)。既然視「絕對看法」為「敵人」，自然視「絕對看法」為「禍患」了。

6　**回答是——「我們竟認真到這個地步？」**：原文 "And—'Are we then so serious?'" (18) 這是全詩的最後一行，與前面故意嚴肅、莊重的語調 ("eternal enemy of the absolute"，"vagrant moods"，"your air indifferent and imperious"，"poetics to confute") 形成強烈對比，有放氣 (deflation) 效果，巧妙地為全詩的荒誕不經點睛。

哭泣的女兒[1]

站在梯級最高處的人行道——
倚著花園中的一個骨灰甕——
編吧，把陽光往你的髮中編繞——
痛苦驚詫間，把花束摟在懷裏——
再朝著地上一扔，
然後轉身，眼中的怨恨稍縱即逸：
儘管編啊，把陽光往你的髮中編繞。

但願男的就這樣離開，
但願女的就這樣枯立著傷懷，
但願男的就這樣離之夭夭，[3]
像靈魂離開肉體時，肉體已受到戕害、挫傷，
像精神離棄肉體時，肉體已吃虧上當。
我應該尋找
某一途徑，輕巧得無從比較——
我們彼此都應該明瞭的某一途徑，
簡單而無信，像一臉微笑，像握手輕輕。

她掉頭離去，卻與當時的秋日天氣
許多天仍然叫我的遐思不停盤桓——

盤桓許多天，許多個小時仍纏著我：[4]
她的頭髮垂落雙臂，雙臂滿是花朵。
我感到奇怪，他們怎可能一起而不分離！
我應該錯過一個手勢、一個姿態。
有時候，這些思緒仍然
叫忐忑的子夜、正午的安舒驚駭。[5]

註釋

1　這首詩的原文題目 "La Figlia Che Piange" 是意大利文，意為「哭泣的女兒」。作品收入一九一七年發表的《普魯弗洛克及其他觀察》。詩中各行長短不一，部分詩行押韻，但沒有固定韻式。據一般說法，艾略特曾經尋找一塊叫 "La Figlia Che Piange" 的木匾，匾上刻有圖案或人像；結果卻找不到；於是寫下此詩以識之。艾略特是極度內向的詩人，不輕易剖白內心；因此作品即使寫自己，也以極間接、極隱晦的手法來表現，諸如塑造不同的敘事者或角色代自己發言。也因為如此，讀者不容易——甚至不可能——肯定他的作品究竟在說甚麼，究竟有何所指。這種手法，在但丁和米爾頓的作品中都不易找到。莎士比亞的作品大都是戲劇，有無限的篇幅間接表現自我，無須像艾略特的作品那樣「顧左右而言他」。"La Figlia Che Piange" 正是「顧左右而言他」的一類作品。在第一節，敘事人像個導演那樣指示一個女子擺出各種姿勢。第二節寫敘事人自忖。第三節寫這位女子在敘事者心中留下不可磨滅的印象。當然，我們也可以說，作品所寫，是詩人與一位女子的一段邂逅；以隱晦的方式表現，就像李商隱寫無題詩那樣。

2　***O quam te memorem virgo***：引言是拉丁文，出自維吉爾《埃涅阿斯紀》卷一第三二七行（《埃涅阿斯紀》原文 "memorem" 之後有逗號），是埃涅阿斯碰見母親維納斯時所說的話，意為「姑娘啊，我該怎樣稱呼你呢？」。

3　但願男的就這樣離開……但願男的就這樣離之夭夭：原文 "So I would have had him leave, / So I would have had her stand and grieve, / So he would have left" (8-10)。原文每行的開頭都是 "So"，加上押韻和節奏，強調效果顯著。

4　他掉頭離去，卻與當時的秋日天氣……盤桓許多天，許多個小時仍纏著我：原文 "She turned away, but with the autumn weather / Compelled my imagination many days, / Many days and many hours" (17-19)。這幾行也可能透露了詩後一點點的玄機：與艾略特邂逅的女子，離開後叫他念念不忘。作者敘述這段邂逅時，把自己偽裝為敘事者，述說評論自己和情人的一段羅曼史，以掩人耳目。當然，由於作者沒有留下足夠的線索，這樣的臆測永難證實。出色的詩人寫作時都是「狡猾」的；他們可以故佈疑陣，叫讀者或評論家找不到「罪證」。

5　有時候，這些思緒仍然／叫忐忑的子夜、正午的安舒驚駭：原文 "Sometimes these cogitations still amaze / The troubled midnight and the noon's repose." (23-24) 邂逅叫敘事人（也可能是艾略特本人）刻骨銘心，午夜夢迴或中午休憩時都不能自已。

小老頭[1]

你沒有青春，也沒有老年，
可以說，只有晚飯後的瞌睡，
夢見青春和老年兩個階段。[2]

就是這樣子了，我，乾旱月份的一個老頭，
聽一個男孩閱讀，等待下雨。[3]
我不曾置身於火熱之門，[4]
也不曾在暖雨中戰鬥，
不曾立在鹽沼中，水深及膝，舉起彎刀，
被群蠅叮螫間跟敵人廝殺。[5]
我的房子是朽壞的房子，[6]
猶太人蹲伏在窗台上，——這個房東，
在安特衛普某家小餐館卵生，
在布魯塞爾起疱，在倫敦修補、去皮。[7]
夜裏，山羊在頭上的曠野咳嗽；[8]
岩石、青苔、景天、鐵、糞便。[9]
這婦人打理廚房，沏茶，
黃昏時打噴嚏，捅撥劈劈啪啪的暴躁火焰。[10]
　　　　　　　　　　我，一個老頭，
多風空地間的一個鈍腦袋。

徵兆被當作神蹟。「但願能看見徵兆！」[11]

道在道中，不能言道，
裹於黑暗。[12] 一年的復壯期裏，[13]
老虎基督降臨。[14]

在墮落的五月，山茱萸和栗樹、開花的南歐紫荊，
等著讓人啖食、分享、飲用，
在喁喁細語中；讓西爾費羅先生，
在里摩日，啖食享用時雙手在撫摩
（西爾費羅整夜在鄰房走動）；
讓博川先生，啖食享用時在提香的油畫間垂首；
讓德托恩奎斯特夫人，啖食享用時在黑暗的房間
移動著蠟燭；讓馮庫爾普小姐，[15]
在大堂轉身，一隻手推門。[16] 空梭
在織風。[17] 我沒有靈魂，
一個老頭，置身於滿是穿堂風的房子，
在一個多風的圓丘下。[18]

這樣知情後，[19] 會得到甚麼寬恕呢？[20] 試想想[21]
歷史有許多詭詐的通道、人為的走廊[22]
和出口，[23] 以各種私語的野心騙人，
以各種虛榮支配我們。試想想
我們分神時她就賜予；
她所賜予的東西，總賜得那麼陰柔，叫人瞀亂，
越是賜予，貪婪之心越覺飢餓。賜得太遲，
所賜已經沒有人相信；或者仍有人相信，
卻只是信在記憶中——重新考慮後的激情。賜得太早，
給弱手，所賜的東西叫人以為可有可無，
到拒絕之舉散播恐懼時才恍然。想想
恐懼和勇氣都救不了我們。我們的英勇行為

是殘忍罪惡的父親。[24] 美德
由我們放肆的罪行強加於我們身上。
這些眼淚搖落自一棵結烈怒果實之樹。[25]

老虎在新的一年躍起。[26] 他吞噬的是我們。最後，想想
我在一所租賃的房子裏僵硬時
我們還沒有得到結論。最後，想想
我搞這樣的把戲，[27] 並非漫無目的，
也不是因為向後行走的
妖魔對我有甚麼鼓動。[28]
我願意開心見誠就這點跟你談談。
我本來貼近你的心，後來卻被撞走，
驚恐中失去了俊美，訊問中失去了驚恐。
我失去了熱情：幹嗎要保留熱情呢？
——既然保留的東西必定有雜質攪入。
我失去了視覺、嗅覺、聽覺、味覺、觸覺；
我該怎樣用這些官能感受你更緊密的接觸呢？[29]

這一切，以一千種瑣碎的考慮
把它們冷卻的譫妄所帶來的利益延長，
官能變涼後，以辛辣的調味汁
刺激細胞膜，
在一面面空幻的鏡子中
變化無窮。[30] 蜘蛛會怎樣呢？
中止行動？象蟲
會拖延嗎？[31] 德拜阿什、弗列斯卡、卡梅爾太太，
碎裂成原子，甩出震顫的大熊座
運轉的軌跡外。[32] 海鷗逆風而翔，在貝爾島
多風的海峽，或在合恩島上奔走。[33]

雪上白羽，灣流認領了，[34]
一個老頭，被貿易風颳向
一個昏昏欲睡的角落。[35]

這房子的租客們，
乾旱季節中乾旱腦袋的想法。[36]

註釋

1　原詩題目 "Gerontion"，希臘文為 γερόντιον，是 γέρων（「老
頭」）的指小詞 (diminutive)；即 γέρων 加指小詞後綴 -τιον，
而變成 γερόντιον（「小老頭」）；γέρων 與 –τιον 合併後，"ε"
變 "ε"，"ω" 變 "ό"。僅是「老頭」一詞，已經在讀者心中喚
起負面聯想；「老頭」而「小」，就更添幾分可憐。作品是
戲劇獨白，體裁是自由詩 (free verse，法語 *vers libre*)。

　　此詩於一九一七年動筆；一九一九年，艾略特與龐德在
法國度假時定稿；一九二〇年在倫敦發表。寫作過程中，
龐德提過意見。溫德姆·路易斯 (Wyndham Lewis, 1882-
1957) 說，這首詩「是普魯弗洛克的近親」("a close relative
of Prufrock")；就技巧而言，屬龐德派 (school of Ezra)。
一九二二年，艾略特曾考慮以《小老頭》為《荒原》的序詩
印行；後來接受了龐德的反對意見而作罷。在創作過程中，
龐德助艾略特刪去了原詩的三分之一。

　　傅萊 (Northrop Frye) 認為，《小老頭》戲擬約翰·亨
利·紐門 (John Henry Newman, 1801-1890) 的《格倫提烏斯之
夢》("The Dream of Gerontius") (1865)。紐門的作品寫一個
老人臨死時的祈禱，也寫天使和魔鬼的回應。一九一九年，

該詩有了新版，艾略特可能看過。格倫提烏斯是個基督徒，經過精神上的掙扎而終於獲得救贖。《格倫提烏斯之夢》是極受歡迎的作品，有清唱劇版，由愛德華・艾爾加 (Edward Elgar) 作曲。

寫作過程中，艾略特似乎也受詹姆斯・卓伊斯 (James Joyce) 的《尤利西斯》影響。一九一八年，《尤利西斯》第二部分《涅斯陀》("Nestor") 在《小評論》(Little Review) 發表時，艾略特可能看過。後來，艾略特為《自我主義者》雜誌（一九一九年一月—二月）校對《涅斯陀》時，對卓伊斯作品的這部分認識更深。《小老頭》中，有多處與卓伊斯作品相呼應。

2　**你沒有青春……夢見青春和老年兩個階段**：艾略特引言原文為："Thou hast nor youth nor age / But as it were an after dinner sleep / Dreaming of both"，出自莎士比亞劇作《以牙還牙》(Measure for Measure) 第三幕第一場三十三—三十四行。這三行的常見版本是："Thou hast nor youth nor age, / But, as it were, an after-dinner's sleep, / Dreaming on both"。Southam (69) 認為艾略特引言出錯。

3　**就是這樣子了，我，乾旱月份的一個老頭，／聽一個男孩閱讀，等待下雨**：原文 "Here I am, an old man in a dry month, / Being read to by a boy, waiting for rain" (1-2)。一九三八年，有評論家說，這兩行脫胎自龐德的作品。艾略特回應說，這兩行錄自愛德華・費茲傑拉爾德 (Edward Fitzgerald) 的傳記。Southam (69) 指出，這兩行脫胎自A・C・本森 (A. C. Benson) 所寫的傳記《愛德華・費茲傑拉爾德》(1905)。在這本傳記中，本森這樣攝述費茲傑拉爾德的一封信："Here he sits, in a dry month, old and blind, being read to by a country boy, longing for rain"（見傳記頁一四二）。馬菲森 (F. O. Matthiessen) 曾引述一位論者的說法：費茲傑拉爾德孤獨、淒涼、無助的晚年，可能是艾略特《小老頭》主角的藍本。詩中人物，行動不便，視覺大概也不靈，要靠一個男孩子把書本朗讀給他聽。

4　　**火熱之門**：原文 "hot gates" (3)，而 "hot gates" 又是 *Thermopylae* (希臘文 Θερμοπύλαι) 的直譯（按照希臘原文，可音譯為「特摩皮萊」）；「火熱之門」是希臘名勝，位於希臘北部和中部之間，有狹窄的海岸通道，因硫磺溫泉而得名；曾發生多場戰役，其中以公元前四八〇年希臘人和波斯人之戰最有名。在這場戰役中，波斯人入侵，希臘人奮起抗擊，以寡敵眾，戰況非常慘烈。在古希臘神話中，「火熱之門」是地獄的入口。在艾略特的詩作（尤其是《荒原》）中，「火」、「旱」等意象通常與「水」、「雨」相對。「水」、「雨」象徵生機；「火」、「旱」恰恰相反。小老頭臨死，一腳已踏入墳墓，不啻已經置身於地獄入口，因此「等待下雨」。

5　　**也不曾在暖雨中戰鬥……被群蠅叮螫間跟敵人廝殺**：原文 "Nor fought in the warm rain / Nor knee deep in the salt marsh, heaving a cutlass, / Bitten by flies, fought." (4-6) 小老頭並非戰士，沒有戰鬥精神，與火熱之門的希臘戰士形成強烈對比。

6　　**我的房子是朽壞的房子**：原文 "My house is a decayed house" (7)。「房子朽壞」，也象徵小老頭身心朽壞。從下一行可以看出，小老頭只是租客。把象徵擴大，我們也可以說，小老頭是這個世界的過客。

7　　**猶太人蹲伏在窗台上……在倫敦修補去皮**：原文 "And the Jew squats on the window sill, the owner, / Spawned in some estaminate of Antwerp, / Blistered in Brussels, patched and peeled

in London." (8-10) 小老頭對房東的厭惡、鄙夷，溢於言表：
「卵生」("spawned")、「起疤」("blistered")、「修補」
("patched")、「去皮」("peeled")。把象徵擴而充之，我
們也可以說：世界是一所朽壞的房子，現實是個可厭的房
東。Southam (70) 指出，原文的 "estaminate" 是法語的 "café"
("café" 也是法語)，第一次世界大戰期間，英國軍人返回祖
國時，把這個法語詞傳入英語世界。

8   夜裏，山羊在頭上的曠野咳嗽：原文 "The goat coughs at night
in the field overhead" (11)。這行以超現實手法創造詭異氣氛，
也反映小老頭焦慮不安的心緒。

9   岩石、青苔、景天、鐵、糞便：原文 "Rocks, moss, stonecrop,
iron, merds." (12) 這行展現的是凌亂、骯髒的雜物。景天：
原文 "stonecrop"，類似青苔的植物。糞便：原文 "merds"，
源自法語，一六一二年和一六二一年已分別在本‧約翰森
(Ben Jonson, 1572-1637) 的《煉金術士》(*The Alchemist)* 和羅
伯特‧伯頓 (Robert Burton, 1577-1640) 的《憂鬱症剖析》(*The
Anatomy of Melancholy*) 中出現。參看 Southam, 70。

10 這婦人打理廚房，沏茶，／黃昏時打噴嚏，捅撥劈劈啪啪
的暴躁火焰：原文 "The woman keeps the kitchen, makes tea, /
Sneezes at evening, poking the peevish gutter." (13-14) 戲劇
獨白中，另一角色（「婦人」）出現。原文不說虛指的 "a
woman"（「一個婦人」），而說實指的 "the woman"（「這
婦人」），立刻把詩的焦點移向眼前景，增加了獨白的戲劇
效果。**peevish gutter**："gutter" 一般指（道路邊的）排水溝或
街溝；（屋簷的）雨水槽，檐槽，天溝；用作動詞時可以指
（火焰或蠟燭，尤指在熄滅前）忽明忽暗，搖曳不定。參看
網上*Cambridge Dictionary*。不過Southam (70) 指出，"peevish
gutter" 是艾略特自鑄之詞，應該指「發出劈啪之聲的微弱

火焰」("a feeble spluttering fire")。艾略特可能借用了德語 "Gitter" 一詞（可以指圍繞火焰的鐵製品，包括壁爐圍欄、金屬網罩等）；可以引申為壁爐和爐中的火焰。

11　**徵兆被當作神蹟。「但願能看見徵兆！」**：原文 " Signs are taken for wonders. 'We would see a sign' " (17)。在《新約・馬太福音》第十二章第三十八節中，幾個文士和法利賽人不相信耶穌是神，要他展現奇蹟：「當時，有幾個文士和法利賽人對耶穌說：『夫子，我們願意你顯個神蹟給我們看。』」耶穌回答說：「一個邪惡、淫亂的世代求看神蹟，除了先知約拿的神蹟以外，再沒有神蹟給他們看。」在《聖經》裏，「徵兆」和「神蹟」是神力的證據。不過「被當作」("are taken") 則暗示愚民容易受騙，情形就像《帖撒羅尼迦後書》第二章第九節所述：「這不法的人來，是照撒但的運動，行各樣的異能、神蹟和一切虛假的奇事。」

12　**道在道中，不能言道，／裹於黑暗**：原文 "The word within a word, unable to speak a word, / Swaddled with darkness." (18-19) 第十七行前半部 ("Signs are taken for wonders") 和第十八─十九行出自蘭斯洛特・安德魯斯（Lancelot Andrewes, 1555-1626）主教於一六一八年聖誕節對英王詹姆士一世 (James I) 就基督降生講道之辭。講道的中心文本為《路加福音》第二章第十二至十四節：「『你們要看見一個嬰孩，包著布，臥在馬槽裏，那就是記號了。』忽然，有一隊天兵同那天使讚美　神說：『在至高之處榮耀歸與　神！／在地上平安歸與他所喜悅的人！』」佈道辭原文如下："Signs are taken for wonders. 'Master, we would fain see a sign,' that is [,] a miracle. And in this sense it is a sign to wonder at. Indeed, every word here is a wonder. Tò βρέφος, an infant; *Verbum infans*, the Word without a word; the eternal Word not able to speak a word;

1. a wonder sure. 2. And the σπαργανισμός, swaddled, and that a wonder too. 'He,' that (as in the thirty-eighth [verse 9] of Job He saith) 'taketh the vast body of the main sea, turns it to and fro, as a little child, and rolls it about with the swaddling bands of darkness;' – He to come thus into clouts, Himself!" ("clouts", the baby's swaddling clothes). 在《蘭斯洛特・安德魯斯》("Lancelot Andrewes" (1926)) 一文中，艾略特引述第十八行 ("The word within a word, unable to speak a world")，認為是安德魯斯的句子；其實安德魯斯的句子是："the Word *without* a word; the eternal Word not able to speak a word"；也就是說，艾略特的記憶有誤。在《聖灰星期三》("Ash-Wednesday") 裏（第一五三行），艾略特再引同一句子時，引文正確。

安德魯斯和艾略特用 "word" 一詞時，所指是希臘文中的 *logos* 之意，也就是《約翰福音》第一章第一節所言："In the beginning was the Word, and the Word was with God, and the Word was God." （「太初有道，道與　神同在，道就是神。」）參看Southam, 71。由於這緣故，安德魯斯和艾略特所用的 "Word / word" 就既指道，也指言辭、話語。按照基督教教義，耶穌基督是聖子，是肉身的道 (the incarnate Word)，降生時不過是襁褓中的嬰兒，自然不能說話。因此，要保留 "the Word *without* a word; the eternal Word not able to speak a word" 的雙關，不妨譯為：「不道一辭之道；不能言道的永恆之道。」**裏於黑暗**：指肉身之道降生時，以黑暗為襁褓包裹，暗示肉身之道蘊含無窮的神秘。

13　**復壯期**：原文 "juvescence" (19)，是艾略特 "juvenescence" 的拼法，在這裏指春天。艾略特不用常見的 "juvenescence" 而用不常見的 "juvescence"，是因為詩的節奏在這裏需要一個三音節詞。拉丁文的常見縮略是 "junescence"。參看

Southam, 71。"juvenescence" = "the state of being youthful or of growng young" (*Merriam-Webster*)。有些論者以為艾略特的 "juvescence" 出錯,其實不然。《牛津英語詞典》(*The Oxford English Dictionary*) 收錄了 "juvescence"一詞,指出此一拼法並非常用。

14 **老虎基督降臨**:原文 "Came Christ the tiger" (20)。在《聖經》傳統中,基督一向以羔羊形象出現;在這裏,艾略特一反傳統,以老虎喻基督。這一形象,也出自安德魯斯的佈道辭。在安德魯斯的作品中,三王 (Magi) 匆匆趕往伯利恆看剛出生的耶穌時,有的人卻沒有同樣興奮,反而說:「基督可不是野貓,何必這麼匆遽呢?」("Christ is no wild-cat…What needs such haste?") 在 "Lancelot Andrewes" 一文中,艾略特引述安德魯斯時,把 "Christ is no wild-cat" 誤引為 "Christ is not tiger"。在威廉・布雷克 (William Blake, 1757-1827)《猛虎》("The Tiger") 一詩中,神的兩種形態(威猛震怒和慈悲婉順)由猛虎和羔羊為象徵。因此艾略特也不是完全反傳統。參看Southam, 71-72。

15 **在墮落的……馮庫爾普小姐**:原文 "In depraved May, dogwood and chestnut, flowering judas, / To be eaten, to be divided, to be drunk / Among whispers; by Mr. Silvero / With caressing hands, at Limoges / Who walked all night in the next room; / By Hakagawa, bowing among the Titians; / By Madame de Tornquist, in the dark room / Shifting the candles; Fräulein von Kulp" (21-28)。Southam (72) 指出,這八行中一連串的人名,可能以龐德《社會秩序》("The Social Order") 一詩為藍本。在龐德的詩中,有 " a 'government official' with 'a caressing air' and an old lady 'surrounded by six candles and a crucifix'" 等語。龐德的詩發表於一九一五年七月號的《爆破》。在

該刊物的同一期，艾略特發表了 "Preludes" 和 "Rhapsody of a Windy Night" (題目日後改為 "Rhapsody on a Windy Night") 兩首作品。因此艾略特應該讀過龐德的詩，受該詩影響也順理成章。在墮落的五月，山茱萸和栗樹、開花的南歐紫荊：原文 "In depraved May, dogwood and chestnut, flowering judas" (21)。Southam (72) 指出，此行脫胎自《亨利‧阿當斯的教育》(*The Education of Henry Adams* (1918))。書中，阿當斯描寫馬利蘭州的春天：

The Potomac and its tributaries squandered beauty…Here and there a negro log cabin alone disturbed the dogwood and the judas-tree, the azalea and the laurel. The tulip and the chestnut gave no sign of struggle against a stingy nature. The brooding heat of the profligate vegetation; the cool charm of the running water; the terrible splendor of the June thunder-gust in the deep and solitary woods, were all sensual, animal, elemental. No European spring had shown him the same intermixture of delicate grace and passoionate depravity that marked the Maryland May. He loved it too much, as though it were Greek and half human. (p. 268)

在這段文字中，阿當斯覺得，馬利蘭州景物的繁茂，叫人想起異教的希臘。等著讓人啖食、分享、飲用：原文 "To be eaten, to be divided, to be drunk" (22)。此行指基督教聖餐儀式中的聖餐。麵包是基督的身體，酒是基督的血，由牧師和會眾啖食、飲用。參看Southam, 73。西爾費羅先生：原文 "Mr. Silvero" (23)。一般論者認為 "Mr. Silvero" 和下文的 "Hakagawa" (26)、"Madame de Tornquist" (27)、"Fräulein von Kulp" 都是艾略特杜撰之名。這些人物國籍不同，繼承了孤絕，其名字象徵浮淺、粗糙，也象徵漂泊無根。"Silvero" 影射 "silver", "Tornquist" 影射 "torn by quest"（蠅營狗苟中受折磨），"Kulp" 影射拉丁文 "culpa"（「罪疚」）。日本有 "Nakagawa"（「中川」）一名。艾略特改為 "Hakagawa"，名字中的 "Hak-" 叫人想起 "hack"（「砍劈」）。參看網上論文Roma Shrestha, "Gerontion by T. S. Eliot: Critical Analysis", BachelorandMaster, 6 Oct. 2017, bachelorandmaster. com/britishandamericanpoetry/gerontion-critical-analysis.html. 艾略特的作品以晦澀著稱，指涉為何，有時候誰也不敢肯定。不過Roma Shrestha言之成理，其詮釋可供參考。**里摩日：**原文 "Limoges" (24)，法國城市，以出產瓷器著稱。**提香：**原文 "Titian" (意大利文原名Tiziano Vecelli / Vecellio, 約1488 / 90-1576)，意大利文藝復興時期畫家，是威尼斯畫派最重要的成員。「提香」是英文 "Titian" 的漢譯。

16　**在喁喁細語中；讓西爾費羅先生……在大堂轉身，一隻手推門：**原文 "Among whispers; by Mr. Silvero…Who turned in the hall, one hand on the door" (23-29)。Southam (73) 指出，第二十三—二十九行似乎描寫巫術儀式。**讓德托恩奎斯特夫人，啖食享用時在黑暗的房間／移動著蠟燭：**原文 "By Madame de Tornquist, in the dark room / Shifting the candles" (27-28) 這兩行似乎在描寫召魂術 (séance, 又譯「降魂會」) 儀式。一九一七年，艾略特在倫敦大學校外進修部任導師期間，一個懂占星術的學生要為他占卜運程（大致等於中國傳統中算命先生卜時辰八字），艾略特表示婉謝。參看 Southam, 73。

17　**空梭／在織風：**原文 "Vacant shuttles weave / The wind" (28-29)。這裏似乎用了《舊約·約伯記》第七章第六—七節。約伯活在痛苦中，覺得人生無望，於是發出哀嘆：「我的日子比梭更快，都消耗在無指望之中。／求你想念，／我的生命不過是一口氣，我的眼睛必不再見福樂。」小老頭的命運，與約伯的命運相似。這兩行的另一出處，是卓伊斯的《尤利西斯》。在該書的第一部分，斯蒂芬·代達洛斯 (Stephen Dedalus) 尋思穆利根 (Mulligan) 的話時有下列句子："Idle mockery. The void awaits surely all them that weave the wind."（「無聊的譏嘲。空虛肯定會等待所有織風的人。」）在接著的《涅斯陀》部分，斯蒂芬尋思時又有下列句子："For them too history was a tale like any other too often told…Weave, weaver of the wind."（「對於他們，歷史是個故事，像任何一個說得太濫的故事一樣……織風者呀，織吧。」）參看 Southam, 73。

18　**圓丘**：原文 "knob" (32)，是個罕見的方言詞。參看 Southam,73："knob" = "a rare dialect word for a rounded hill"。

19　**這樣知情後**：原文 "After such knowledge" (33)。艾略特寫《荒原》時，曾經有意以康拉德 (Joseph Conrad)《黑暗之心》(*Heart of Darkness*) (1902) 的一段文字為引言（參看《荒原》引言的註釋）。該段文字有 "that supreme moment of complete knowledge"（「達到徹底認識時那至高無上的一瞬」）。艾略特寫 "After such knowledge" 一語時，可能想到康拉德的句子。在這裏，"knowledge" 有《聖經》中的雙重含義：既指對善惡的認識，也指與女子發生肉體關係 ("carnal knowlege")。在《聖經》中，"to know a woman" = "to have sexual intercourse with a woman"。這一用法，在《創世記》第四章第一節就已出現："And Adam knew Eve his wife; and she conceived, and bare Cain, and said, I have gotten a man from the Lord."（「有一日，那人和他妻子夏娃同房，夏娃就懷孕，生了該隱，便說：『耶和華使我得了一個男子。』」）

參看Southam, 73-74。譯文用翻譯移位法 (translation shift)，轉換 "knowledge" 的詞性，譯「知情」，以保留原文的雙關。有關翻譯移位法，參看J. C. Catford, *A Linguistic Theory of Translation: An Essay in Applied Linguistics*, Language and Language Learning 8, General Editors, Ronald Mackin and Peter Strevens (London: Oxford University Press, 1965)。

20　寬恕：原文 "forgiveness" (33)。Southam (74) 指出，這裏的「寬恕」有強烈的《聖經》意味。參看《但以理書》第九章第九節："To the Lord our God belong mercies and forgiveness, though we have rebelled against him"（「主，我們的　神是憐憫饒恕人的，我們卻違背了他」）。

21　試想想：原文 "Think" (33)。Southam (74) 指出，此詞在三十六、四十三、四十八、五十行重複，與全詩末行同時表示，整首詩是小老頭的一個意念。這一主題，可能源自卓伊斯《尤利西斯》《涅斯陀》部分的句子："Thought is the thought of thought."（「意念是意念的意念。」）此外，Southam 指出，在第三十三至六十九行，艾略特採用了伊麗莎白一世和詹姆斯一世時期的詩劇語言。在莎士比亞後期以至托馬斯‧米德爾頓 (Thomas Middleton, 1580-1627) 和斯里爾‧特恩納 (Cyril Tourneur, 1575-1626) 的作品中，詩劇語言開始放鬆，把無韻詩體的韻律拉長、收縮、扭曲成自由詩。艾略特說這句話時，大概想到米德爾頓《調換兒》(*The Changeling*) 一劇中的下列八行：

> I that am of your blood was taken from you
> For your better health; look no more upon 't,
> But cast it to the ground regardlessly,
> Let the common sewer take it from distinction.

Beneath the stars, upon yon meteor

Ever hung my fate, 'mongst things corruptible;

I ne'er could pluck it from him; my loathing

Was prophet to the rest, but ne'er believed. (V, iii)

馬菲森把這八行和《小老頭》第五十五至五十八行一起引述時指出，兩段引文的內容完全不同，不過衍生兩段文字的語境都表達作者對淫慾的驚怖；也許正因為如此，艾略特寫《小老頭》時，米德爾頓的八行詩叫他慽然有感。

22　歷史有許多詭詐的通道、人造的走廊……這些眼淚搖落自一棵結烈怒果實之樹：原文 "History has many cunning passages, contrived corridors…These tears are shaken from the wrath-bearing tree." (34-47) Southam (75) 指出，這段講歷史的文字以至小老頭在整首詩的冥想，靈感都可能來自斯蒂芬・代達洛斯在《尤利西斯》所說的話："history is to blame"（「要歸咎歷史」）; "History…is a nightmare from which I am trying to awake"（「歷史……是個夢魘。此刻，我正在設法從這個夢魘裏醒轉」）。而這一看法，又歸功於《亨利・阿當斯的教育》一書，尤其歸功於阿當斯論及人類知識（如進化論所說）如何複雜的一段："at the beginning of the twentieth century the historian 'entered a far vaster universe, where all the old roads ran about in every direction, overrunning, dividing, stopping abruptly, vanishing slowly, with side-paths that led nowhere, and sequences that could not be proved' (400)."（「二十世紀初，歷史學家『進入遠比以前龐大的宇宙。在這個宇宙裏，所有舊的道路朝每個方向兜兜轉轉，交疊著，分割著，突然停止，緩緩消失，分叉的小徑不知通往何方，延續之路又無從驗證』。」）人為的走廊：原文 "contrived corridor" (34)。

艾略特可能想到當時的一條「人造走廊」，即所謂「波蘭走廊」("Polish Corridor")。這條走廊，是根據凡爾賽條約（一九一九年六月簽訂）由德國割讓出來的一小幅土地。這幅土地割讓後，德國人十分反感。參看Southam, 75。

23　出口：原文 "issues" (35)，上承「通道」、「走廊」等意象。

24　是⋯⋯父親：原文 "fathered" (45)。這裏的 "father" 是及物動詞 (transitive verb)，是「成為（孩子）的父親」。英語說 "to father a child"，是「叫女子懷孕，生下孩子，成為父親」的意思。莎士比亞在《尤利烏斯・凱撒》第二幕第一場第二九七行、《麥克伯斯》第四幕第二場第二十七行、《李爾王》第三幕第六場第一一七行都用了這一詞。參看Southam, 75。

25　這些眼淚搖落自一棵結烈怒果實之樹：原文 "These tears are shaken from the wrath-bearing tree" (47)。「結烈怒果實之樹」，大概指《創世記》的「分別善惡樹」。夏娃和亞當吃了這棵樹的果子，招致神的烈怒，結果要流淚。威廉・布雷克有《毒樹》("A Poison Tree") 一詩。這棵樹由烈怒產生，以眼淚灌溉。印度學者則認為艾略特此行出自《伽陀奧義書》(*Katha Upanishad*)第六章第一節和《薄伽梵歌》(*Bhagavad Gita*) 第十五章第一一三節。參看Southam, 75-76。

26　老虎在新的一年躍起：原文 "The tiger springs in the new year" (48)。「老虎」("tiger")，大概指神的威猛狀貌 (Southam, 76)。

27　把戲：原文 "show" (51)，指「小小的戲中戲」("a small play-within-a-play)，用來呼應劇情，伊麗莎白時期的戲劇中常用的手法 (Southam, 76)。

28　也不是因為向後行走的／妖魔對我有甚麼鼓動：原文 "And it is not by any concitation / Of the backward devils." (52-53) 在但丁《神曲・地獄篇》第二十章，占卜師被罰向後行走。他們在世時自以為能「前瞻」，死後乃要「後顧」。
"concitation"，源自拉丁文 "concitatio"，指「移動」、「鼓動」。

29　我本來貼近你的心，後來卻被攫走……我該怎樣用這些官能感受你更緊密的接觸呢？：原文 "I that was near your heart was removed therefrom / To lose beauty in terror, terror in inquisition. / I have lost my passion: why should I need to keep it / Since what is kept must be adulterated? / I have lost my sight, smell, hearing, taste and touch: / How should I use them for your closer contact?" (55-60) 在這裏，小老頭直接對上帝說話。

30　在一面面空幻的鏡子中／變化無窮：原文 "multiply variety / In a wilderness of mirrors" (64-65)。指耽於聲色犬馬的人把鏡子以特別方式放置，讓自己從不同角度看見自己享樂。艾略特大概想到本‧約翰森《煉金術士》(*The Alchemist* (1612)) 一劇中美食拜金爵士 (Sir Epicure Mammon) 的話：

> my glasses
> Cut in more subtle angles, to disperse
> And multiply the figures, as I walk
> Naked between my succubae.

> 　　我赤裸
> 在眾妖精之間行走時，我的
> 多面鏡子，按精緻角度切削而成，
> 會打散影像，使其數目大增。

參看Southam, 76。

31　蜘蛛會怎樣呢？／……會拖延嗎？：原文 "What will the spider do, / Suspend its operations, will the the weevil / Delay?"

(65-67) 這幾行是小老頭的自由聯想，由於跳躍的步幅大，詩義特別隱晦，指涉難以確定。

32 **德拜阿什、弗列斯卡、卡梅爾太太……運轉的軌跡外**：原文 "De Bailhache, Fresca, Mrs. Cammel, whirled / Beyond the circuit of the shuddering Bear / In fractured atoms." (67-69) 在《詩的功用和文學批評的功用》第一四六—一四七頁，艾略特解釋說，這幾行的意象衍生自喬治·查普門 (George Chapman, 1559-1634) 的劇作《布西·當布瓦》(*Bussy D'Ambois*)。布西臨終時命令其「名聲」("fame") 預先告訴諸天，他就要來臨：

> Fly where the evening from the Iberian vales
> Takes on her swarthy shoulders Hecate
> Crowned with a grove of oaks; fly where men feel
> The burning axletree, and those that suffer
> Beneath the chariot of the snowy Bear...
> 　　(V, iv)

> 飛往那裏吧。伊比利亞山谷的黃昏
> 把赫卡蒂放在黝黑的肩上，以橡樹林
> 為冠冕。飛往那裏吧。那裏，眾人
> 在感受灼熱的軸承；那裏，大熊座
> 雪白，有人在它的戰車下受苦。
> 　　（第五幕第四場）

艾略特的意象，就從這五行脫胎而來。查普門的意象，則源出古代神話傳統：罪人死後，會送往一個向外旋繞的不正圓 (eccentric) 軌跡。這一軌跡，會把他們甩入太空。在《尤利西斯》的《涅斯陀》部分，卓伊斯有類似意象："I hear the ruin of all space, shatter of glass and toppling masonry, and time one livid final flame. What's left us then?"（「我聽到所有的空間毀滅，玻璃和崩塌的磚瓦破碎，時間變成鐵青的殘焰。這樣一來，我們還剩下甚麼呢？」）**震顫的大熊座**：原文 "the shuddering Bear" (68)。查普門的大熊座「雪白」；艾略特的大熊座不是「雪白」，而在「震顫」。「震顫」一詞，可能源出傳說：熊的性高潮能維持九天的時間。參看Southam, 77。

33　**海鷗逆風而翔，在貝爾島／多風的海峽，或在合恩島上奔走**：原文 "Gull against the wind, in the windy straits / Of Belle Isle, or running on the Horn." (69-70) Southam (77) 引述John Hayward的說法：這兩行源出艾略特的新英格蘭經驗。不過合恩島 (Cape Horn) 在南美洲最南端，不在新英格蘭。貝爾島 (Belle Island)，法語「美麗島」之意，在加拿大東北，大西洋貝爾島海峽 (the Strait of Belle Isle) 入口處，離拉布拉多 (Labrador) 海岸二十五公里，在紐芬蘭 (Newfoundland) 以北不足三十一公里。

34　**灣流**：原文 "the Gulf"，Southam (78) 認為指墨西哥灣流 (the Gulf Stream)。

35　**一個老頭，被貿易風颳向／一個昏昏欲睡的角落**：原文 "And an old man driven by the Trades / To a sleepy corner." (72-73) Southam (77) 認為，這兩行大概脫胎自《亨利・阿當斯的教育》。該書第二十一章有下列描寫："Adams would rather, as choice, have gone back to the east, if it were to sleep forever in the trade-winds, under the southern stars, wandering over the dark purple ocean, with its purple sense of solitude and void."（「阿當斯大概會選擇返回東部，只要能夠在南半球的星穹下永遠睡在貿易風裏，在暗紫的海洋浪遊，以其孤獨空無中的紫色感覺為伴。」）

36　**這房子的租客們，／乾旱季節中乾旱腦袋的想法**：原文 "Tenants of the house, / Thoughts of a dry brain in a dry season." (74-75) 第七十四行和第七十五行並列，有蒙太奇效果：「想法」是「租客們」；「腦袋」是「房子」。腦袋乾，房子乾，季節也乾，都象徵生機消失。以這兩行為全詩點睛，表現了老年人瀕死的淒涼境況。

捧著導遊手冊的伯班克：
叼著雪茄的布萊斯坦[1]

Tra-la-la-la-la-la-laire—nil nisi divinum stabile est;
caetera fumus—the godola stopped, the old palace
was there, how charming its grey and pink—goats and
monkeys, with such hair too!—so the countess passed
on until she came through the little park, where Niobe
presented her with a cabinet, and so departed.[2]

伯班克橫過一條小橋，
　　走落小旅館所在處；
渥露派恩公主抵達，
　　他們在一起，伯班克失足。[3]

海底所奏的喪禮哀樂
　　與喪鐘逝向海深處，
緩緩地；神祇赫拉克勒斯
　　寵過他，此刻已經他赴。[4]

眾馬飛騰，馬蹄在均勻起落，
　　輪軸下，把伊斯的利亞的曉濤
蹴起。[5] 她的御船拉下了

百葉，整天在水上燃燒[6]。

布萊斯坦哪，就如此這般：[7]
　　雙膝、雙肘彎曲時展陳
鬆垂，雙掌則向外張開，[8]
　　芝加哥猶太裔維也納人。[9]

一隻沒有光澤的凸眼睛
　　從原生動物的黏液向外面
瞪望著卡納萊托的景色，[10]
　　時間的殘燭冒著煙[11]

轉暗。有一次，里阿爾托橋上。[12]
　　溝鼠聚在一根根的橋樁腳。
那個猶太人在那塊地皮下。
　　穿皮裘的錢財。[13] 船夫在微笑。

渥露派恩公主把一隻
　　藍指甲的癆病瘦手外伸，[14]
爬上瀕水梯級。[15] 火把呀，火把，[16]
　　她在招待費迪南德·克萊恩

爵士。[17] 是誰剪了獅子的翅膀，
　　替他的屁股捉跳蚤，並削了他的利爪？[18]
伯班克暗忖，一邊把時間的
　　廢墟和七條定律思考。[19]

註釋

1　**捧著導遊手冊的伯班克：叼著雪茄的布萊斯坦**：原文詩題
　　為 "Burbank with a Baedeker: Bleistein with a Cigar"。此詩寫
　　於一九一八—一九一九年；一九一九年夏季發表於《藝術與
　　文學》(*Art and Letters*)；其格律受法國詩人泰奧菲爾‧戈蒂
　　埃 (Pierre Jules Théophile Gautier, 1811-1872) 的詩集《瓷釉與
　　浮雕》（*Émaux et Camées*）影響；內容和風格，則上承拜
　　倫 (George Gordon Byron, 1788-1824)、約翰‧羅斯金 (John
　　Ruskin, 1819-1900)、亨利‧詹姆斯的威尼斯文學傳統。所謂
　　「上承拜倫、約翰‧羅斯金、亨利‧詹姆斯的威尼斯文學傳
　　統」，指艾略特像這些作家一樣，也寫威尼斯人物、風貌。
　　作品的筆觸諧謔，有諷刺意味。在詩中，艾略特描寫威尼
　　斯的兩個遊客。**伯班克**：原文 "Burbank"。這名字與亨利‧
　　詹姆斯小說的東岸角色 (East Coast heroes) 呼應，可能影射
　　美國植物學家路德‧伯班克 (Luther Burbank, 1849-1926) 的
　　名字，並且以此名的優越聯想與世俗的猶太名字「布萊斯
　　坦」(Bleistein) 對比。**Baedeker**：原指德國卡爾‧貝迭克出
　　版社 (Verlag Karl Baedeker)。出版社於一八二七年七月一日
　　由卡爾‧貝迭克創立，以出版世界各地的旅遊手冊著稱。貝
　　迭克的旅遊手冊有地圖、旅遊路線以及名勝、古蹟、景點、
　　博物館的簡介。簡介提綱挈領，對時間有限的遊客有極大幫
　　助。由於貝迭克的旅遊手冊廣為人知，後來 "Baedeker" 變
　　成了「旅遊手冊」的代名詞；不過由於文字不夠詳盡，也成
　　為某些人的訕笑對象。在這首詩中，艾略特讓伯班克拿著貝
　　迭克出版的導遊手冊，也有諷刺之意。在詹姆斯的作品中，
　　這一導遊手冊不一定是譏嘲對象。而艾略特本人，一九一〇
　　年十月遊倫敦時，也買了這樣的一本導遊手冊，書名《貝

迭克旅遊手冊——倫敦及周邊區域》(*Baedeker, London and Its Environs* (1908))，並且在手冊中有關國家美術館 (National Gallery) 意大利文藝復興名畫的部分，寫了密密麻麻的筆記。"with a Baedeker" 中的 "with"，可以譯「拿著」，也可以譯「捧著」，甚至可以譯「有」。不過「捧著導遊手冊」比「拿著導遊手冊」或「有一本導遊手冊」生動，更能表現威尼斯遊客一邊看景物，一邊看導遊手冊的行動。"Bleistein" 是德語：由 "Blei"（「鉛」）和 "Stein"（「石頭」）二字組成。為了突顯布萊斯坦的市儈形象，艾略特讓他叼著雪茄。"with a Cigar" 也可譯「手指夾著雪茄」，不過「叼著雪茄」較生動。參看Southam, 83。

2　詩的引言出自多位作家。"Tra-la-la-la-la-la-laire" 出自戈蒂埃的《在環礁湖上》("Sur les lagunes") 一詩。戈蒂埃原詩一至四行為："Tra la, tra la, la la, la laire! / Qui ne connaît pas ce motif? /À nos mamans il a su plaire, / Tendre et gai, moqueur et plaintif!"（「Tra la, tra la, la la, la laire!／這調子誰不認識呢？／它懂得叫我們母親歡愉，／柔和而輕快，哀怨而帶點揶揄！」）（艾略特引外文時又出錯了——這回是法國作家。）《在環礁湖上》是《威尼斯嘉年華變奏曲》(*Variations sur le Carnaval de Venise*) 組詩之一。詩中的第一行是威尼斯船夫在運河搖著小划船時吟唱的曲調。《威尼斯嘉年華》("The Carnival of Venice") 是傳統流行曲調，叫戈蒂埃想起卡納萊托城 ("La ville de Canaletto")。"nil nisi divinum stabile est; caetera fumus" 引自意大利畫家曼特雅 (Andrea Mantegna, 1431-1506) 的一幅作品。作品以基督徒聖塞巴斯蒂安 (St. Sebastian, 約公元256-288) 殉教為題材，為金宮 (Ca' d'Oro，直譯是「黃金之屋」) 所藏。金宮又稱「聖索菲亞宮」(Palazza Santa Sofia)，一九二七年成為

博物館，叫「卓吉奧・法蘭克提美術館」(Galleria Giorgio Franchetti)。這幅畫所繪，是全身中箭的聖塞巴斯蒂安；此外有一枝蠟燭，為綬帶包裹；綬帶上有艾略特所引的拉丁文；不過艾略特的 "nil" 該作 "nihil"；換言之，句子為"nihil nisi divinum stabile est; caetera fumus"，意思是：「唯有聖跡能長存；其餘一切皆雲煙」。至於此語的出處，則不可考。塞巴斯蒂安殉教的故事峰迴路轉：主角被羅馬皇帝戴克里先 (Gaius Aurelius Valerius Diocletianus, 245-313；「戴克里先」為英文 "Diocletian" 的漢譯) 判了死刑，要遭弓箭手射死；全身中箭後並沒有死去，後來由一位女基督徒救治痊癒。痊癒後，塞巴斯蒂安再在戴克里先面前力陳其迫害基督徒之罪，結果被亂棍打死。曼特雅是艾略特喜愛的畫家。一九一四年夏天，詩人遊意大利時，曾觀賞過這幅名畫（當時藏於法蘭克提瀕臨威尼斯運河的府第），印象深刻而寫詩識之，題為《聖塞巴斯蒂安戀歌》("The Love Song of St. Sebastian")。這首作品是戲劇獨白，不過迄今尚未發表。"the gondola stopped, the old palace was there, how charming its grey and pink" 出自亨利・詹姆斯的《阿斯潘文件》(*The Aspern Papers*) 第一章："The gondola stopped, the old palace was there; it was a house of the class which in Venice carried even in extreme dilapidation the dignified name. 'How charming! It's grey and pink!' my companion exclaimed; and that is the most comprehensive description of it." 敘事者是書中無名的「壞蛋」。艾略特的文字，並不是直接引自詹姆斯原著，而是間接引自福德・胡法 (Ford Madox Hueffer) 的著作《亨利・詹姆斯論評》(*Henry James: A Critical Study* (1918))。胡法書中的引文只算拼湊撮引，因此艾略特的引言也就與詹姆斯小說的原文有出入。"goats and monkeys, with such hair too!" 出自莎士比亞的《奧賽羅》(*Othello*) 第四幕第一場。在該片段中，主角因伊阿戈 (Iago) 挑撥，大罵其妻子黛絲黛茉娜 (Desdemona) 及妻子的「情人」。黛絲黛茉娜是威尼斯人，因此與艾略特的詩有關。此外，亨利・詹姆斯的作品《未來的聖母》("Madonna of the Future") 中，結尾有這樣的一句："Cats and monkeys, monkeys and cats – all human life is there!"（「群貓和群猴，群猴和群貓——人類眾生相全在那裏了！」）而這一句子，胡法在《亨利・詹姆斯論評》中引述了兩次（一四〇頁、一四三頁）。因此，艾略特的引言，同時也與詹姆斯的小說呼應。"with such hair too!" 引自羅伯特・布朗寧 (Robert Browning, 1812-89)《伽路皮觸技曲》("A Toccata of Galuppi's") 一詩的最後一節。該詩寫生命的活力和神奇，也寫生命的衰老和朽敗。詩中，布朗寧舉威尼斯作曲家巴爾達薩雷・伽路皮 (Baldassare Galuppi, 1706-1785) 為例，把他和威尼斯（青春、愛情、傳統、繁榮之城）連繫起來。不過詩中的敘事者指出，觸技曲本身「冰冷」，作曲家是個數學家、科學人。這一聯想，進而叫敘事人尋思，接吻停止後，靈魂還有甚麼呢？一度美麗、富貴的人，此刻已變成「塵土和灰燼」("Dust and ashes")："Dear dead women, with such hair, too—"（「已死的親愛女子，而且有這樣的秀髮——」）"so the countess passed on until she came through the little park, where Niobe presented her with a cabinet, and so departed."（「於是，伯爵夫人繼續前行，越過一個小公園才停下來。在那裏，奈歐比給她奉上一個櫃子，然後離開。」）這是約翰・馬斯頓 (John Marston, 1575?-1634) 假面劇 (masque) 的舞台指示 (stage direction)。劇作的名字極長：《亨廷頓勛爵及夫人款待其尊貴娘親愛麗絲——達比侯爵遺孀，時維侯爵夫人初到阿什比府第一夜》(*Noble Lorde and Ladye of Huntingdon's Entertainement of Their Right Noble Mother Alice, Countesse Dowager of Darby, the Firste Nighte of Her Honor's Arrivall at the House of Ashby*)。假面劇是馬斯頓獻給贊助人愛麗絲的作品。

3　第一節的寫法像舞台指示。**小橋**：原文 "little bridge" (1)。威尼斯運河有很多小橋橫越水面。**渥露派恩**：原文 "Volupine" (3)，是艾略特自鑄的名字，有 "voluptuous"（「性感」）和 "vulpine"（「狐狸」的形容詞）之意，也影射本·約翰森 (Ben Jonson) 的劇作《狐狸沃爾波尼》(*Volpone, the Fox*)。如果公主是意大利人，名字是意大利文，"Volupine" 也可以漢譯為「渥露皮內」。**他們在一起，伯班克失足**：原文 "They were together, and he fell." (4) 此行影射阿爾弗雷德·坦尼森 (Alfred Tennyson, 1809-93)《姐妹倆》（"The Sisters"）中的一行："They were together, and she fell."（「他們在一起，女的仆在地上。」）在《姐妹倆》一詩中，"she fell" 指姐妹之一被殺；在這裏，伯班克「失足」（嫖妓）是道德墮落，不是肉體死亡；與坦尼森作品並列，有反諷效果。

4　**海底所奏的喪禮哀樂／……此刻已經他赴**：原文 "Defunctive music under sea / Passed seaward with the passing bell / Slowly：the God Hercules / Had left him, that had loved him well." (5-8) 這四行用了莎士比亞劇作《安東尼與柯蕾佩妠》(*Antony and Cleopatra*) 第四幕第三場的典故：屋太維、凱撒與安東尼決戰前，眾士兵聽到神秘的音樂發自舞台下面。大家猜測音樂預兆甚麼。第二個士兵解釋說："'Tis the god Hercules, whom Antony loved, / Now leaves him."（「是神祇赫拉克勒斯；他寵過安東尼；／現在離開他了。」）一度勇武的安東尼在柯蕾佩妠的溫柔鄉中失去了鬥志，大力神赫拉克勒斯乃不再寵他。「赫拉克勒斯」，希臘神話的大英雄，也叫「赫丘利斯」（英語 *Hercules* 的漢譯）。歷史上大英雄決戰的典故用諸當代小人物的行動，「比擬不倫」間產生滑稽的喜劇效果。**喪禮哀樂**：原文 "Defunctive music"，出自莎士比亞的《鳳凰與斑鳩》("The Phoenix and the Turtle") 第十四行（原詩第四節）："Let the priest in surplice white / That defunctive music can, / Be the death-divining swan, / Lest the requiem lack his right." 在詩中，鳳凰是女，斑鳩是男，其死亡象徵堅貞愛情的消逝。Southam (87) 指出，第五、六行押韻詞 (rhyme-words) ("sea"、"bell") 出自詹姆斯小說《鴿子之翅》(*The Wings of the Dove*) 中兩個角色對話時所說的最後一字：

> 'I'm a brute about illness. I hate it. It's well for you, my dear,' Kate continued, 'that you're as sound as a bell.'
> 'Thank you!' Densher laughed. 'It's rather good for yourself too that you're as strong as the sea.' (Bk. 6, ch. 4)

Southam說 "rhyme-words"（「押韻詞」（複數）），並不完全正確，因為在詩的第二節，只有 "bell" 是押韻詞（與第四行的 "well" 押韻），"sea" 沒有與其他詞押韻（除非視第三節第一行的 "axletree" 為 "sea" 的「韻伴」；但二字相隔三行，已失去押韻效果），不能稱為 "rhyme-word"。全詩各節的韻式大致是abcb。說「大致」，因為第三節的 "Istria" 和 "day"、第七節的 "hand" 和"Ferdinand" 所押並非全韻。**喪鐘**：原文 "passing bell" (6)，又叫 "death bell"，人死時或舉行喪禮時鳴響。羅斯金提到威尼斯遭海水侵蝕時也用了這一詞："the fast-gaining waves, that beat like passing bells, against the STONES OF VENICE"（「長驅直進的波浪，像喪鐘那樣拍打著威尼斯的石頭」）。參看Southam, 87。**赫拉克勒斯**：原文 "Hercules" (7)。在這裏，赫拉克勒斯是「壯陽之神」

("the God of sexual virility")　(Southam, 88)。

5　眾馬飛騰，馬蹄在均勻起落，／輪軸下，把伊斯的利亞的
曉濤／蹴起：原文 "The horses, under the axletree / Beat up the
dawn from Istria / With even feet." (9-11) 指太陽從東方升起。
從威尼斯東望，視線越過亞德里亞海，會看見太陽從伊斯的
利亞 (Istria) 半島升起。伊斯的利亞半島，在歐洲巴爾幹半島
西北部。"Istria" 又作 "Istra"。詩中各節第二和第四行押韻。
"Istria" 英語唸 /ˈɪstrɪə/，與第四行結尾的 "day" (唸 /deɪ/) 不押
韻。原詩第二行為 "Beat up the dawn from Istria"，第四行為
"Burned on the water all the day." 何以會如此呢？大概有兩個
原因：第一，"Istria" 一詞，艾略特本人可能唸 /ˈɪstrɪeɪ/；但
這一唸法不知有何根據。第二，艾略特可能在這節（即原
詩第三節）故意不押韻。但八節中，七節的第二和第四行押
韻，只有第三節破格，不見得有甚麼藝術效果。因此也可能
是艾略特疏忽（艾略特的作品中，各種疏忽／錯漏的例子極
多，本詩選以至《世紀詩人艾略特》一書，在適當的地方也
一一指出）。譯者翻譯這兩行時，"Istria" 唸 /ˈɪstrɪə/，因此
也像原詩那樣「破格」。在西方神話中，黎明時太陽神會驅
策著戰車從東方的海面騰飛上升，戰車由多匹神駒（有的
版本是四匹，有的版本是六匹）拉曳，因此說「把……曉
濤／蹴起」。這一意象，常與情人醒來準備告別的時辰發
生聯想。艾略特的 "Beat... / With even feet" 又與羅馬詩人賀
拉斯 (Quintus Horatius Flaccus, 65 B. C. – 8 B. C.) 的《頌詩》
(*Carmina*) 卷一第四首第十三行 ("aequo pulsat pede") 呼應。
賀拉斯第四首描寫春天，第十三行為："Pallida mors aequo
pulsat pede pauperum tabernas / regumque turris."（「蒼白的
死神，步履公正，既敲窮人草屋之門，／也敲君王高殿之
闕。」）拉丁文 "aequo...pede" 中的 "aequo" 指死神公平、

公正，對誰都絕不徇私；"pede" 指「足」。"aequo...pede" 可以直譯為英文 "with equal / even...feet"，正好遙呼艾略特的 "With even feet"。艾略特的典故，還直接與約翰·馬斯頓 (John Marston, 1575-1634) 的浪漫喜劇《安東尼奧與梅麗姐》 (*Antonio and Mellida*) (*c.* 1599) 有關。該劇第二部分第一幕第一場有下列幾行：

> For see the dappled grey coursers of the morne
> Beat up the light with their bright silver hooves
> And chase it through the sky.

> 因為呀，你看，早晨的多匹駿馬，
> 灰白斑駁，正以亮晃晃的銀蹄
> 蹴起曙光，再越過天穹追光而去。

此外，威尼斯聖馬可大教堂的大門有神駒拉曳日車的銅雕，也是艾略特典故所本。參看Southam, 88。

6　　她的御船拉下了／百葉，整天在水上燃燒：原文 "Her shuttered barge / Burned on the water all the day."(11-12)，影射莎士比亞劇本《安東尼與柯蕾佩姹》第二幕第二場伊諾巴巴斯 (Domitius Enobarbus) 形容柯蕾佩姹 (Cleopatra) 的台詞。這段台詞膾炙人口，為莎迷津津樂道：

> I will tell you.
> The barge she sat in, like a burnish'd throne,
> Burned on the water: the poop was beaten gold;
> Purple the sails, and so perfumed that
> The winds were lovesick with them; the oars were silver,
> Which to the tune of flutes kept stroke, and made
> The water which they beat to follow faster,

As amorous of their strokes. For her own person,

It beggar'd all description: she did lie

In her pavilion, cloth-of-gold of tissue,

O'erpicturing that Venus where we see

The fancy outwork nature: on each side her

Stood pretty dimpled boys, like smiling Cupids,

With divers-colour'd fans, whose wind did seem

To glow the delicate cheeks which they did cool,

And what they undid did.

艾略特以如此誇張的絢麗描寫與現代的日常場景並列，目的是創造強烈的反諷效果。

7　**布萊斯坦哪，就如此這般**：原文 "But this or such was Bleistein's way" (13)。布朗寧《當代人的印象》("How It Strikes a Contemporary") 一詩這樣啟篇："I only knew one poet in my life: / And this, or something like it, was his way."（「畢生只認識一個詩人：／他，就如此這般。」）艾略特以布萊斯坦與布朗寧詩中的人物比較，也有詼諧意味。

8　**雙膝、雙肘彎曲時展陳／鬆垂，雙掌則向外張開**：原文 "A saggy bending of the knees / And elbows, with the palms turned out" (14-15)。艾略特描寫的是滑稽形象，與第十六行的蔑視、嘲諷態度一致。

9　**芝加哥猶太裔維也納人**：原文 "Chicago Semite Viennese" (16)。猶太裔：原文 "Semite"。"Semite"也指閃族（又譯「閃米特人」），古代包括希伯來人、巴比倫人、腓尼基人、亞述人等，今特指猶太人。艾略特這樣描寫猶太人，因為他歧視猶太族。他的反猶太種族主義 (anti-Semitism)，引起許多人非議。評論家克里斯托弗·里克斯，曾於一九八八年論及

《捧著導遊手冊的伯班克：叼著雪茄的布萊斯坦》一詩對猶太人的歧視。參看Southam, 89。

10　卡納萊托：原文 "Canaletto" (19)。卡納萊托 (1697-1768)，「意大利風景畫家，以畫威尼斯、英國風景著稱，如《威尼斯小景》、《從泰晤士河看格林〔尼〕治醫院》等」（陸谷孫主編，《英漢大詞典》，上冊，頁四六〇，"Canaletto"條）。

11　殘燭：原文 "candle" (20)。這意象來自意大利畫家曼特雅所繪的聖塞巴斯蒂安的名畫。參看註二。

12　里阿爾托：原文 "Rialto" (21)，指威尼斯金融、商業中心的一座古建築。城中的主要金融、商業活動都在這裏進行。在莎士比亞戲劇《威尼斯商人》(*The Merchant of Venice*) 中，"on the Rialto" 指在商業區活動。"Rialto" 也可以指位於同一區的里阿爾托大橋。大橋橫跨大運河，建於一五九〇年。參看Southam, 89。

13　那個猶太人在那塊地皮下。／穿皮裘的錢財：原文 "The Jew is underneath the lot. / Money in furs." (23-24)。艾略特寫這首詩時，社會對猶太人有這樣的偏見：他們藉手中的錢財，掌握了無形的權力。艾略特的這種態度，可能直接受卓伊斯《尤利西斯》《涅斯陀》部分的影響。在書中，狄斯先生 (Mr. Deasy) 說："England is in the hands of the jews. In all the highest places: her finance, her press. And they are the signs of a nation's decay. Wherever they gather they eat up the nation's vital strength."（「英格蘭掌握在猶太人手中。在所有的最高階層：金融界、新聞界。他們是國家衰敗的徵兆。他們無論聚集在哪裏，都會吃盡全國的活力。」）穿皮裘的錢財 ("Money in furs")：這句一語雙關，既指做皮草生意能發財（威爾斯曾經是黑海皮草的貿易中心），也指穿皮草的富人。艾略特的故城聖路易斯 (St. Louis)，因經營皮草生意而興旺繁榮。

14　**藍指甲的癆病瘦手外伸**：原文 "A meagre, blue-nailed, phthisic hand" (26)。渥露派恩公主並不健康。Southam (90) 指出，"meagre" 有法語 "maigre"（「瘦」）的意思。"phthisic"，"phthisis"（「肺癆」，即「肺結核」）的形容詞。

15　**瀕水梯級**：原文 "waterstair" (27)。指王宮的瀕水梯級，遊客可以從運河沿這些梯級登上兩邊的王宮。

16　**火把呀，火把**：原文 "Lights, lights" (27)。在莎劇《奧賽羅》第一幕第一場，巴拉班提奧 (Brabantio) 聽到女兒黛絲黛茉娜出走，要嫁奧賽羅，乃大呼 "Light, I say! Light!"（「來人哪！火把！拿火把來！」）艾略特用複數 "Lights, lights"，既戲擬莎劇的場景和情節，也指現代威尼斯的燈光。

17　**費迪南德・克萊恩／爵士**：原文 "Sir Ferdinand / Klein" (28-29)。原文把 "Sir Ferdinand" 和 "Klein"分別排在第二十八和二十九行。譯文不能完全仿效，只能把「費迪南德・克萊恩」和「爵士」割切。Southam (91) 指出，從這一名字可以看出，詩中人物是德國猶太人（"Klein" 是德國姓，是「小」的意思），在英國事業成功，有「爵士」("Sir") 銜頭。渥露派恩是個娼妓，在第一節做完伯班克的生意後，再做費迪南德・克萊恩的生意。

18　**是誰剪了獅子的翅膀，替他的屁股捉跳蚤，並削了他的利爪？**：原文 "Who clipped the lion's wings / And flea'd his rump and pared his claws?" (29-30) "flea" = "to remove fleas from" (*OED*)，是及物動詞。"flea'd his rump"，是「替獅子的屁股捉跳蚤」之意。聖馬可教堂的徽號是有翼獅子；聖馬可是威尼斯的守護聖人。這兩行叫人想起多個典故，包括莎士比亞《十四行詩》第十九首第一行："Devouring Time, blunt thou the lion's paws"（「時間這貪饕，磨鈍獅爪吧」）；卓拿森·斯威夫特 (Jonathan Swift, 1667-1746)《浴盆的故事》(*A Tale of a Tub*) (1704) 說："have clipt his wings, pared his nails, filed his teeth"（「剪了他的翅膀，削了他的指甲，銼了他的牙齒」）；拜倫的《少爺哈羅德朝聖之旅》（*Childe Harold's Pilgrimage*）則說："St Mark yet sees his lion where he stood, / Stand, but in mockery of his wither'd power"（「聖馬可仍在一度矗立處看見其獅子／佇立，不過是佇立著嘲笑其枯萎的力量」）；阿里奧斯托 (Ludovico Ariosto, 1474-1533) 的《奧蘭多發瘋》(*Orlando Furioso*) (1516) 第十一卷第三節（約翰·哈靈頓爵士 (Sir John Harrington) 一五九一年的英譯本），提到希坡利托·德斯特 (Hippolito d'Este, b. 1480) 主教 "par'd the Lyons teeth and pawes"（「削平了獅子的爪牙」）。註釋說："The Lyons teeth and pawes meaning the Venecians, called Lyons of the sea."（「獅子的爪牙指海上之獅，即威尼斯人。」）參看Southam, 91。

19 **伯班克暗忖，一邊把時間的／廢墟和七條定律思考**：原文 "Thought Burbank, meditating on / Time's ruins, and the seven laws." (31-32)《少爺哈羅德朝聖之旅》第四章第二十五節有以下兩行："To meditate amongst decay, and stand / A ruin amidst ruins"（「在衰敗中思考，一個廢墟／立在眾多的廢墟間」）。這兩行是殿後之句，出現於拜倫謳歌威尼斯輝煌的歷史之後。拜倫覺得，威尼斯衰敗是多方面的衰敗：道德、政治、金融、建築。在《貝坡：一個威尼斯故事》(*Beppo: A Venetian Story*) (1818) 裏，拜倫把威尼斯衰敗的主題擴而充之。此外，艾略特的句子也影射斯賓塞的《時間的廢墟》(*The Ruins of Time*) (1591)。斯賓塞像拜倫一樣，在謳歌一座城市後，哀嘆其沒落。**七條定律**：原文 "the seven laws"

(32)。在《威尼斯的石頭》(*The Stones of Venice*) 一書中，羅斯金定下與聖馬可的威尼斯有關的七條建築定律 (the seven architectural laws)，並且把威尼斯哥特式建築的興衰與該城的政治、道德、文化生態連繫起來，論及其腐敗、荒嬉及其注定死亡的命運："she rose a vestal from the sea" and "became drunk with the wine of her fornication"（「她從海裏升起，一個貞女」，然後「飲了她的私通之酒而醉倒」）。艾略特在詩中敘述渥露派恩時，與羅斯金書中的性意象和有關病態的描寫呼應。

荒原[1]

1922

'Nam Sibyllam quidem Cumis ego ipse oculis meis
vidi in ampulla pendere, et cum illi pueri dicerent:
Σίβυλλα τί θέλεις; respondebat illa: ἀποθανείν θέλω.'[2]

獻給艾茲拉·龐德[3]

il miglior fabbro.[4]

一、死者的葬禮[5]

　　四月是最殘忍的月份，[6] 孕育著
丁香，[7] 從已死的土地；攙和著
記憶和欲望：[8] 攪動著
條條鈍根，以春天的雨水。[9]
冬天為我們保暖，覆蓋著
泥土，以善忘的雪；餵養著
一小點生機，[10] 以乾枯的莖塊。
夏天出我們意外，挾一陣驟雨
降臨施坦貝格湖。[11] 我們駐足於柱廊間，
然後在陽光下前行，走進御園，[12]
喝咖啡，閑聊一個鐘頭。[13]
Bin gar keine Russin, stamm' aus Litauen, echt deutsch.[14]
啊，我們仍是小孩，住在大公爵的家裏時，——
我堂兄家裏，他帶我到外面，騎在雪橇上。
我害怕。他說：「瑪麗，
欸，瑪麗，抓緊哪。」於是我們滑下去。
在山中，你會感到自由自在。
晚上，許多時間我都在看書；冬天就到南部去。[15]

　　一條條狠抓的根是甚麼？[16] 從石礫廢堆裏
萌生的一條條枝幹是甚麼？人子呀，[17]
你說不出，也猜不到；你呀，只認識
一堆破碎的偶像，[18] 上面是太陽直笞而下；
枯樹不給人蔭蔽，蟋蟀不給人安舒，[19]
乾石不給人水聲。[20] 只有
這塊赤石投下陰影。[21]
　　（來呀，進入這塊赤石的陰影），

我就讓你看點新的東西；這東西，
跟早晨在你後面前邁的背影、
黃昏在你前面迎上來的投影都不同；[22]
我會為你展示一撮塵土中的驚怖。[23]

     Frisch weht der Wind

     Der Heimat zu.

     Mein Irisch Kind,

     Wo weilest du?[24]

「一年前，你初次給我風信子；[25]
他們叫我風信子姑娘。」
——可是，我們晚歸，從風信子花園回來時，
你頭髮濕濕，鮮花抱個滿懷，我說不出
話來，眼睛看不見，我既非生，
也非死，我一無所知，
只望入光的核心——寂靜之所在。[26]
Oed' und leer das Meer.[27]

  瑟索特里斯夫人——著名的透視眼，[28]
患了大傷風；儘管如此，
她是公認的歐洲第一名智婦，
攜帶著一副邪牌。[29] 這一張，她說，
是你的牌，[30] 遇溺的腓尼基水手，[31]
（看哪，那些珍珠一度是他的雙眼）[32]
這是美婦人——岩上女士，
境遇女士。[33]
這是三棒男人，[34] 這是命運之輪，[35]
這張呢，是獨眼商人，[36] 而這一張，
空的，是他放在背上的東西，

我不可以觀看。我找不到
吊死鬼。[37] 忌水殞。
我看見一群人，繞圈而行。
謝謝。要是你見到親愛的埃圭同夫人，[38]
告訴她，我會親自帶來星座圖：
這些日子呀，真的要小心。[39]

　　虛幻之城，[40]
冬天黎明的褐霧下，
人群流過倫敦橋，[41] 人數這麼多，
沒想到叫死亡搞垮的，人數會這麼多。[42]
嘆息呼出，短促而疏落。[43]
人人的目光都盯著腳下。[44]
流上山丘，流落威廉王大街，[45]
直到聖瑪利·伍爾諾夫以九點鐘
走音的第九下敲響時辰處。[46]
那裏，我看見一個相識，就把他叫停，喊道：「斯泰
　　森！[47]
「是你，在邁利的艦隊中跟我一起！[48]
「去年，你在你花園裏栽的屍體，
「開始發芽了沒有？今年會不會開花？
「還是突降的寒霜騷擾了它的苗圃？[49]
「噢，叫那隻狗遠離這裏（他是人類的朋友）；[50]
「不然，他會用指爪把屍體再度掘起來！
「你呀，hypocrite lecteur!—mon semblable,—mon
　　frère!」[51]

二、棋局[52]

　　她所坐的椅子，像鋥亮的御座，[53]
在大理石上煌煌生輝；石上的鏡子
由飾以果實纍纍的葡萄藤旌旗擎起；
葡萄藤裏，一個黃金鑄造的丘比特向外窺探[54]
（另一個則讓雙目隱在一隻翅膀後）
鏡子使多個七枝大燭台的焰光倍增，
把光芒映落桌面；光芒下映時，
閃耀的輝光從她的珠寶升起來相迎。
那些珠寶，從錦匣裏傾瀉而出，源源不絕。
象牙和彩色玻璃瓶，
瓶塞拔去，裏面隱伏著她那奇異的人造香水、
香膏，有的是粉狀，有的是液體；以繁香
困擾、惑亂並淹溺感官；受窗外
遽起的清風鼓動，繁香冉冉上飄，
把增吐的燭焰餵得飫然飽膩，
把燭焰的輕煙甩進條形天花板裏，[55]
把天花板凹格上的雕飾鼓動。
巨大的沉香木添加了黃銅燃料後，[56]
綠焰和橙焰熊熊，四邊鑲嵌著彩色寶石，
寶石的慘淡微光中，一條刻鏤的海豚在游弋。[57]
古色古香的壁爐架之上，恍如
一個窗戶開向林景，[58]陳列著
菲樂梅兒的變化；啊，遭蠻王
這麼粗魯地施暴。[59]然而，那夜鶯，
仍以不可侵犯的歌聲向整個沙漠傾注。[60]
她依然在哭訴，世界依然在追逐，[61]

「嚶嚶」，[62] 向污穢的耳朵。
而另一些枯萎的時間斷幹，
也在牆上獲得申說；[63] 瞪視的形體
向外面俯伸，俯伸，叫關閉的房間噤聲。[64]
腳步聲在樓梯上雜沓。
火光中，刷子下，她的頭髮
在髮尖披散，熊熊燃燒間
彤彤生輝，化為話語再悍然沉寂。[65]

　　「我今晚的心情壞透了。是的，壞透了。你陪我。
「跟我說話呀。怎麼老不說話。說呀。
　　「你心中想甚麼？想甚麼？甚麼？
「我從來不知道你想甚麼。想啊。」[66]

　　我想，我們在老鼠巷裏；
死人在裏面失去了他們的骨骸。[67]

　　「那是甚麼聲音？」[68]
　　　　　　門下的風。[69]
「那又是甚麼聲音？風在做甚麼？」
　　　　　　沒甚麼依然沒甚麼。

「你甚麼都不懂？甚麼都不見？甚麼都
「記不了？」

　　　　我記得
那些珍珠一度是他的雙眼。
「你死了嗎？還是沒死？你的腦袋甚麼都沒有嗎？」[70]
　　　　　　　　　　　　　　　　不過
噢，噢，噢，噢，那莎士比亞的切分琴曲——

說得真別致

真聰明[71]

「現在該怎麼辦呢？該怎麼辦呢？」

「我該這樣子衝出去，沿街蹓躂，

「披著髮。哼。明天我們該怎麼辦？

「我們到底該怎麼辦呢？」

　　　　　　　　　　　　　　十點鐘的熱水。

嗯，要是下雨，就是四點鐘的房車。

然後，我們下一局棋，[72]

按著無瞼的眼睛，等待一下敲門聲。[73]

　　莉兒的老公復員時，我說——[74]

我沒兜圈子，我親自跟她說的，[75]

請快點啦關門啦[76]

阿伯特快回來啦，[77] 打扮得醒目點嘛。

他會問你，給你的錢拿去了幹啥？[78]

是給你鑲幾隻牙的。他給錢時，我也在場。

莉兒呀，全拔了吧，弄一副棒的，

我敢發誓，你老公說，瞜你一眼也吃不消，

我也吃不消哇，[79] 我說，想想阿伯特呀，怪可憐的，

他當了四年兵，要快活快活呀，

你不給他快活，人家會給，[80] 我說。

是嗎？人家會給嗎？她說。大概這麼著，[81] 我說。

那我就知道多謝誰了，她說，說完就瞪了我一眼。

請快點啦關門啦

你不喜歡，也可以將就將就嘛，我說。

你沒得挑，人家可以挑，可以選哪。

哼，阿伯特溜了，別怪我沒跟你說呀。

你這個古董樣，我說，也真羞家。

（她呀，只有三十一歲。）[82]

怪不得我呀，她說時拉長了臉，

是吃了藥丸，要把它打掉，她說。

（她已經生了五個了，生小喬治時幾乎賠了命。）

藥房的人說會沒事，可是那次之後，就不再是個人。

你呀，真是個大笨蛋，[83] 我說。

哼，阿伯特不讓你清靜，事實就是這樣，[84] 我說，

不要孩子，幹嘛要嫁人呢？

請快點啦關門啦

是啦，那個禮拜天，阿伯特回家了，他們買了一截熱騰

　　騰的燻豬腿，[85]

請我吃晚飯，趁熱才好吃——

請快點啦關門啦

請快點啦關門啦

晚安比爾。晚安露兒。晚安梅依。晚安啦。[86]

再見啦。[87] 晚安。晚安。

晚安了，各位女士，晚安。各位可愛的女士，晚安

　　了，晚安。[88]

三、燃燒經[89]

河的帳篷破了；[90] 殘餘的葉指
在抓攫，插入濕岸裏。[91] 風
吹過褐土，沒有人傾聽。[92] 山林仙女已離開。[93]
婉婉泰晤士，請柔柔流淌，等我把歌曲唱完。[94]
河水不再漂來空瓶、三明治包封紙、
絲質手帕、紙盒、菸蒂
或夏夜的其他物證。[95] 山林仙女已離開。[96]
她們的朋友——城中各董事的浪蕩繼承人，
都離開了，沒有留下地址。[97]
在雷芒湖邊，我坐下來哭泣……[98]
婉婉泰晤士，請柔柔流淌，等我把歌曲唱完。
婉婉泰晤士，請柔柔流淌，我會說得軟又短。[99]
可是，在我背後，冷冷的烈風中，我聽見
骨頭在戛戛發響，冷笑從此耳向彼耳傳延。[100]

一隻老鼠輕輕地爬過植物叢，
把黏糊糊的肚子拖過河岸。[101]
那一刻，是冬天的一個黃昏，
我正在煤氣廠後的濁運河釣魚，[102]
尋思著我那個身為國王的兄弟如何垮掉，
而在他之前，父王又如何駕崩。[103]
白色的屍體赤裸地攤在低濕的泥地上，[104]
白色的骨頭撒在低乾的閣樓裏，
一年復一年，只有老鼠的腳在悉索攪擾。
可是，在我背後，我不時聽到
喇叭聲和馬達聲；這些聲音，在春天
會把施威尼向坡特太太引牽。[105]

噢，月亮照著坡特太太呀朗朗，
照著她的女兒呀蕩蕩，
母女倆用蘇打之水洗腳呀湯湯。[106]
Et O ces voix d'enfants, chantant dans la coupole![107]

吱吱吱
嘤嘤嘤嘤嘤嘤[108]
遭這麼粗魯地施暴。
忒雷烏斯呀[109]

　　虛幻之城[110]
冬天正午的褐霧下[111]
優生先生──一個斯墨納商人，
鬍子沒刮，口袋滿是葡萄乾
C. i. f. 倫敦：documents at sight,
用通俗法語邀我
到肯嫩街酒店吃午飯，
然後在大都會酒店過周末。[112]

　　紫色的時辰，[113] 眼睛和背脊
從辦公桌抬起來，人體機器在等待，
像一輛計程車悸動著等待，
紫色的時辰是竭力歸家的
黃昏時辰，把水手從海上帶回家去。
這時辰，我，忒瑞西阿斯，雖然失明，悸動於兩生間，
是個老人，有兩個皺紋滿佈的女人乳房，卻能看見
打字員在下午茶時間回家，清理早餐的殘餘，點著
火爐，擺出罐頭食物。[114]
她晾的各式衣物，危然攤出了

窗外，叫落日的餘暉撫曬，
長沙發（夜間是她的床）上，堆著
長統絲襪、拖鞋、內衣、襪帶。
我，忒瑞西阿斯，一個老人，大奶滿佈皺紋，[115]
看到了以下景象，而且預言了下文——[116]
我呢，也在等候她期待的客人。[117]
客人是個小伙子，滿臉暗瘡，[118] 他來了，
一個房地產經紀的文員，大膽一望——
一個地位不高的傢伙，上面安坐著自信，
像一頂絲質高頂禮帽坐在一個布拉福德的百萬富翁頭
　　上。[119]
這是大吉的時辰，文員在揣度，
她已經用完餐，無聊而睏疲，
於是動手去抓摸，要把她撩撥；
見行動沒受峻拒——儘管也未受渴冀，[120]
就面紅耳赤，立定了主意，馬上進攻；
探索的雙手並沒有碰到防禦；
他志驕意滿，不需回應就行動，
視冷漠態度為歡迎之舉。[121]
（而我，忒瑞西阿斯，對於這一切，有忍受的經驗，
也在這張可作床用的長沙發上演出；
我，曾坐在忒拜城的高牆下面，
而且行走間曾與最卑下的死者為伍。）[122]
他，以寵幸之態，賞賜最後一吻，
就摸索著離開，發覺樓梯沒有電燈……

　　她回身，向鏡裏睃了睃，
對離開了的情人鮮有為意；

腦子讓一個模糊的念頭掠過：
「好啦，完啦——也真想早點了事。」[123]
當麗人紓尊從事愚行，[124]
並且在房間，再度一個人，來回彷徉，
把頭髮用自動手掌撫平，
把一張唱片放到留聲機上。

「這音樂在水上匍匐，越過我身旁」[125]
沿著河濱大道，[126] 直到維多利亞女王街。[127]
城市呀，城市，有時候，
在下泰晤士街的公共酒吧旁，[128]
我聽得見曼陀林的悅耳咕噥，[129]
聽到哐啷和聒噪之聲從
漁人中午休憩處傳來：[130] 那裏，
殉道者馬格努斯教堂的牆壁，有不能言喻的輝煌，[131]
煥發自愛奧尼亞柱式的雪白和金光。

河流的汗[132]
淌著汽油和焦油
一艘艘的駁船隨方向轉變的
潮水漂流
紅帆
大張
於下風處，在沉重的桅杆上甩動。
一艘艘的駁船
把漂浮的木材
漂落格林尼治的水域
漂過狗島，[133]
　　　　Weialala leia

Wallala leialala[134]

伊麗莎白與萊斯特[135]
揮著槳
船尾建造得
像個鍍金的貝殼
彤紅與金黃
輕快的潮漲
使兩岸漣漪粼粼
西南風
把一串串鈴聲
向下游飄送[136]
一座座的白塔[137]
Weialala leia
Wallala leialala[138]

「電車和多塵的樹木。[139]
海布里生下我。[140] 里治門和克伊烏[141]
搞垮我。[142] 在里治門那邊，在一隻狹窄的
獨木舟底部，我仰身躺下，翹起雙膝。」[143]

「我的雙腳在姆爾蓋特，我的心
在腳下。完事之後，
他飲泣。他保證『重新做人』。
我沒有置評。我有甚麼可嫌憎呢？」[144]

「在馬蓋特沙灘。
我甚麼東西
都不能連繫。[145]
髒手的破指甲。

我的族人哪卑微的族人，[146] 他們甚麼
都不期待。」
                    啦啦[147]

於是，我來到迦太基[148]

燃燒燃燒燃燒燃燒[149]
上主哇，你把我拔了出來[150]
上主哇，你把我拔出

燃燒[151]

四、水殤[152]

腓尼基水手菲利巴斯，死了兩星期，
忘了海鷗的叫聲和巨浪的起伏連綿，
也忘了利得和損失。[153]
　　　　海底一股暗流
竊竊然剔淨了他的骨頭。[154] 一升一沉間，
他越過了老年和青年階段，
進入大漩渦。[155]
　　　　　你呀，不管屬外邦
還是猶太一族，轉動舵輪間望向逆風處；
回想菲利巴斯呀，他曾經像你一樣俊美軒昂。[156]

五、雷語[157]

火炬照紅了冒汗的臉孔後，[158]
園裏寒霜般的寂靜後，
石頭之地的精神極痛
吆喝和叫喊
牢獄和王宮和春雷
回響過遠處的群山——這一切之後，
一度活過的他此刻已身故[159]
一度活過的我們，此刻在死亡，
死得稍有耐性。[160]

這裏沒有水，只有岩石[161]
有石而無水，有一條沙路
路在高處，在群山中盤曲
群山是無水的岩石群山
如果有水，我們會駐足喝水
岩石之間不能駐足或思維
汗是乾的，腳在沙裏
岩石中有水該多好
死山的齲齒口腔不能夠吐唾[162]
這裏既不能站也不能躺不能坐
群山中連寂靜也沒有
卻有乾癟的雷鳴而無雨[163]
群山中連幽獨也沒有
卻有一張張漲紅慍怒的臉在冷笑在露齦
從一間間泥裂房屋的門內探出來[164]
　　　　　　　　　　如果有水

　　而沒有岩石

如果有岩石
同時也有水
有水
有一脈清泉
有一泓幽潭在岩石間
如果只有水的聲音
不是蟬
和乾草在鳴唱
而是流過岩石的水聲
其上有隱士夜鶇在松樹中歌唱[165]
點滴點滴滴滴滴[166]
可是，卻沒有水[167]

一直走在你身旁的第三者是誰呢？
我點算人數時，只有你跟我一起
可是，我朝著白路前望時，
總有另一人走在你身旁
覆裹在褐色的斗篷裏，戴著頭兜滑行著
不知是男人還是女人
──走在你另一邊的到底是誰呢？[168]

那空中高處的聲音是甚麼？[169]
母親的低聲哀悼[170]
那些兜帽蒙頭的人群是誰呢，[171] 正湧
過無垠的平原，踩過坼裂的土地
土地四周只圍著扁平的地平線
群山那邊的城市是甚麼
在紫色的空氣中裂開再成形再迸破
倒塌的高樓

耶路撒冷雅典亞歷山大港
維也納倫敦
虛幻[172]

　一個婦人把長長的黑髮緊拉
並且在上面彈奏著樂音細細
紫光中，一隻隻蝙蝠，臉如娃娃
在呼嘯飛掠，拍動著雙翼
頭部向下在一堵塗黑的牆壁下蠕
空中，上下顛倒的塔樓
敲響報時的回憶之鐘[173]
空池和枯井傳出唱歌的嗓音。[174]

　群山裏，在這個坍敗的洞中[175]
在微弱的月光下，野草在坍塌的
墳墓上歌詠著小教堂
那裏就是小教堂，只是風之家。
沒有窗戶，門扉在擺動，
乾枯的骨頭害不了誰。
只有一隻公雞在脊檁上
喔喔喔喔，喔喔喔喔[176]
霍然電閃間，一陣濕潤的強風
帶來了雨[177]

　恆河陷落了，荏弱無力的葉子
等待著雨。這時候，黑雲
在極遠處聚集於雪山上空。[178]
森林蜷伏，寂靜中弓著背。[179]
接著，雷聲開始說話

D<small>A</small>

Datta: 我們付出過甚麼？[180]
我的朋友哇，血液搖動我的心
剎那的順從中充滿敬畏的膽量
一生的謹慎也絕難撤回
憑藉這點，也僅憑這點，我們幸存至今[181]
這剎那的順從，在我們的訃聞
在獲得行善蜘蛛披掛綵飾的記憶[182]
或在我們的空房間裏
被瘦律師撕裂的封條下都找不到[183]
D<small>A</small>[184]

Dayadhvam:[185] 我聽到鑰匙[186]
在門裏旋動了一次，也只有一次旋動
我們想念著鑰匙，人人都在牢獄內
想念著鑰匙，人人都證實有一個牢獄[187]
只在黑夜降臨時，太清的謠言
使一個破爛的科里奧拉努斯復活於瞬間[188]
D<small>A</small>[189]

Damyata：[190] 小船欣然
回應，對那隻精於控帆揮槳的手
大海平靜，受邀時，你的心
會欣然有所回應，嬝然
隨掌控的手搏動[191]

　　　　　　　　　　　我在岸邊坐著[192]
釣魚，背後是乾旱的平原[193]
至少，我該把我的國土理妥吧？[194]
倫敦橋在倒塌在倒塌在倒塌[195]

Poi s'ascose nel foco che gli affina[196]

Quando fiam uti chelidon—[197] 燕子啊，燕子[198]

Le Prince d'Aquitaine à la tour abolie[199]

這些零碎我拿來支撐我的廢墟[200]

自當遵命。海羅尼莫又瘋了。[201]

Datta. Dayadhvam. Damyata.

　　　　Shantih shantih shantih[202]

註釋

1　原詩題目：*The Waste Land*。題目的靈感，來自多方面，首先是傑茜‧韋斯頓 (Jessie Weston) 的《從宗教儀式到傳奇》(*From Ritual to Romance*)。該書第二章談到「荒原」("Waste Land")；其次是托馬斯‧馬拉里 (Thomas Malory, 1415-1471) 的《亞瑟王之死》(*Le Morte d'Arthur*) 下列的一段文字："And so bifelle grete pestylence & grete harme to both Realmes for sythen encrecyd neyther corne ne grasse nor wel nyghe no fruyte ne in the water was no fysshe werfor men callen hit the landes of the two marches the waste land for that dolorous stroke." (Caxston's text) (轉引自Southam, 135) 另一出處，可能是芝加哥《詩刊》。一九一五年六月，艾略特的《J‧阿爾弗雷德‧普魯弗洛克戀歌》在《詩刊》發表；同一雜誌一九一三年一月號，發表了麥狄森‧柯溫 (Madison Cawein) 的《荒原》("Waste Land")，詩中荒蕪不毛的土地象徵心靈的荒涼貧瘠，與兩年後艾略特發表的《荒原》相似。因此，艾略特大有可能受了此詩的影響。此外，聖奧古斯丁 (St. Augustine, 拉丁文全名Aurelius Augustinus Hopponensis, 354 A. D.-430 A. D., 神

學家兼哲學家) 的《懺悔錄》(*Confessions*) 卷二有下列文字：
"I wandered, O my God, too much astray from Thee my stay, in these days of my youth, and I became to myself a waste land." 參看Southam, 135。《懺悔錄》共十三卷，以拉丁文寫成，屬自傳性質，敘作者年輕時的罪愆和皈依基督教的經過。

　　艾略特《荒原》各節，完成於不同的時間；有的早於一九一四年就有了初稿；第一部分大概完成於一九一九年；其餘大部分寫於或組合於一九二一年十一月至一九二二年一月之間；作品於一九二二年十月發表於倫敦的《標準》雜誌，於同年十一月發表於紐約的《日晷》。此詩大概是二十世紀世界詩壇上最晦澀的作品了。初發表時，引起極大的爭議，許多評論家認為艾略特在捉弄讀者，或跟讀者開玩笑、玩遊戲；不過到了後來，其影響之深、之廣，沒有一首現代詩堪與頡頏。此詩之所以晦澀，主要因為艾略特用了拼湊、剪貼等各種手法，艱僻典故特多，此外還有埃及、印度、希臘有關死亡、更生的神話。作品中，古今並列而又古今互彰，宗教、哲學、歷史共冶於一爐；各片段、各人物之間沒有清晰的聯繫，只湊成荒原諸貌、諸態。所謂「荒原」，象徵現代世界以至全人類的處境。詩中開始時悲觀情緒瀰漫，寫現代文明在精神、心理、情感上的萎靡、貧瘠；結尾時荒原有了救贖的希望。為了給作品一個架構，艾略特借用了傑茜‧韋斯頓的《從宗教儀式到傳奇》一書。韋斯頓的著作以文學資料為基礎，大量引用詹姆斯‧弗雷塞 (James George Frazer) 的《金枝》(*The Golden Bough: A Study in Magic and Religion* (初版書名為*The Golden Bough: A Study in Comparative Religion*))。

　　艾略特所用的《金枝》傳說，主要講一個漁翁王 (Fisher King，法語 Roi pêcheur，威爾斯語Brenin Pysgotwr) 的故事。

漁翁王又叫受傷君王 (Wounded King) 或傷殘君王 (Maimed King) (法語 Roi blessé，古法語Roi Méhaigié，威爾斯語Brenin Clwyfedig)。故事源出亞瑟王傳說 (the Arthurian legend)，講漁翁王負責保管聖杯，腿部或腹股受了傷（也有版本說他因年老而不育），不能站立，只能在貯存聖杯的科本尼克 (Corbenic) 城堡旁的河上，坐在一隻小船上垂釣，等待某一貴族成員來臨，向他提出（也有版本說「等某一貴族成員來回答」）某一（也有版本說「某些」）問題，藉此使他康復。根據後來的版本，許多貴族成員從各方來趨，設法治療漁翁王，但只有天選的一個方能成功。在早期的版本中，這位天選的貴族是亞瑟王的一個騎士，叫珀斯弗爾 (Percival，又稱 "Perceval"、"Parzifal"、"Parsifal")；在後來的版本中，則有格拉哈德 (Galahad，有的版本又稱 "Galeas" 或 "Galath")和波爾斯 (Bors) 加入。漁翁王的腿傷，許多研究亞瑟王傳說的學者認為指生殖器受傷。由於生殖器受傷，漁翁王變成不育，無法傳宗接代，繼續負起保管聖杯的工作。由於這緣故，他治下的國土也變成了荒原而貧瘠不育。荒原這一主題，源自塞爾特（Celts，又譯「凱爾特族」，也就是說，"Celts" 的 "C" 可以唸 /s/，也以唸 /k/），主要敘述某一國土罹咒而淪為貧瘠不毛的荒原，要等一位英雄來拯救方能恢復肥沃富饒的原狀。這一主題，也出現在愛爾蘭神話、法國聖杯傳說、威爾斯古代傳說集《馬比諾格恩》(*Mabinogion*)。參看*Wikipedia*各有關詞條和Southam, 127-33。

艾略特在詩中徵引的聖杯傳說，其梗概大致如下：所謂「聖杯」，是基督在最後晚餐所用的杯子。後來，基督在十字架上被釘，阿利馬太（Arimathæa）的約瑟（見《馬太福音》第二十七章第五十七節、《馬可福音》第十五章第四十三節、《路加福音》第二十三章第五十一—五十六節）用這個杯子盛載滴自基督傷口的鮮血，帶到英格蘭西部的格拉斯頓伯里 (Glastonbury)。由於這原因，杯子在基督教傳統中是至高無上的聖物。後來，這一聖物失落了。結果尋找聖杯成了追尋精神真理的象徵。這一象徵在中世紀廣為作家採用。在這一傳說中，追尋聖杯的主角是個騎士，在追尋過程中會來到危險教堂 (Chapel Perilous)。在教堂裏，他要就聖杯和另一聖物（刺傷基督的長矛）提出某些問題。過程結束，荒原及其居民就會康復。

除了韋斯頓和弗雷塞的著作，《荒原》也深受卓伊斯的《尤利西斯》影響（不過艾略特在《荒原》的註釋裏沒有明言）。《尤利西斯》於一九二二年在巴黎出版。這本以神話為架構的小說，曾有多個部分在《自我主義者》發表；當時艾略特是該雜誌的助理編輯，小說成為單行本前已經看過，而且向卓伊斯提出過修改意見。卓伊斯本人也寄過不少手稿給艾略特，作品給他極深的印象，且獲得他毫不保留的讚譽。一九二一年五月，艾略特寫信給卓伊斯說："I have nothing but admiration; in fact, I wish, for my own sake, that I had not read it."（「我只有欽佩的份兒。說實話，就個人而言，我倒希望沒讀過大作。」）艾略特這樣說，大概因為看了卓伊斯的作品後，感到自己有未能企及的地方，也因為他怕自己將要發表的《荒原》在技巧和驅遣神話的方法有雷同之處。這些雷同之處，後來叫卓伊斯覺得，《荒原》在內容和風格上都剽竊了《尤利西斯》；因此在另一本小說《守芬尼根之靈》(Finnegans Wake) 中，卓伊斯一再揶揄艾略特的作品，其中包括《荒原》和《J·阿爾弗雷德·普魯弗洛克的戀歌》。在小說中，卓伊斯把《荒原》末行所引的《奧義書》文字 "Shantih shantih shantih" 改為 "Shaunti! Shaunti! Shaunti!" 再沒有艾略特引文的虔敬，而且多次重複；同時

以 "wibfrufrocksfull of fun" 一語揶揄 "Prufrock"。在《荒原》二一八行的註釋中，艾略特就間接指出《荒原》和《尤利西斯》相同之處：在《尤利西斯》裏，卓伊斯把荷馬史詩《奧德修斯紀》的主角在海上的多年航程壓縮為利奧波德·布魯姆 (Leopold Bloom) 在都柏林的一天；《荒原》中的「身分融合」("mergings of identity")，與《尤利西斯》的手法相類。龐德早於一九一七年已經讀過卓伊斯小說的打字原稿，並且讓艾略特看了原稿的不少部分，因此艾略特對《尤利西斯》自然十分熟悉。後來，龐德修改、刪削《荒原》手稿時，在上面加了註釋和意見。在第六十四行旁邊，龐德寫下 "JJ"（「詹姆斯·卓伊斯」(James Joyce) 的首字母 (initial)），意思是「與詹姆斯·卓伊斯相同／相似」或「受卓伊斯影響」；在第一二五行旁邊寫下 "JJ" 和 "Penelope"（指《尤利西斯》的最後部分）。許多評論家也指出過，《荒原》和《尤利西斯》有大量雷同之處；換言之，《荒原》有許多詩行受《尤利西斯》影響，已是公論。不過，對於《荒原》，《尤利西斯》還有更深層次的影響；這種影響，表現在全詩整體的創作手法上。有關論證，可參看R. A. Day 的 "Joyce's Waste Land and Eliot's Unknown God" 一文 (見*Literary Monographs*, vol. IV, ed. E. Rothstein (Madison, 1971))。參看 Southam, 130-32。

　　《荒原》的另一重要層面，是作品對倫敦的描寫。在詩中，倫敦是人口眾多的商業城市，位於泰晤士河兩岸。從詩的手稿可以看出，詩人命筆之初，立心像德萊頓 (John Dryden, 1631-1700) 那樣寫一首城市詩，以倫敦戲擬德萊頓《大吉之年》(*Annus Mirabilis*) 中更生的羅馬。因此，論者休·肯納 (Hugh Kenner) 認為，《荒原》在某一程度上是一首「現代《埃涅阿斯紀》的一個版本」("a kind of modern

Aeneid")。參看Southam, 132。

　　《荒原》能夠成詩，龐德的功勞最大。他把艾略特原稿刪削了二分之一；詩中的電影手法、拼湊、剪貼、跳躍，幾乎都歸功於龐德。龐德改動過的手稿，於一九六八成書出版。至於其他細節，參看Southam, 135-37。不過值得一提的，是詩人的第一位妻子維維恩・海—伍德。論者指出，《荒原》成詩，海—伍德也有不少貢獻。參看Southam, 132。

　　《荒原》這種寫法，並非詩的常道，就像卓伊斯的《尤利西斯》和《守芬尼根之靈》不是小說的常道一樣。詩的常道可以在荷馬、維吉爾、但丁、莎士比亞、米爾頓、屈原、李白、杜甫、蘇軾等大詩人的作品中看到，就像小說的常道可以在曹雪芹、多斯陀耶夫斯基、托爾斯泰、塞萬提斯的作品中看到那樣，儘管走常道的作者之間彼此又有不同，甚至有極大的不同，如天鷹、大鵬、天鵝的翔姿那樣迥異。循常道寫作、創新——甚至革命——有一大好處：不容易叫讀者看出，誰在模仿誰。——誰敢說但丁模仿荷馬，莎士比亞模仿但丁？循艾略特、卓伊斯的非常道寫作，很容易墮入模仿的窠臼。比如說，艾略特在《荒原》裏已經把拼湊、剪貼等手法用過，有誰模仿，作品就容易淪為陳腔；卓伊斯在《尤利西斯》裏把意識流發揮得淋漓盡致，有誰模仿，讀者就不再覺得新鮮，反而覺得作者因創作力薄弱，想像力貧乏而要用「新伎倆」掩飾才力的不足，靠「新伎倆」吸引喜歡「前衛」的讀者。這樣說，也許未能把論點闡釋得清楚透徹。因此要以較通俗的武俠小說為喻。在武林中，以前已經有數之不盡的大俠——甚至武林至尊——出現過，他們或用刀，或使劍，都在當代創出了天下無敵的刀法、劍法，打遍天下無對手。不過在武林歷史上，也出過一兩位大俠，不用刀劍而威震八方。他們用甚麼作武器呢？用九齒連環耙；也因為是九齒連環耙，在武林歷史上顯得特別新奇，特別引人注目，尤其在九齒連環耙當時得令、人人談論的當代。不過正因為「顯得特別新奇，特別引人注目」，以後再有哪一個武人扛著九齒連環耙走江湖，蓄意模仿的痕跡就明顯不過。換言之，刀劍不會過時，是永恆的兵器、武器，江湖小輩以至大俠——甚至武林至尊——都可以用。當然——繼續以武俠小說為喻——武道之常，還包括內功、輕功，以至動念即可克敵、殲敵的有極復無極的神功。至於九齒連環耙，在開宗立派的大俠手中無論用得多麼出神入化，最終都難以成為百用常新的常道。譯者這樣說，似乎對艾略特、卓伊斯不公平，其實並非如是；艾略特、卓伊斯在二十世紀有卓越的地位，但歸根結柢，《荒原》和《尤利西斯》、《守芬尼根之靈》並非詩道、小說道之常；有志在世界文壇爭一日雄長的後來者，進入荷馬、維吉爾、但丁、莎士比亞、米爾頓、屈原、李白、杜甫、蘇軾、曹雪芹、多斯陀耶夫斯基、托爾斯泰、塞萬提斯的世界，會有更大的發展空間，不容易走進模仿的胡同。說到「空間」，且打另一個比喻：荷馬、維吉爾、但丁、莎士比亞、米爾頓、屈原、李白、杜甫、蘇軾、曹雪芹、多斯陀耶夫斯基、托爾斯泰、塞萬提斯的世界是長空；艾略特、卓伊斯的世界是海溝；由於二十世紀才有人在裏面苦心潛泳，結果顯得特別「現代」。但是再過一百年、二百年……一千年，海溝就不再「現代」了；屆時，其空間會顯得狹窄；長空呢，一千年、二千年……後依然會無邊無際，可以任眾鳥一代接一代展示無盡的翔姿。

2　這段引言出自古羅馬作家佩特羅紐斯 (Gaius Petronius Arbiter, c. 27-66 A. D.) 的《薩提里孔》(Satyricon)。說話者是羅馬的一個自由民 (freedman) 特里馬爾基奧 (Trimalchio)；受話者是庫邁 (Cumae) 的女巫西比拉 (Sibylla)。引文的意思是：「因為我的確目睹西比拉懸於瓶中。眾小孩問她：『西比拉，你要甚麼？』西比拉就回答：『我要死。』」希臘、羅馬神話中，西比拉是個靈驗的女巫，向太陽神阿波羅求長壽；阿波羅按她的要求給她長壽，讓她在生之年相等於手中泥沙的數目。然而，西比拉求壽時忘了求青春，結果身體隨歲月老邁衰朽，預言能力也日漸退減，以致苦不堪言，最後只好求死。艾略特徵引這段文字，目的是暗示荒原的人在生猶死，生不如死，處境和西比拉相同。引文中的希臘文 "Σίβυλλα τί θέλεις;" 是「西比拉 [Σίβυλλα]，你要 [θέλεις] 甚麼 [τί]？」或「西比拉，你想要甚麼？」的意思。希臘文的 "θέλεις" 是第二人稱單數，不必用「你」，已經有「你」的意思。希臘文的分號 ";" 等於拉丁文、英文、中文的問號。"ἀποθανεῖν θέλω"，意為「我要 [θέλω] 死 [不定式 ἀποθανεῖν]」或「我想死」。希臘文的 "θέλω" 是第一人稱單數，不用「我」，已經有「我」的意思。西比拉智通幽冥，其預言寫在葉子上，然後拋入空中隨風飄散。到來問吉凶休咎的人要在風中抓住飄散的葉子，然後加以整合，從中找尋預言的頭緒。*Satyricon* 又稱 *Satyrica*、*Libri Satyricon* 或 *Satyricon liber*（《人羊怪歷險記》）；有的論者認為指 *satura*；*satura* 是烹飪術語，指「混合菜式」；而英語的 *satire*（「諷刺作品」）一詞由 *satura* 衍生。另一說法是：*Satyricon* 源出 *satyr*；*satyr* 是希臘神話中的神祇，有馬尾、馬腳，生殖器始終勃起；也就是說，是人馬怪而不是人羊怪（不過在希臘神話中，人馬怪一般指 κένταυρος，拉丁文 *centaurus*，英文 *centaur*）。參看 *Wikipedia* "Centaur" 條（多倫多時間二〇二一年十月三十日下午十時登入）。神話的時代湮遠，流傳一久，自然會出現彼此矛盾的版本。格婁弗・斯密斯 (Grover Smith) 指出，艾略特的外語引言，常常是二手資料："Eliot frequently got quotations at second hand, thus displaying the practical economy of his learned resources." (「艾略特所引的名言，常常是二手資料；從中可以看出，他旁徵博引時省力省時。」）。佩特羅紐斯的引言，就不是直接出自《薩提里孔》，而是間接轉引自但特‧羅塞提 (Dante Gabriel Rossetti) 的韻文譯本。Southam 不同意格婁弗‧斯密斯的看法，說艾略特在哈佛修過羅馬小說課程，而且也有德國出版的拉丁文原著版本（現藏劍橋大學英王學院圖書館）。參看Southam, 134。不過Southam 的*A Guide to the Selected Poems of T. S. Eliot*註釋艾略特的其他作品時也指出，詩人所引的其他外語，的確有不少是二手資料，而且常有錯漏舛訛。關於艾略特的外語水平，參看黃國彬，《世紀詩人艾略特》第十二章。

　　《荒原》定稿前，艾略特所用是另一引言，出自康拉德的《黑暗之心》頁二○五－二○七："Did he live his life again, in every detail of desire, temptation, and surrender during that supreme moment of complete knowledge? He cried in a whisper at some image, at some vision, – he cried out twice, a cry that was no more than a breath – 'The horror! The horror!'"（「在那大徹大悟的巔峰時刻，他在欲望、引誘、受誘的每一細節上，再度體驗了自己的一生嗎？他對著某一形象、某一幻境喃喃呼喚——呼喚了兩遍——弱如呼息的呼喚：『可怖呀！可怖！』」）龐德對這一引言表示置疑，認為不夠分量，不能弁《荒原》之首："I doubt if Conrad is weighty enough to stand the citation"（「我不敢肯定，徵引康拉德是否夠分量」）龐德這樣說，可能因為他沒有察覺，《荒原》第二六八至二七○行脫胎自康拉德小說的開頭。艾略特看了龐德的評語，感到詫異，回答說："Do you mean not use the Conrad quot. or simply not put Conrad's name to it? It is much the most appropriate I can find, and somewhat elucidative." (「你的意思是：不引用康拉德，還是乾脆不把康拉德的名字附在引言後面？這引言，是我能夠找到的最合適的引言，遠勝於其他文字，而且對闡釋拙作不無幫助。」) 龐德回覆時，沒有堅持己見，叫艾略特自己定奪。這一來一回的討論，發生於一九二一年十二月和一九二二年一月之間。一九二二年三月十二日，艾略特告訴龐德，他已改引佩特羅紐斯的著作。換言之，艾略特最終還是接受了龐德的意見。參看Southam, 134-35。

3　Ezra Pound (1885-1972)，美國詩人兼評論家龐德，著作等身，以長詩《詩章》(*The Cantos*) 最為有名。龐德是艾略特的摯友，助艾略特刪削、修改《荒原》，也幫他奠定文壇的地位，幫他找出版商 (*Prufrock and Other Observations*能夠出版，要歸功於龐德)，與艾略特的關係亦師亦友。艾略特的《不朽私語》("Whispers of Immortality")，更跡近兩人的集體創作。參看Southam, 135。日後，艾略特公開承認：龐德的「得心應手的技巧和鑑評能力」("technical mastery and critical ability")「大大有助於把《荒原》從一堆優劣參差的片段化為一首詩」("had […] done so much to turn *The Waste Land* from a jumble of good and bad passages into a poem")。參看Southam, 136。

4　*il miglior fabbro*：意大利文，意為「更富匠心的詩人／作者」或「鋪采摛文，比我優勝」(直譯是「更佳的工匠」)，出自《神曲・煉獄篇》第二十六章一一七行："fu miglior fabbro del parlar materno" (漢譯：「是更富匠心的母語詩人」或「駕馭母語時要比我勝一籌」)。這句話是意大利意詩人圭多・圭尼澤利 (Guido Guinizelli) 所說，用來形容普羅旺斯詩人阿諾・丹尼爾 (Arnaut Daniel)。有關譯文和典故，參看黃國彬譯註，但丁，《神曲・煉獄篇》第二十六章及註釋。這句獻詞，在《荒原》初版沒有出現；一九二五年，艾略特出版*Poems 1909-1925*時才加入。此外，艾略特讀了龐德的《詩章》後，才在《荒原》第九十九行引用奧維德的《變形記》，在二一八行引用忒里西阿斯的典故，在二二一行引用薩孚的詩作。參看Southam, 137。

5　《死者的葬禮》：原文 "The Burial of the Dead"。Southam (138) 推測，這部分大概完成於一九一九年十月。Southam (138) 引用另一論者的說法：艾略特在這部分鋪敘埋葬—復活的過程："Burial is sowing: resurrection is in the future crops."（「葬禮是播種；復活在未來的收成。」）

6　四月是最殘忍的月份：原文 "April is the cruellest month" (1)。這行（第一行）直到第十八行是不可分割的部分，因此要一併討論。《金枝》提到，從四月中到六月中，整個埃及處於半死不活的狀態，等到尼羅河新的汛期才會活過來；而追悼阿多尼斯 (Adonis) 的節日也在春天舉行。

不少論者以《荒原》的開頭與喬叟 (Chaucer, 1343?-1400)《坎特伯雷故事集》(*Canterbury Tales*) 的《總序》("General Prologue") 的開頭對比，因為喬叟作品開頭的春天是傳統的寫法，充滿欣悅。Southam (139) 指出，艾略特寫春天時，可能想到魯柏特・布魯克 (Rupert Brooke, 1887-1915)《格蘭徹斯特教區牧師的故宅》("The Old Vicarage, Grantchester") 一詩的開頭：

> Just now the lilac is in bloom,
> All before my little room…
> Here am I, sweating, sick, and hot,
> And there the shadowed waters fresh

Lean up to embrace the naked flesh.
Temperamentvoll German Jews
Drink beer around…

全部丁香花剛剛
在我的斗室前綻放……
我在此淌著汗，生病、發熱；
那邊，樹陰下的涼游
向上靠過來擁抱裸肌。
興高采烈的德國猶太人
正在周圍喝啤酒……

在一九一七年九月號的《自我主義者》雜誌上，艾略特曾引用此詩的首、二兩行，並加以肯定。

《荒原》的第一行，也可能受戈蒂埃《感傷的月光》（"Claire de lune sentimental"）一詩影響：該詩有 "l'avril"（「四月」）、"si cruel"（「這麼殘忍」）之語，而且也有 "mêle ses sanglots"（「攙和著啜泣」）一語，與第二至三行的 "mixing / Memory and desire" 呼應。在傳統上，四月是春天，萬物欣欣向榮；這裏卻說「四月是最殘忍的月份」，結果產生極大的震駭效果。原文也可以譯成道地漢語：「四月最是殘忍」。不過這樣一譯，意思就有點不同：沒有說出四月與其餘十一個月份比較是「最殘忍」；同時也有點模稜，表示與其他事物（不僅是月份）比較也最殘忍。當然，「四月是最殘忍的月份」也不完美：原文 "April" 不必用 "month"，沒有重複的字眼；漢譯卻要用兩個「月」字，有點囉唆。

7　丁香：原文 "Lilacs" (2)。Southam (140) 指出，這一詞可能上承惠特曼 (Walt Whitman, 1819-1892) 悼念林肯的詩作《丁香

上次在前院綻放的時候》("When Lilacs Last in the Dooryard Bloom'd" (1865))，尤其是該詩的開頭："When lilacs last in the dooryard bloom'd, / And the great star early droop'd in the western sky in the night, / I mourn'd, and yet shall mourn with ever-returning spring."（「丁香上次在前院綻放，／巨星夜裏在西天早隕的時候，／我哀悼，但再度哀悼時會跟永遠重臨的春天一起同哀。」）。

8　**攪和著／記憶和欲望**：原文 "mixing / Memory and desire" (2-3)。Southam (141) 指出，《蒙帕納斯的布布》第一章有類似的句子："A man walks carrying with him all the properties of his life, and they churn about in his head. Something he sees awakens them, something else excites them. For our flesh has retained all our memories, and we mingle them with our desires."

9　**攪動著／條條鈍根，以春天的雨水**：原文 "Stirring / Dull roots with spring rain" (3-4)。「鈍根」，象徵荒原的居民無知無感，寧願讓「善忘的雪」（第六行）「覆蓋」（第五行）。換言之，荒原的居民都處於冬眠狀態。

10　**餵養著／一小點生機**：原文 "feeding / A little life" (6-7)。Southam (141) 指出，這兩行可能與詹姆斯·湯姆森的《致我們的死亡眾娘娘》("To Our Ladies of Death") 並觀："Our Mother feedeth thus our little life, / That we in turn may feed her with our death"（「我們的母親這樣餵養我們的小生命，／好讓我們反過來以死亡餵養她」）。第一、二、三、五、六行結尾的音節都是輕音 ("breeding"、"mixing"、"stirring"、"covering"、"feeding")，「軟弱無力」，正好暗示整個荒原的奄奄一息。

11　**施坦貝格湖**：原文 "Starnbergersee" (8) (也拼 "Starnberger See")，在慕尼黑之南，是時髦的旅遊景點。一九一一年八月，艾略特曾到過這裏。就面積而言，施坦貝格湖是德國第五大湖；就湖水的體積而言，則在眾湖中排名第二。德語 "S" 在這裏唸 /ʃ/，不唸 /s/，因此譯「施」（也可譯「史」），不宜譯「斯」。

12　御園：原文 "Hofgarten" (10)，德語，也可譯「王宮花園」、「宮廷花園」；在德國慕尼黑市中心，位於王宮 (Residenz) 和英國花園 (Englischer Garten) 之間，建於一六一三至一六一七年，是意大利文藝復興建築，公園中心有月神亭。

13　**夏天出我們意外……閑聊一個鐘頭**：原文 "Summer surprised us, coming over the Starnbergersee / With a shower of rain; we stopped in the colonnade, / And went on in sunlight, into the Hofgarten, / And drank coffee, and talked for an hour." (8-11) 這幾行的節奏與一至七行有明顯差別：速度加快，由奄奄一息的夢魘氣氛進入陽光世界，朗讀時有向前推進的感覺。這一效果，因句子較多停頓和 "And / and" 的重複而加強。

14　**Bin gar keine Russin, stamm' aus Litauen, echt deutsch**：(12) 德文，意為「我絕不是俄國人，我來自立陶宛，是真正的德國人。」原文說得斷斷續續，因此可以譯為「我，絕非俄人，來自立陶宛，正宗德國人。」立陶宛是波羅的海國家，長期受俄國統治，一九一九年才獨立，其領袖大都是德國人。Southam (142) 認為，這句話可能出自溫德姆·路易斯的小說《塔爾》(*Tarr*) (1918)；書中有一個法瑟克小姐 (Fräulein Vasek)，堅決聲稱自己是「俄國人。我是徹頭徹尾的俄國人」("a Russian. I'm thoroughly Russian")，並且解釋，德國的布爾喬亞生活為甚麼會吸引俄國人（頁二〇〇）。威廉·燕卜蓀 (William Empson) 在《艾略特評論》(*T. S. Eliot Review*) 一九七五年秋季號這樣評述這一敘事人："She is the only person in the poem for whom the author expresses outright contempt [...]" (「在詩中，她是作者〔指艾略特〕徹頭徹尾表示鄙夷的唯一人物〔……〕」) 無論就前後文或說話的語氣，本譯者都看不出艾略特有半點鄙夷，更不要說「徹頭徹尾表示鄙夷」了。第八至十一行（「夏天出我們意外……閑聊一個鐘頭」）所反映的人、景、情都十分可喜。第十二至十八行的溫馨情調，更是全詩最婉約的片段之一；無論怎樣細讀，都看不出作者有半點鄙夷。如果一定要「發掘」艾略特的態度，反而可以在 "Bin gar keine Russin, stamm' aus Litauen, echt deutsch" 一句裏感到作者對敘事人的悲憫。燕卜蓀是著名評論家，其《七種模稜》(*Seven Types of Ambiguity*) 在二十世紀的文學批評界廣為人知；其上述論點卻欠缺說服力。

15　**晚上，許多時間我都在看書；冬天就到南部去**：原文 "I read, much of the night, and go south in the winter." (18) 這行的意念主要脫胎自瑪麗・拉里舒侯爵夫人 (Countess Marie Larisch) 的《我的往昔》(*My Past*) 一書。參看網上文章 "*The Waste Land* by T. S. Eliot as Hypertext"（多倫多時間二〇二〇年八月九日下午四時登入）。

16　第十九行至三十行的敘事者是誰，眾多論者都止於猜測。可以肯定的是：語氣充滿權威，像先知或神祇在說話。

17　艾略特原詩所附的註釋，指出第二十行可以和《聖經・舊約・以西結書》第二章第一節並觀。在該章第一至第三節中，耶和華差遣以西結對悖逆的民族傳福音，說彌賽亞就要降臨：「他（指耶和華）對我說：『人子啊，你站起來，我要和你說話。』他對我說話的時候，靈就進入我裏面，使我站起來，我便聽見那位對我說話的聲音。他對我說：『人子啊，我差你往悖逆的國民以色列人那裏去。他們是悖逆我的，他們和他們的列祖違背我，直到今日。』」

18 **一堆破碎的偶像**：原文 "A heap of broken images" (22)。參看《以西結書》第六章第四—六節：「『你們的祭壇必然荒涼，你們的日像必被打碎。我要使你們被殺的人倒在你們的偶像面前〔……〕在你們一切的住處，城邑要變為荒場，丘壇必然淒涼，使你們的祭壇荒廢，將你們的偶像打碎。你們的日像被砍倒，你們的工作被毀滅。』」馬菲森指出，世人沒有目標，甚麼信仰都沒有，結果剩下「一堆破碎的偶像」；這一景況，正是第一次世界大戰後人類精神的反映。參看Southam, 143-44。

19 **枯樹不給人蔭蔽，蟋蟀不給人安舒**：原文 "And the dead tree gives no shelter, the cricket no relief" (23)。艾略特的自註叫讀者參看《傳道書》第十二章第五節：「人怕高處，路上有驚慌；／杏樹開花，蚱蜢成為重擔；／人所願的也都廢掉。／因為人歸他永遠的家，／弔喪的在街上往來。」

20 **乾石不給人水聲**：原文 "And the dry stone no sound of water" (24)。參看《出埃及記》第十七章第六節：「『我必在何烈的磐石那裏站在你面前，你要擊打磐石，從磐石裏必有水流出來，使百姓可以喝。』摩西就在以色列的長老眼前這樣行了。」

21 **這塊赤石投下陰影**：原文 "There is shadow under this red rock" (25)。參看《以賽亞書》第三十二章第二節描寫基督國度如何受福佑：「必有一人像避風所和避暴雨的隱密處，／又像河流在乾旱之地，／像大磐石的影子在疲乏之地。」《以賽亞書》中給人庇蔭的是大磐石，能給人安舒；在《荒原》裏，投下陰影的石頭卻是赤色的，叫人不安，叫人想起炎炎赤地。

22 **這塊赤石投下陰影……黃昏在你前面迎上來的投影都不同**：原文 "There is shadow under this red rock, / (Come in under

the shadow of this red rock), / And I will show you something different from either / Your shadow at morning striding behind you / Or your shadow at evening rising to meet you" (25-29)。這幾行以艾略特早期詩作的開頭為藍本。該詩題為《聖那喀索斯之死》("The Death of Saint Narcissus"),大概寫於一九一二年,開頭五行如下:

> Come under the shadow of this gray rock –
> Come in under the shadow of this gray rock,
> And I will show you something different from either
> Your shadow sprawling over the sand at daybreak, or
> Your shadow leaping behind the fire against the red rock...

《聖那喀索斯之死》排了版,而且有了校樣,準備於一九一五年在芝加哥的《詩刊》發表,最後卻被抽起。參看Southam, 144。此詩收錄於約翰‧海瓦德 (John Hayward) 編輯的 *T. S. Eliot, Poems Written in Early Youth* (London: Faber and Faber, 1967)。「那喀索斯」(希臘文 *Νάρκισσος*,英文 "Narcissus"),希臘神話人物,因對著自己在水中的倒影自戀,最後變成了一株水仙。

23 **我會為你展示一撮塵土中的驚怖**:原文 "I will show you fear in a handful of dust." (30) 意思是:「我會讓你看一撮塵土中的驚怖」。西比拉向阿波羅求壽,要活下去的年歲多如手中的泥沙,卻忘了求青春,結果老朽不堪間要死去。參看引言的註釋。Southam (144-45) 指出,"a handful of dust" 一語,在前人的作品中曾多次出現:約翰‧德恩《突發事件奉獻文》(*Devotions upon Emergent Occasions*) 中的《冥想四》("Meditation IV") (1624) 說:"what's become of man's great extent and proportions, when himself shrinks himself, and

consumes himself to a handful of dust...」；坦尼森的《茉蒂》
(*Maud*) (1855) 說："Dead, dead, long dead / And my heart is
a handful of dust / And the wheels go over my head" (Part II, v.
i)；康拉德 (Joseph Conrad) 的《青春》("Youth") (1902) 說：
"the heat of life in a handful of dust"；同一作者的《歸》("The
Return") 說："He was afraid with that penetrating fear that seems
in the very middle of a beat, to turn one's heart into a handful of
dust." 此外，《聖經》也一再強調，人類不過是塵土。

24　***Frisch weht der Wind / Der Heimat zu. / Mein Irisch Kind, /
Wo weilest du?*** (40-43) 正如艾略特的自註所說，這四行出自
德國作曲家瓦格納（Wagner，又譯「華格納」）歌劇《特
里斯坦與伊娑蒂》(*Tristan und Isolde*) 第一幕第一場的歌詞
(libretto)，是一個懷念情人的水手所唱，意思是：「風啊，
清勁地／吹向老家。／我的愛爾蘭姑娘啊，／你在何處盤
桓？」這個水手，當時和伊娑蒂同在船上。

25　風信子；原文 "hyacinths" (35)。Southam (145-46) 指出，風
信子象徵生育儀式 (fertility rites) 中復活的神祇。在希臘神
話中，希亞肯索斯 (Ὑάκινθος，英文*Hyacinthus*) 是斯巴達王
子，長得非常俊美，獲阿波羅鍾愛。與阿波羅競擲鐵餅，被
阿波羅意外擊傷而身亡，血流處長出風信子。根據《金枝》
的說法，希臘的希亞肯索斯節，標誌生意盎然的春天進入乾
旱燠熱的夏天。

26　「一年前，你初次給我風信子……」只望入光的核心──
寂靜之所在：原文 "'You gave me hyacinths first a year ago; /
They called me the hyacinth girl.' / —Yet when we came back,
late, from the hyacinth garden, / Your arms full, and your hair wet,
I could not / Speak, and my eyes failed, I was neither / Living nor
dead, and I knew nothing, / Looking into the heart of light, the

silence." (35-41) 這段也十分晦澀，不同的論者有不同的猜測，也全部止於猜測，都沒有說服力，在此不必徵引。讀者看《荒原》時，有時不必強作解人，更不必牽強附會，徒耗時間和精神。這段文字，大致寫荒原中的一個角色（一個女子）和情人邂逅，氣氛浪漫而淒艷。敘事人所說的每一字、每一景或每一細節，都是烘托氣氛、情調的一部分；要逐字考據，逐字穿鑿，只會徒勞。《荒原》的缺點，本譯者的《世紀詩人艾略特》有詳細討論。

27　***Oed' und leer das Meer***：這行是德語，艾略特所引的 "Oed'"，有的版本拼 "Öd"（德語中，*Ö* 也可以寫成*Oe*），意為「大海 (das Meer) 荒漠 (Oed') 而 (und) 空淼 (leer)」。德語原文是倒裝句，沒有動詞；在此譯為「荒漠而空淼哇，這大海」更佳。艾略特在自註中指出，此語源出《特里斯坦與伊娑蒂》第三幕第一場第二十四行。劇中，男主角特里斯坦受了致命傷，只有伊娑蒂能救治。在臨海的城堡花園，瀕死的男主角躺在一棵椴樹之下，牧羊人 (der Hirt) 按照庫溫納爾 (Kurwenal) 的吩咐，聚精會神地眺望大海，看看有沒有伊娑蒂的船出現；見海上「荒漠而空淼」，於是說出上述的話。

28　**瑟索特里斯夫人——著名的透視眼**：原文 "Madame Sosostris, famous clairvoyante" (43)。阿爾德斯‧赫胥黎 (Aldous Huxley, 1894-1963) 的小說《鉻黃》(*Crome Yellow*) 第二十七章有 "Madame Sesostris" 之名。該書有一個Mr. Scogan，是個騙人的占卜師，化名 "Madame Sesostris" 行騙。艾略特細讀過這本小說，肯定受了影響。Southam (147) 認為，據艾略特的理解，小說的作者以Scogan這一角色影射羅素。《荒原》從第一行到四十二行，作品的拼湊、剪貼手法已經十分明顯，到了第四十三行至五十九行，這一手法更明顯不過。此後，場景、人物會不斷變換、跳躍，一反傳統作品的連貫、統一。

在第四十三至五十九行（「這些日子呀，真的要小心」），艾略特讓瑟索特里斯夫人以塔羅紙牌 (Tarot cards) 占卜。在這節詩中，艾略特借用了葉慈於一九〇一年所寫的《魔術》("Magic") 一文中的許多材料；到了一九三三年，卻轉而嘲諷葉慈迷信魔術和神秘主義。參看Southam, 147-48。

29　**一副邪牌**：原文 "a wicked pack of cards" (46)。指整副塔羅紙牌，共七十八張，有時增至一百張，上有符號和圖像，十四世紀首先在法國和意大利流行。牌上的符號和圖像源自古代，包括古埃及的銘刻；所有符號和圖像都與生育、民間傳說有關。艾略特指出，他對塔羅紙牌認識不深，在詩中引用，主要為了傳遞自己要傳遞的詩思。不過，馬菲森指出，韋斯頓《從宗教儀式到傳奇》一書第七十六頁提到，整副塔羅紙牌分為四組：杯 (Cup)、矛 (Lance)、劍 (Sword)、碟 (Dish)，都與聖杯的性象徵相關。最初，這些紙牌並不是用來占卜未來，而是用來預測河水的汛期。但艾略特稍加改動，增加了詩的感情深度。從第四十七至五十五行，共有六張牌（艾略特說是八張，但實際的塔羅紙牌並沒有「遇溺的腓尼基水手」("the drowned Phoenician Sailor") 和「美婦人」("Belladonna")，因此說六張才對）。這幾張紙牌的詮釋言人人殊，彼此往往互相齟齬，在此不必一一引述。值得引述的，倒是艾略特本人的註釋：

> I am not familiar with the exact constitution of the Tarot pack of cards, from which I have obviously departed to suit my own convenience. The Hanged Man, a member of the traditional pack, fits my purpose in two ways: because he is associated in my mind with the Hanged God of Frazer, and because I associate him with the hooded figure in the passage

of the disciples to Emmaus in Part V. The Phoenician Sailor and the Merchant appear later; also the 'crowds of people', and Death by Water is executed in Part IV. The Man with Three Staves (an authentic member of the Tarot pack) I associate, quite arbitrarily, with the Fisher King himself.

我並不熟悉整副塔羅紙牌確實如何組成。我在詩中引用時，顯然與實際情形不符，目的是迎合個人一時之需。吊死鬼——傳統紙牌中的一張——與我的創作目標相符；所以如此，有兩個原因：第一，在我的心目中，吊死鬼與弗雷塞的漁翁王相關；第二，他叫我想到本詩第五部分敘述耶穌門徒往以馬忤斯的一段中戴著兜帽的人物。腓尼基水手和商人後來才出現，還有「一群群的人」；水殞則在第四部分才描寫。三棒男人（真正的一張塔羅紙牌）則叫我聯想起——甚為隨意地想起——漁翁王本人。

30　**是你的牌**：原文 "Is your card" (47)。這是第一張牌，叫 "Significator"（「指示牌」），由紙牌卜卦師從整副紙牌中挑出來，以配合顧客的性格，並主導占卜的整個過程；其他紙牌，此後則可以隨意抽揭。

31　**腓尼基水手**：原文 "Phoenician Sailor" (47)。腓尼基水手是一個生育神祇，其偶像要每年投入大海，象徵夏天之死；沒有夏天之死，就不會有復活；也就是說，不會有春天降臨。腓尼基，指地中海東岸，即今日的黎巴嫩和敘利亞。腓尼基的水手和商人甚負盛名。在腓尼基，每年有儀式紀念蘇美爾糧食和植物之神塔穆茲 (Thammuz，也拼Tammuz，又譯「塔穆斯」) 的死亡和復活。塔羅紙牌用來預測河水的汛期。參看 Southam, 149-50。

32 （那些珍珠一度是他的雙眼）：原文 "(Those are pearls that were his eyes)" (48)。出自莎士比亞劇作《暴風雨》(*The Tempest*) 第一幕第二場，是空中精靈空靈兒 (Ariel) 歌曲中的一句。劇中，空靈兒向費迪南 (Ferdinand) 唱歌，告訴他，他的父親（那波里國王阿朗索 (Alonso)）如何神奇地幡然改途。費迪南以為父親遇溺，其實阿朗索仍然在生；空靈兒唱歌是為了安慰他。"Ariel" 一名，源出希伯來語，意為「神的獅子」。後綴 "-el" 是「神」的意思。不過莎士比亞鑄造此詞時一語雙關，也暗指「空氣」、「空中」。由於Ariel是空中的小精靈，聽命於普羅斯普羅，故譯「空靈兒」，不再保留希伯來原名的獅子意象。

33 這是美婦人——岩上女士，／境遇女士：原文 "Here is Belladonna, the Lady of the Rocks, / The lady of situations." (49-50) "Belladonna" 是意大利文，「美婦人」之意；也可指「顛茄」（一種有毒的植物；學名*Atropa belladonna*）。"the Lady of the Rocks" 有不止一種詮釋，都久缺說服力。Southam (150) 認為指達芬奇 (Leonardo da Vinci) 名畫《莫娜麗莎》(*The Mona Lisa*) 中的女子，並且引用了沃爾特·佩特《文藝復興》(*The Renaissance*) (1873) 一書中的一段文字："She is older than the rocks among which she sits; like the vampire, she has been dead many times, and learned the secret of the grave [...]"（「她坐在岩石間，比岩石要老；她像一個殭屍，死了多次，並且得知墳墓的秘密〔……〕」）認為艾略特寫這一行時，想到佩特的話。另一些論者認為指達芬奇的另一幅名畫《岩上聖母》(*Madonna of the Rocks*)。莫娜麗莎或岩上聖母何以又變成 "The lady of situations" 呢，也沒有論者能提出可信的詮釋。至於佩特把莫娜麗莎形容為 "vampire"（「殭屍」或「吸血鬼」），與莫娜麗莎的傳統形象大相逕

庭，也與絕大多數人的印象相左，更與達芬奇作畫的歷史背景齟齬難入，是「石破天驚」的觀點。芸芸揣測中，以 "Belladonna" 為「岩上聖母」一說較可信。

34 **三棒男人**：原文 "the man with three staves" (51)。塔羅紙牌中的一個人物，在艾略特心目中，是弗雷塞的漁翁王。

35 **命運之輪**：原文 "the Wheel" (51)，指命運之輪，象徵人生順逆難測。有的論者認為，"the Wheel" 也可以指輪迴之輪。參看Southam, 150。

36 **獨眼商人**：原文 "the one-eyed merchant" (52)。在塔羅紙牌中，獨眼商人是側面形象，看來只有一隻眼睛。參看Southam, 150。

37 **吊死鬼**：原文 "The Hanged Man" (55)。在艾略特的弗雷塞系統中，吊死鬼代表被殺的神祇。神祇要死，是為了復活，給荒原及其人民帶來生育能力。艾略特說過，他視吊死鬼為弗雷塞書中的吊死神 (the Hanged God)；犧牲吊死神，是為了保證國土能生育。同時，吊死鬼也使他聯想到詩中第三六〇至三六六行戴著兜帽的人物。艾特爾·斯提芬森 (Ethel Stephenson)《艾略特與大眾讀者》(*T. S. Eliot and the Lay Reader*) 一書指出，《聖經》中，猶大出賣了耶穌後上吊自殺。艾略特在這裏用的可能是猶大上吊的典故。參看Southam, 151。

38 **埃圭同夫人**：原文 "Mrs. Equitone" (57)。艾略特虛構的人物，與瑟索特里斯夫人有關。

39 **這些日子呀，真的要小心**：原文 "One must be so careful these days." (59) 這是卜者之言，在提醒自己。

40 **虛幻之城**：原文 "Unreal City" (60)。馬菲森（頁二十一─二十二）認為，第六十至七十六行旨在把悲慘景象濃縮表達。"Unreal City" 這一概念，受沙爾·波德萊爾的《七個老

人》("Les Sept Vieillards") 中的下列幾行影響："Fourmillante
Cité, cité pleine de rêves, / Où le spectre en plein jour raccroche le
passant"（「擁擠之城，充滿夢幻之城，／那裏，光天化日之
下，幽靈會纏擾行人」）。

41　**人群流過倫敦橋**：原文 "A crowd flowed over London Bridge"
(62)。倫敦橋橫跨泰晤士河。「人群」，指橫過倫敦橋上班
的人。

42　**沒想到叫死亡搞垮的，人數會這麼多**：原文 "I had not thought
death had undone so many." (63) 艾略特在自註中叫讀者參看但
丁《神曲・地獄篇》第三章第五十五—五十七行：

> si [該作sì] lunga tratta
di gente, ch'io non averei creduto
che morte tanta n'avesse disfatta.

> 　　一列陰魂在逶迤
而來。如非目睹，我真的不肯
相信，這樣的一大群，因死亡而毀棄。

漢譯見黃國彬譯註，但丁，《神曲・地獄篇》頁一三六。詩
中的死者在世時沒有立場，避免表態，死後就跟著一面無名
的旗幟奔走。但丁見了這些亡魂，就發出上述感喟。艾略特
引用但丁的句子，是要讀者把《地獄篇》的景象與當代的倫
敦連繫起來，目的是以古昭今，以神話襯托現實。艾略特的
引文為《神曲・地獄篇》第三章第五十五—五十七行：

> e dietro le venia sì lunga tratta
> 　di gente, ch'io non averei mai creduto,
> 　che morte tanta n'avesse disfatta.

艾略特引文中的 "si"，該作 "sì"。

43　**嘆息呼出，短促而疏落**：原文 "Sighs, short and infrequent, were exhaled" (64)。在自註中，艾略特叫讀者參看《神曲‧地獄篇》第四章第二十五─二十七行：

Quivi, secondo che per ascoltare,

non avea piante [該作pianto] mai che di sospiri

che l'aura eterna [該作etterna] facevan tremare.

就我聽到的聲音而言，那裏

　沒有任何慟哭，只有欷歔

　始終不停，一直使空氣盪激。

漢譯參看黃國彬譯註，但丁，《神曲‧地獄篇》頁一五四。但丁在地獄邊界看見另一些亡魂。這些亡魂死前有德行，卻因基督尚未降臨，不曾受基督教洗禮，因此永無見上帝的希望，只能思而不得。從教外角度看，這一安排當然有欠公平。艾略特既然也是基督徒，立場大概與但丁相同。

44　**人人的目光都盯著腳下**：原文 "And each man fixed his eyes before his feet" (65)》。參看《地獄篇》第三十四章第十五行寫叛徒的文字："altra, com' arco, il volto a' piè rinverte"（「有的弓著身，面龐向雙腳緊靠」）。漢譯見黃國彬譯註，但丁，《神曲‧地獄篇》，頁六三六。

45　**威廉王大街**：原文 "King William Street" (66)。威廉王大街，從倫敦橋直達倫敦市中心。當年艾略特就在市中心的勞埃德銀行工作 (Southam, 152)。

46　**直到聖瑪利‧伍爾諾夫以九點鐘／走音的第九下敲響時辰處**：原文 "To where Saint Mary Woolnoth kept the hours / With a dead sound on the final stroke of nine." (67-68)「聖瑪利‧伍

爾諾夫」，指聖瑪利・伍爾諾夫教堂，在威廉王大街和倫巴德街 (Lombard Street) 的街角，與勞埃德銀行的辦公室相對。一九一七至一九二五年，艾略特在勞埃德銀行工作。聖瑪利・伍爾諾夫教堂由克里斯托弗・雷恩 (Christopher Wren, 1632-1723) 的弟子尼科拉斯・霍斯穆爾 (Nicholas Hawksmoor) 設計，建於一七一六至一七二七年。一九二〇年，P・S・金氏父子有限公司 (P. S. King & Son, Ltd.) 向倫敦郡議會提交報告，建議清拆十九座教堂，但聖瑪利・伍爾諾夫教堂和殉道者馬格努斯 (St. Magnus the Martyr) 教堂獲得保留。參看第二六四行艾略特的自註和Southam, 152。**走音**：原文 "dead" 是 "flat" 的意思，直譯是「降音」。艾略特每天上班時聽到九下鐘聲，留意到第九下走了音。參看第六十八行艾略特的自註。**第九下敲響時辰**：有些論者認為，基督去世時恰巧是九點鐘，也許艾略特在這裏用了《聖經》典故。不過，基督去世時的九點鐘，是白天來臨後的九點鐘，等於下午三點。又有論者指出，弗雷塞的《金枝》記述，奧斯里斯 (Osiris) 偶像用棺材下葬後，翌年同一天晚上九點就會掘出來。奧斯里斯是埃及神祇，等於中國民間傳說中的閻王。"Osiris" 是埃及文 "Usir" 的拉丁拼法。埃及文 "Usir" 是「煊赫」、「偉大」的意思，因此也可意譯為「大神」。

47　**斯泰森**：原文 "Stetson" (69)。論者認為，當年與艾略特圈子有交往的人都可以看出，「斯泰森」指龐德，因為龐德的美國人衣著顯眼，常戴美國西部牛仔的寬邊斯泰森氈帽 (sombrero-stetson)，綽號「水牛比爾」("Buffalo Bill")。不過艾略特回答有關詢問時指出，詩中的「斯泰森」並不專指某人；他描寫的，只是任何一個高級文員，在銀行工作，戴圓頂高帽 (bowler hat)，穿黑色夾克和條紋褲子。有人單刀直入，問他塑造斯泰森時，有沒有想起龐德。艾略特答道：

"My friend does not dress like that, and he would look rather out of place in William Street!"（「我的朋友不是這樣打扮的；他要是置身威廉大街，會顯得有點出格！」）艾略特妻子維樂麗指出，艾略特認識一位叫斯泰森的美國銀行家，在倫敦和哥本哈根工作。唐納德‧柴爾茲 (Donald J. Childs) 於一九八八年在《文學評論》(*Essays in Criticism*) 期刊上發表過專文，詳論 "Stetson" 一名。參看Southam, 153-54。

48　「是你，在邁利的艦隊中跟我一起！」：原文 "You who were with me in the ships at Mylae!" (70) "Mylae" 在西西里北岸，今日叫 "Milazzo"，公元前二六〇年，第一次布匿戰爭 (the First Punic War) 的邁利戰役 (the Battle of Mylae) 就在這裏展開。在這場海戰中，羅馬共和國大勝迦太基。論者指出，艾略特在這裏引用邁利戰役的典故，目的是強調，古今的戰爭本質都相同。

49　「去年，你在你花園裏栽的屍體……還是突降的寒霜騷擾了它的苗圃？」：原文 "'That corpse you planted last year in your garden, / 'Has it begun to sprout? Will it bloom this year? / 'Or has the sudden frost disturbed its bed?" (71-73) 美國有一位讀者寫信給艾略特，問 "dead cats of civilization"、"rotten hippo"、"Mr. Kurtz"（語出康拉德的《黑暗之心》）是否與 "That corpse you planted last year in your garden" 有關連。艾略特在 "The Frontiers of Criticism" (1956) 一文中斷然否認，並且譏嘲這位讀者，說他的頭腦出了問題。Southam 認為艾略特是故意迴避問題，因為康拉德小說的引文的確與艾略特的句子相似。此外，Southam指出，這三行的意象，也可與《哥林多前書》第十五章第三十五—三十七節並觀：「或有人問，『死人怎樣復活，帶著甚麼身體來呢？』無知的人哪，你所種的，若不死，就不能生！並且你所種的，不是那將來的形體，不過是子粒，即如麥子，或是別樣的穀。」參看Southam, 154-155。**發芽**：Southam (155) 指出，一九一四年九月三十日，艾略特寫給康拉德・艾肯的信中，曾有這一比喻："it's interesting to cut yourself to pieces once in a while, and wait to see if the fragments will sprout"（「偶爾把自己切成小塊，然後等待，看這些碎片會不會發芽，是饒有意味的」）。

50　「噢，叫那隻狗遠離這裏（他是人類的朋友）」：原文 "'O keep the Dog far hence, that's friend to men'" (74)。艾略特的自註叫讀者以約翰・韋布斯特 (John Webster) 劇作《白魔鬼》(*The White Devil*) 第五幕第四場柯妮麗亞 (Cornelia) 所唱的輓歌與此行並觀："But keep the wolf far thence, that's foe to men, / For with his nails he'll dig them up again."（「不過要叫那隻狼遠離那裏；他是人類的敵人；／因為他會用指爪把這些屍體再度掘起來。」）柯妮麗亞的輓歌為沒有朋友的屍體而唱。艾略特以「狗」("dog") 代「狼」("wolf")，以「朋友」("friend") 代「敵人」("foe")，反原歌之意而用之。

51　**"hypocrite lecteur!—mon semblable,—mon frère!"**：艾略特的自註指出，這句出自法國詩人波德萊爾的《惡之華》(*Les Fleurs du mal*) 詩集。該詩集有序詩《致讀者》("Au Lecteur") 一詩，最後一句是："—Hypocrite lecteur, —mon semblable, —mon frère!"（「偽君子讀者呀，——我的同類，——我的兄弟！」）艾略特在前面加了 "You!"（「你呀！」）。因此，艾略特的句子可譯為「你呀，偽君子讀者！——我的同類，——我的兄弟！」波德萊爾稱讀者為「同類」和「兄弟」，是因為彼此都感到無聊或怠倦 (ennui)。波德萊爾結尾時說："Tu le〔指同一節第一行的 "l'Ennui"〕connais, lecteur, ce monstre délicat, / —Hypocrite lecteur, —mon semblable, —

mon frère!" (「讀者呀,你認識他的——這個儒雅的魔鬼,／——你呀,偽君子讀者,——我的同類,——我的兄弟!」) *ennui* 是法語詞,早已進入英語,成為英語的常用詞,幾乎像 *boredom* 一樣普遍。

52　《棋局》:原文 "A Game of Chess"。托瑪斯・米德爾頓有劇作《棋局》(*A Game of Chess*);此外,在他的另一部劇作《女人要提防女人》(*Women Beware Women*) 中也有下棋的情節。艾略特自註第一三八行(其實是一三七行)時,就請讀者參看此劇。在傳統中,下棋常常用來象徵人生和政事。海瓦德指出,此節以荒原中大人物和一般平民對照。《女人要提防女人》是一齣悲劇,主要描寫淫慾;劇中有亂倫、強姦情節,結局是死亡枕藉。在弗雷塞的書中,漁翁王的宮中有女孩遭強姦後,舉國罹咒。龐德指出,"The Chair she sat in, like a burnished throne" 一節,塑造的是艾略特第一位妻子的形象。參看Southam, 156-57。

53　**她所坐的椅子,像鋥亮的御座**:原文 "The Chair she sat in, like a burnished throne [...]" (77)。艾略特在自註中指出,此行引自莎劇《安東尼與柯蕾佩姹》第二幕第二場第一九〇行。劇中,伊諾巴巴斯在形容埃及皇后柯蕾佩姹。伊諾巴巴斯的一段對白,廣受莎迷傳誦,也獲艾略特在《勒雅德・吉卜齡》("Rudyard Kipling" (1941)) 一文中揄揚:"The great speech of Enobarbus in *Antony and Cleopatra* is highly decorated, but the decoration has a purpose beyond its own beauty [...]"(「伊諾巴巴斯在《安東尼與柯蕾佩姹》中大名鼎鼎的一段對白極具藻飾,不過這藻飾在麗辭之外另有效用〔……〕」)。七十七—九十六行(「她所坐的椅子,像鋥亮的御座／……寶石的慘淡微光中,一條刻鏤的海豚在游弋」("The Chair she sat in, like a burnished throne, /...In which sad light a carvèd dolphin swam"）），還受其他著作影響。其中包括《舊約‧出埃及記》第二十五至二十七章、約翰‧濟慈 (John Keats)《蕾米亞》(*Lamia*) 第二部分一七三至九八行、卓伊斯《尤利西斯》的文字。在《出埃及記》中，耶和華吩咐摩西如何擺設耶路撒冷的廟宇，如何建約櫃、會幕等等："And thou shalt make a mercy seat of pure gold [...]（「要用精金做施恩座〔……〕」）（第二十五章第十七節）And thou shalt make two cherubims of gold, of beaten work shalt thou make them [...]（「要用金子錘出兩個基路伯來〔……〕」）（第十八節）And the cherubims shall stretch forth their wings on high, covering the mercy seat with their wings, and their faces shall look one to another [...]（「二基路伯要高張翅膀，遮掩施恩座。基路伯要臉對臉，朝著施恩座。」）（第二十節）And thou shalt make a candlestick of pure gold: of beaten work shall the candlestick be made [...]（「要用精金做一個燈台。燈台的座和幹與杯、球、花都要連接一塊錘出來。」）（第三十一節）And thou shalt make the seven lamps thereof: and they shall light the lamps thereof, that they may give light over against it.（「要做燈台的七個燈盞，祭司要點這燈，使燈光對照。」）（第三十七節）[...] And thou shalt command the children of Israel, that they bring thee pure oil olive beaten for the light, to cause the lamp to burn always.（「你要吩咐以色列人，把那為點燈搗成的清橄欖油拿來給你，使燈常常點著。」）（第二十七章第二十節）"。此外，艾略特在七十七─九十六行這段仿擬 (pastiche) 中，也把蒲柏 (Alexander Pope) 的《青絲劫》(*Rape of the Lock*) 中的臥室 (bedchamber) 和莎士比亞劇作《辛貝林》(*Cymbeline*) 第二幕第四場八十七至九十一行所描寫的閨房 (boudoir) 插入。

在《辛貝林》第二幕第二場四十四—四十六行，歹角雅奇摩 (Iachimo) 提到菲樂梅兒 (Philomel) 遭姦污的故事："She [指 Imogen] hath been reading late / The tale of Tereus; here the leaf's turn'd down / Where Philomel gave up." 在這裏，雅奇摩把菲樂梅兒被姦和伊茉真 (Imogen)「失身」重疊。

54 **丘比特**：原文 "Cupidon" (80)，指丘比特的金塑像。丘比特，英文 *Cupid*，拉丁文 *Cupido*，希臘神話叫厄洛斯 (Ἔρως)，是愛神維納斯 (Venus) 之子；手執弓箭射人，誰中了箭就會墮入愛河。在希臘神話中，愛神叫阿芙蘿狄蒂 (Ἀφροδίτη)。

55 **條形天花板**：原文 "laquearia" (92)。艾略特的自註叫讀者參看維吉爾《埃涅阿斯紀》卷一，七二六行："dependent lychni laquearibus aureis / incensi, et noctem flammis funalia vincunt"（「熊熊火炬懸垂自黃金鑲嵌的天花板，／煌煌光焰擊潰了黑夜。」）維吉爾所寫是迦太基女王設宴款待埃涅阿斯的景象。

56 **沉香木**：原文 "sea-wood" (94)。許多英文註本都沒有解釋此詞。"sea-wood" 一詞，不可以按字面直譯「海木」、「浸過海水的木料」、「從海中撈起來的本材」等等。這類漢譯，與原詩的語境鑿枘相違，甚至大煞風景。詩中奢華的場景包括「鋥亮的御座」、「黃金鑄造的丘比特」、「七枝大燭台的焰光」、「珠寶」的「輝光」、「奇異的人造香水」；中間突然冒出「浸過海水的木料」，效果變成了粵諺所謂的「一粒老鼠屎搞壞一鑊羹」。其實，艾略特所謂的 "sea-wood" 就是「沉香木」。請看《維基百科》「沉香木」條：

> 沉香木 (Agarwood)，指的是沉香屬裏的樹木。〔……〕因為沉香的密度較高，它能完全沉入水底或可半浮半沉。

〔……〕

　　沉香木植物樹心部位當受到外傷或真菌感染刺激後，會大量分泌帶有濃郁香味的樹脂，古代稱為瓊脂。會因感染或受刺激程度的不同而產生分泌的差異，受到較輕微感染或刺激的，分泌較少沉香脂，結合木質後半沉於水或漂浮於水，稱之為板沉香。反之，受重度刺激或傷害後，分泌較多沉香脂，一樣體積的木頭裏，含有更多的沉香脂，重量密度大於水，因而沉入水底，故稱水沉香。水沉香數量極為少數，價格極為高昂。

　　在世界上很多地方，沉香木是珍貴的香料，中國俗語有謂「一兩沉香一兩金」之說，被用作燃燒熏香、提取香料、加入酒中，或直接雕刻成裝飾品。（多倫多時間二〇二一年三月二十三日下午五時登入）

再看《百度百科》「沉香木」條：

　　沉香木是瑞香科 (Thymelaeaceae) 植物白木香乾燥木質結油部分，是一種木材、香料和中藥。沉香木植物樹心部位當受到外傷或真紅油菌感染刺激後，會大量分泌樹脂幫助癒合，過程中產生濃郁香氣的組織物。這些部分因為密度很大，能沉入水下，又被稱為「沉水香」。〔……〕沉香木質硬，大多不浮於水〔……〕燃燒時的濃煙散發出強烈香氣，並有黑色油狀物滲出。（多倫多時間二〇二一年三月二十三日下午五時二十分登入；資料引用時簡體字改為繁體字，引號 "" 改為「」）

　　看了兩則引文，漢語譯者就會明白，艾略特的 "sea-wood" 為甚麼不可以譯「海水浸過的木料」或其他望文生義的直譯。

57　**海豚**：原文 "dolphin" (96)。Southam (158) 指出，在中世紀，

海豚常常叫人想到愛情。

58　**林景**：原文 "sylvan scene" (98)。艾略特的自註叫讀者參看米爾頓《失樂園》卷四第一四〇行（此行有 "A sylvan scene" 之語）。有關段落寫撒旦初到樂園：

> So on he fares, and to the border comes
> Of Eden, where delicious Paradise,
> Now nearer, crowns with her enclosure green
> As with a rural mound the champaign head
> Of a steep wilderness, whose hairy sides
> With thicket overgrown, grotesque and wild,
> Access denied, and overhead up grew
> Insuperable highth of loftiest shade,
> Cedar, and pine, and fir, and branching palm,
> A sylvan scene, and as the ranks ascend
> Shade above shade, a woody theater
> Of stateliest view.
>
> 　　　(*Paradise Lost*, Book 4, 131-42)

> 於是，他繼續前進，來到伊甸的邊境；
> 那裏，由於距離更近，出現了樂園，
> 樂園四周，是翠綠樹木如王冠環繞；
> 就像平坦空曠的山頂四邊圍著
> 樹木蒙茸的陡峭山丘；其犖犖斜坡
> 長滿了小樹叢，枝柯交纏，到處蔓生，
> 並沒有進口；在小樹叢之上，巍巍
> 矗立著參天樹蔭，高度無與倫比，
> 雪松、蒼松、冷杉和枝柯橫出的棕櫚，
> 扶疏蔥蘢的景色；樹蔭一層接一層

上升，就形成圓形劇場那樣的結構，

極其壯觀。

（《失樂園》卷四，一三一——四二行）

59　菲樂梅兒的變化；啊，遭蠻王／這麼粗魯地施暴：原文 "The change of Philomel, by the barbarous king / So rudely forced" (99-100)。第九十九行艾略特的自註指出，這裏徵引了奧維德 (Publius Ovidius Naso, 43 B. C.-17/18 A. D.)《變形記》(*Metamorphoses*) 菲蘿梅拉 (Philomela，希臘文*Φιλομήλη*) 的故事。故事源自古希臘神話，敘雅典王潘狄翁 (Pandion，希臘文*Πανδίων*) 的女兒菲蘿梅拉遭姐姐普蘿柯妮 (Procne，希臘文*Πρόκνη*) 丈夫瑟雷斯王忒雷烏斯（Tereus，希臘文*Τηρεύς*）強姦；被姦後再遭姐夫割去舌頭，不能說話；於是把事情的始末以織錦傳達給普蘿柯妮。普蘿柯妮得悉丈夫的罪行後，把親生兒子伊忒斯 (Itys, 希臘文*Ἴτυς*) 殺死，再把切下的肉端給丈夫（伊忒斯的親父）忒雷烏斯吃。忒雷烏斯知道真相後，馬上要追殺普蘿柯妮和菲蘿梅拉。奧林坡斯諸神見狀，出於憐憫，使三人變為鳥兒：忒雷烏斯變成戴勝，普蘿柯妮變成燕子，菲蘿梅拉變成夜鶯。菲蘿梅拉，英語可以拼 "Philomela" 唸 /ˌfɪləˈmilə/（可譯「菲樂密樂」或「菲樂米樂」），也可以拼 "Philomel"，唸 /ˈfɪləˌmɛl/（可譯「菲樂梅兒」）；艾略特詩的原文是 "Philomel"，因此譯漢「菲樂梅兒」，不按希臘神話原文譯「菲蘿梅拉」。（古希臘文的*η*，漢語沒有音節能譯得精確，只能從「拉」、「樂」、「列」等字勉強選一。）Southam (158) 指出，艾略特在自註裏拼 "Philomela"，在正文拼 "Philomel"，有兩種可能：為了遷就詩行的音節、韻律，也可能為了向莎士比亞看齊。《辛貝林》(*Cymbeline*) 第二幕第二場第四十六行中，莎士比亞拼

"Philomel"；在《沉思者》("Il Penseroso") 中，米爾頓也拼 "Philomel"："Less Philomel will deign a song / In her sweetest, saddest plight, / Smoothing the rugged brow of night, / While Cynthia checks her dragon yoke, / Gently o'er th' accustom'd oak." 不過，名字前後不一致，也大有可能因為艾略特草率、粗疏。艾略特草率、粗疏的例子太多，在此不能枚舉；本選集在適當的段落已指出／會指出；本譯者的《世紀詩人艾略特》也舉了許多例子。**蠻王**：指忒雷烏斯。Southam (159) 指出，傑茜・韋斯頓所引的聖杯故事中，也有少女遭國王姦污："One of the maidens he took by force…"（「他向其中一個少女施暴……」）

60　然而，那夜鶯，／仍以不可侵犯的歌聲向整個沙漠傾注：原文 "yet there the nightingale / Filled all the desert with inviolable voice" (100-101)。菲樂梅兒化為夜鶯後，其聲音再也不受侵犯。Southam (159) 指出，弗雷塞曾描述崇奉生育神祇的主要場所，其中一個位於沙漠中的綠洲。那裏是雀鳥樂園，畫眉和夜鶯在盡情歌唱。

61　原文的 "still" 既可解作「依然」，也可解作「靜止」或「寂然不動」。在這裏，兩種解釋都說得通。

62　「嚶嚶」：原文 "'Jug Jug'" (103)。原文是鳥叫聲。在英國伊麗莎白時期，"jug jug" 是傳統上模擬鳥鳴的聲音。在托瑪斯・納什(Thomas Nashe, 1567-1601) "Spring, the Sweet Spring" 一詩中，有著名的鳥鳴聲："Spring, the sweet spring, is the year's pleasant king, / Then blooms each thing, then maids dance in a ring, / Cold doth not sting, the pretty birds do sing: / Cuckoo, jug-jug, pu-we, to-witta-woo!" 此詩共有三節，每節都以 "Cuckoo, jug-jug, pu-we, to-witta-woo!" 為疊句結尾。不過，直接影響艾略特的是約翰・李黎 (John Lyly, 1553/1554-1606) 的

劇作《肯柏絲佩》(*Campaspe*) 第五幕第一場三十六—三十九行：“What bird so sings, yet so dos wayle? / Oh, 'tis the ravish'd nightingale. 'Jug, jug, jug, jug, tereu', she cryes; / And still her woes at midnight rise.”（「甚麼鳥兒這樣唱歌，卻又在這樣哀鳴？／噢，是曾遭姦污的夜鶯。『嚘，嚘，嚘，嚘，忒雷烏斯呀，』她啼叫著；／到了夜半，她的悲歌仍然飄升。」）在二○三—二○六行，艾略特再徵引這首歌。李黎的劇作寫亞歷山大大帝的女俘虜肯柏絲佩 (希臘文 *Καμπάσπη*)，因美色而令亞歷山大動心，結果獲釋。獲釋後，亞歷山大命畫師阿佩利斯 (Apelles，希臘文 *Ἀπελλῆς*) 為肯柏絲佩繪畫肖像；不料阿佩利斯和肯柏絲佩墮入愛河。亞歷山大得悉後，大受感動，慷慨地讓肯柏絲佩與阿佩利斯成為眷屬。歌中的 “tereu” 是 “Tereus” 的呼格 (vocative case)；漢語的呼格和主格 (nominative case) 相同，“tereu” 仍譯「特雷烏斯」。《詩經·小雅·伐木》有「鳥鳴嚘嚘」句。「嚘嚘」成了傳統中國文學的鳥鳴聲，因此用來譯 “Jug Jug”。

63　**而另一些枯萎的時間斷幹，／也在牆上獲得申說**：“And other withered stumps of time / Were told upon the walls” (104-105)。**斷幹**：原文 “stumps”，指牆上掛毯織著其他故事（菲樂梅兒的故事是其中之一）。這些故事，由於年代古遠，已經像時間的斷幹（“stumps”也可譯「樹墩」或「斷椿」）。也就是說，“other withered stumps of time” 只是一個比喻（說得準確些，是一個隱喻 (metaphor)）。Southam (159) 認為指莎劇《泰特斯·安德洛尼克斯》(*Titus Andronicus*) 裏拉維妮亞 (Lavinia) 被砍去手臂的故事，是想得太遠了。

64　**瞪視的形體／向外面俯伸，俯伸，叫關閉的房間噤聲**：原文 “staring forms / Leaned out, leaning, hushing the room enclosed.” (105-106) 這兩行寫牆上掛毯的人物；由於織得生動，彷彿從

掛毯的表面探身而出。由於太生動或太可怖，房間或房間裏的人都嚇得不敢做聲。

65 火光中，刷子下，她的頭髮／在髮尖披散，熊熊燃燒間／彤彤生輝，化為話語再悍然沉寂：原文 "Under the firelight, under the brush, her hair / Spread out in fiery points / Glowed into words, then would be savagely still." (108-110) 這三行直接引自艾略特本人未完成的詩作《公爵夫人之死》("The Death of the Duchess")，幾乎一字不易。許多論者（包括Southam (160)）指出，這幾行自傳色彩極強（其實，整首《荒原》的自傳色彩都強），大概寫艾略特本人的經驗。詩中女子，則大有可能是艾略特的第一位妻子維維恩。艾略特和維維恩的婚姻極不愉快，最後以離異收場；艾略特精神崩潰、維維恩精神失常，無論是直接或間接，都與這段失敗的婚姻有關。《荒原》中神經質女子的形象，大概以維維恩為藍本。就作品的層次看，這三行由虛入實，不再寫牆上掛毯的圖像，卻直接寫房間裏的一個女子。在超現實手法下，女子的形象異常突出，也十分駭人。一九一九年秋，艾略特評論約翰・韋布斯特劇作《梅爾菲公爵夫人》(The Duchess of Malfi) 的演出。在同一時間，他寫下未完成的《公爵夫人之死》。這首詩描寫一對夫妻困獸般陷入不愉快的婚姻中而不能自拔，又不能溝通。在《荒原》一一一一三八行，艾略特進一步探索這樣的夫妻關係。

66 「我今晚的心情壞透了。⋯⋯我從來不知道你想甚麼。想啊。」："'My nerves are bad tonight. Yes, bad. Stay with me. / Speak to me. Why do you never speak. Speak. / What are you thinking of? What thinking? What? / I never know what you are thinking. Think.'" (111-14) 龐德在這幾行旁邊寫下 "photography"（「寫實照」）一字。也就是說，這幾行把維

維恩的神經質寫得十分逼真。與這樣的女子相處,艾略特的痛苦可以想像。也因為如此,他的第二位太太維樂麗說:"it was the sheer hell of being with her [Vivien] that forced him to write it [*The Waste Land*]"(「跟她〔維維恩〕一起,簡直與身處地獄無異。叫他〔艾略特〕不得不寫《荒原》的,正是這樣的經驗」)(Southam, 34)。也因為如此,艾略特曾在信中說:"To her the marriage brought no happiness...to me, it brought the state of mind out of which came *The Waste Land*"(「就她而言,這婚姻沒有帶來幸福;就我而言,則帶來特殊的心理狀態;這一心理狀態,是《荒原》之所由生」)(Southam, 34)。換言之,這段文字寫荒原中的人物時,以艾略特個人的經驗為藍本。Southam (161) 指出,第一一一二三行可能受了勞倫斯 (D. H. Lawrence) 的短篇小說《狐狸》("The Fox") 影響。《狐狸》有以下對話:"My eyes are bad to-night...My nerves are all gone to-night...I'm all nerves to-night...Nothing! Nothing!" 對話的內容和節奏的驟起驟結都與艾略特的詩相似。此外,小說中的人物也談他們心中所想和風的聲音。

67　我想,我們在老鼠巷裏;／死人在裏面失去了他們的骨骸:原文 "I think we are in rats' alley / Where the dead men lost their bones." (115-16) 就語境和詩中的情節而言,這兩行應該是敘事者(大概也是艾略特面對神經質的維維恩時)的內心獨白。**老鼠巷**:原文 "rats' alley"。Southam (161) 猜測,"rats' alley" 可能是第一次世界大戰期間士兵所說的俚語,指戰壕,因為戰壕多老鼠;而艾略特寫信給母親時也提到,法國北部的戰壕中鼠大如貓。**死人在裏面失去了他們的骨骸:** "Where the dead men lost their bones." Southam (161) 指出,第一次世界大戰期間,士兵戰死,家屬往往不知道親人的墳墓在何處。這一現象，成了艾略特寫作的素材。

68 「**那是甚麼聲音？**」：原文 " 'What is that noise?' " (117)
一九六二年，艾略特承認，他寫第一一七—一二六行時，心中
想到韋布斯特《白魔鬼》一劇中第五幕第六場二二三—二七
行：

> Nothing; of nothing: leave thy idle questions,
>
> I am i' th' way to study a long silence:
>
> To prate were idle. I remember nothing.
>
> There's nothing of so infinite vexation
>
> As man's own thoughts.

這幾行是弗拉民尼奧 (Flamineo) 的台詞，回答洛多維科
(Lodovico) 的問題 ("What dost think on?") 至於第一一七行，
Southam則認為出自《梅爾菲公爵夫人》第四幕第二場。
女主角聽到瘋子來折磨她，就說："How now ! what noise is
that?"。參看Southam, 161-62。

69 **門下的風**：原文 "The wind under the door." (118) 在自註中，
艾略特叫讀者參看 "Webster: 'Is the wind in that door still?' " 此
句出自John Webster, *The Devil's Law Case* 第三幕第二場。一
個外科醫生聽到一個大家以為死去了的人呻吟，於是對另一
個外科醫生說出上述的話。不過，一九三八年，艾略特反
口，說這一引文毫不重要，然後有另一說法。詩人既然前後
矛盾，讀者也就不必拘泥於他的註釋或「修訂」了。參看
Southam, 162。

70 「**那又是甚麼聲音？風在做甚麼？**」／……「**你死了嗎？
還是沒死？你的腦袋甚麼都沒有嗎？**」：原文 " 'What is that
noise now? What is the wind doing?'…'Are you alive, or not? Is
there nothing in your head?' " (119-26) 這八行仍然是詩中女子

和敘事者的對話。敘事者遭神經質的女子折磨，已經麻木得心不在焉，一直在內心獨白。Southam找到的「出處」，與這些話沒有明顯的關連。不過他指出，艾略特以排印手法表示對話零碎，彼此風馬牛不相及，倒言之成理。參看Southam，162。**那些珍珠一度是他的雙眼**：原文 "Those are pearls that were his eyes." (125) 參看註三十三。**「你死了嗎？還是沒死？你的腦袋甚麼都沒有嗎？」**：原文 "'Are you alive, or not? Is there nothing in your head?'" Southam (162) 推測，這行可能是現實生活中，維維恩發怒時侮辱、詈罵艾略特之詞，結果成為《荒原》的素材，也觸發詩人寫《空心人》("The Hollow Men") 第一部分的靈感。

71　**不過／噢，噢，噢，噢……真聰明**：原文 "But / O O O O that Shakespeherian Rag— / It's so elegant / So intelligent" (127-30)。*That Shakespearian Rag*《那莎士比亞的切分琴曲》，一九一二年由Joseph W. Stern & Company 出版，Gene Buck和 Herman Ruby作詞，David Stamper譜曲。歌詞如下："'Friends, Romans, Countrymen, / I come not here to praise' / But lend an ear and you will hear / a rag, yes, a rag that is grand, and / Bill Shakespeare never knew / Of ragtime in his days / But the high browed rhymes, / Of his syncopated lines, / You'll admit, surely fit, / any song that's now a hit, / So this rag I submit. Chorus: That Shakespearian rag— / Most intelligent, very elegant, / That old classical rag / Has the proper stuff, / The line 'Lay on McDuff / Desdemona was the colored pet, / Romeo loves his Juliet / And they were some lovers, / You can bet, and yet, / I know if they were here today, / They'd Grizzly Bear in a different way, / And you'd hear old Hamlet say, / 'To be or not to be' / That Shakespearian rag…" 參看T. S. Eliot, The Waste

Land: *Authoritative Text, Contexts, Criticism*, ed. Michael North, a Norton critical edition (New York / London: W. W. Norton, 2001), 51-54。在第一次世界大戰初期，爵士樂舞曲十分流行。*That Shakespearian Rag* 是茲格菲爾德 (Ziegfeld) 的滑稽劇《愚行》(*Follies*) (1912) 中的舞曲。艾略特在 "Shakespe" 和 "arian" 之間插入另一音節 "he"，並刪去 "arian" 中的第一個 "a"，結果 "Shakespearian" 變成了 "Shakespeherian"。此外，艾略特還在前面加上 "O O O O"，把 "Most intelligent, very elegant" 改為 "It's so elegant / So intelligent"。在莎士比亞的悲劇中，對白常有嘆詞 "O"。Southam (163) 指出，角色連用嘆詞 "O" 是莎士比亞悲劇的「一個商標」("a trade mark")；《奧賽羅》在劇中最後一段對白用了三個 "O"；《哈姆雷特》在對開本中用了四個；《麥克伯斯夫人夢遊時》用了三個；《李爾王》感情極度激動時，則不止一次在劇中各部分連用此一嘆詞。"rag" 音樂，又稱 "ragtime" 音樂，與爵士樂關係密切，特徵是用音樂的切分 (syncopation) 技巧，改變強拍出現重音的規律，主要以鋼琴彈奏，後來也有用其他樂器演奏的，很受普羅大眾歡迎。"ragtime" 也有音譯為「拉格泰姆」或「雷格泰姆」的，也就是硬譯，不再理會 "time" 的本義。硬譯一旦成了俗，後來的譯者也只能徒呼奈何了。在第一二八行，"that Shakespeherian Rag" 也可以指 "O O O O"。敘事者說這幾行，也是因為被神經質女子折騰得走投無路，要遁入內心世界說獨白。

72　**然後，我們下一局棋**：原文 "And we shall play a game of chess" (137)。艾略特第一三八行（一三七行才對）自註叫讀者參看米德爾頓的《女人要提防女人》。在該劇第二幕第二場，比安卡 (Bianca) 的家姑和扯皮條麗維亞 (Livia) 下棋。

73　**按著無瞼的眼睛，等待一下敲門聲**：原文 "Pressing lidless

eyes and waiting for a knock upon the door." (138) Southam (163) 指出，lidless = "figuratively watchful"（「比喻警惕」）。不過在這行的語境，也可指真正「沒有眼瞼」，因為這樣才與荒原的超現實和夢魘氣氛相符。參看一〇八至一一〇行：
"Under the firelight, under the brush, her hair / Spread out in fiery points / Glowed into words, then would be savagely still."

74　莉兒的老公復員時，我說──：原文 "When Lil's husband got demobbed, I said—" (139)。第一三九至一七二行（「諸位女士，晚安，諸位好女士，晚安，晚安，晚安。」("Good night, ladies, good night, sweet ladies, good night, good night.")）的場景是酒吧。說話的主要是一個女子，內容是她跟另一女子莉兒 (Lil，"Lily" 的暱稱) 的對話。兩人是密友，屬勞動階層，可以無所不談。說話者像英國許多勞動階層的人那樣，操倫敦東區土腔 (cockney accent)，不理會（大概也不懂）標準英語的語法，聽眾至少包括比爾 (Bill)、露兒 (Lou)、梅依 (May)，其中插入酒保（或酒吧侍應）要關門、催促顧客離開酒吧之詞。莉兒有一個丈夫，叫阿爾伯特 (Albert)，曾當兵，後來退役還家。說話的女子勸告莉兒，說丈夫離開了四年，回家後該好好對他（意思是讓他的性需要得到滿足），否則他會到外面拈花惹草。莉兒的牙齒不好，敘事者勸她鑲一副假牙。（在英國，勞動階層的人不注重口腔衛生，往往多壞牙。）莉兒三十一歲，可是樣貌未老先衰，說話的女子引以為恥。莉兒辯解說，避孕丸服多了，所以搞成這樣子。艾略特把這段對話寫得十分傳神，固然因為他是寫戲劇獨白的高手，同時也因為他的女傭愛倫・科倫德 (Ellen Kellond) 給他提供了藍本。艾略特說過，這一段「完全是愛倫・科倫德口吻」("pure Ellen Kellond")。故事由科倫德講給艾略特聽。平時，艾略特和維維恩喜歡模仿科倫德的倫敦東區土腔以自娛。**不再當兵**：原文 "demobbed"，是 "demobilized" 的縮略，也是軍中俚語，指軍人復員，最初見於一九一九年的文獻 (Southam, 162)。

75　在全集中，艾略特用標點時並不統一。即使在類似的語境或語法停頓處，也會互有出入。不過在這一段，他少用句號而多用逗號，一概是刻意安排，以表示敘事者說話時既不符標準語法，也不符標準章法。

76　**請快點啦關門啦**：原文 "HURRY UP PLEASE ITS TIME" (141)。英國的酒吧到了關門時間，酒保就會這樣呼喊，叫顧客離開。"ITS" 該作 "IT'S" ("it is" 的口語縮略 (contraction))。艾略特拼 "ITS"，也可能是刻意模擬說話者不遵守語法。

77　**阿伯特**：原文 "Albert"，一般譯「阿爾伯特」。為了仿擬原文敘事者的倫敦東區土腔，省去「爾」，表示敘事者發音草率。

78　**他會問你，給你的錢拿去了幹啥？**：原文 "He'll want to know what you done with that money he gave you [...]" (143)。"what you done" 是倫敦東區土話，不符合標準英語語法，在這裏以方言「啥」（不用標準普通話「甚麼」）譯 "what"，設法傳遞原文效果。

79　**我也吃不消哇**：原文 "And no more can't I" (147)。原文不符合標準英語語法，是所謂雙重否定 (double negative)。雙重否定是不曾受正規教育的英國人或美國人的說話特徵之一，也是倫敦東區土話的特徵。這一效果，漢語無從表達。

80　**人家會給**：原文 "There's others will" (149)，意思是，「別的女人會給他快活」。原文也是倫敦東區土話。

81　**大概這麼著**：原文 "Something o' that" (149) 以拼寫方式模擬土話（標準拼寫法是 "Something of that"）。漢語「大概是這樣」的意思。不過「大概是這樣」太「標準」，無從傳遞原文效果。

82 （她呀，只有三十一歲。）：原文 "(And her only thirty-one.)" (157) 敘事者回憶她與密友的對話半途插一句旁白，等於說故事時加一句按語，收點睛之功。

83 **你呀，真是個大笨蛋**：原文 "You *are* a proper fool" (162)。"proper" 在這裏是「典型」、「徹頭徹尾」的意思，"proper fool" 是「典型笨蛋」、「徹頭徹尾的笨蛋」；"proper" 在這裏不可以譯「正確」、「合適」或「恰當」。「典型笨蛋」、「徹頭徹尾的笨蛋」太文雅，不符合敘事人的身分，所以 "proper fool" 譯「大笨蛋」。此外，原文的 "*are*" 是斜體，有強調之意，說時語氣要加重，因此譯「真是」。

84 **事實就是這樣**：原文 "there it is" (163)。言下之意是：「那就只好將就將就了。」

85 **燻豬腿**：原文 "gammon" (166)。"gammon" 是經過煙燻或鹽醃的豬後腿，通常要煮熟才可以吃；嚴格說來，與火腿 (ham) 有別。"gammon" 一詞主要通行於英國；在其他方言中，"gammon" 與 "ham" 並無分別。

86 **晚安比爾。晚安露兒。晚安梅依。晚安啦**：原文 "Goonight Bill. Goonight Lou. Goonight May. Goonight." (170) 說這句話的人可以是敘事者，也可以是酒保。如果是敘事者，則受話者 (addressee) 有三個 (Bill, Lou, May)；如果是酒保，則有下列幾種可能。第一種可能：敘事者和她的朋友（女性）是酒吧常客，酒保認識她們兩人，因此道別時能說出她們的名字（即Lou和May）；敘事者可能是Lou，也可能是 May。此外，酒保還認識另一個顧客 Bill。第二種可能：酒保並不認識敘事者和她的朋友，詩中的受話人是其他三個顧客。第三種可能：酒保只認識敘事者或她的朋友，道別時能說出其中一人的名字；另外兩人 (Lou / May和Bill) 是其他顧客。就語境而言，跟敘事人談話的，只有一個女子 (Lou / May)；話題既然涉及閨房秘密，在一般情形下，男性 (Bill) 不可能是聽眾之一。當然，今天，在二十一世紀的二十年代，距離《荒原》的出版年份已有一個世紀，到處都是豪放女、豪放男，最敏感的閨房秘密都不再那麼敏感了，「八卦」男人也可以成為這段對話的聽眾之一，說者、聽者都不會臉紅。"Lou" ("Louisa" 或 "Louise" 的暱稱) 和 "May" 兩個名字，通常譯「露」和「梅」（或「美」）就可以了；在這裏添了「兒」、「依」，是為了滿足節奏所需，朗讀起來較順暢。此外，艾略特把 "Good night" 合而為一 ("Goonight")，並刪去 "Good" 中的 "d"，是為了模擬倫敦東區土話。這一模擬，難以用漢語譯出（勉強譯「萬安」、「完安」……會太過矯揉）。

87　**再見啦**：原文 "Ta ta" (171)，也拼 "Ta-ta" 是道別之詞。

88　**晚安了，各位女士，晚安。各位可愛的女士，晚安了，晚安**：原文 "Good night, ladies, good night, sweet ladies, good night, good night." (172) 此行引自莎士比亞悲劇《哈姆雷特》第四幕第五場，是歐菲麗亞 (Ophelia) 精神失常後與宮廷的人道別之詞。歐菲麗亞對白的漢譯和劇情背景，參看黃國彬譯註，《解讀〈哈姆雷特〉——莎士比亞原著漢譯及詳注》，全二冊，翻譯與跨科學研究叢書，宮力、羅選民策劃，羅選民主編（北京：清華大學出版社，二〇一三年）第四幕第五場。

89　**《燃燒經》**：原文 "The Fire Sermon"。《燃燒經》，巴利文為 Ādittapariyāya Sutta ("Fire Sermon Discourse")，是佛陀（世尊）在嘎亞象頭山向一千比庫所講的經。根據網上 Wisdom Library 的資料（多倫多時間二〇二〇年九月三日下午十時登入），"āditta: (*pp. of ādippati*) blazing;

burning" (*Concise Pali-English Dictionary*)；"Āditta, (ā + ditta[1], Sk. ādīpta, pp. of ā + *dīp*) set on fire, blazing, burning […]." "Pariyāya, - […] discussion, instruction, method (of teaching), discourse on […]." (*Pali-English Dictionary*) Sutta等於梵文 "Sūtra"，是「經」的意思。在《燃燒經》中，世尊說：「眼在燃燒，色在燃燒，眼識在燃燒，眼觸在燃燒，緣於此眼觸而生之受，無論是樂或苦或不苦不樂，其也在燃燒。以何燃燒呢？我說以貪之火、以瞋之火、以癡之火燃燒，以生、老、死燃燒，以愁、悲、苦、憂、惱燃燒。耳在燃燒，聲在燃燒，耳識在燃燒，耳觸在燃燒，緣於此耳觸而生之受，無論是樂或苦或不苦不樂，其也在燃燒。以何燃燒呢？我說以貪之火、以瞋之火、以癡之火燃燒，以生、老、死燃燒，以愁、悲、苦、憂、惱燃燒。」然後繼續以同樣的句式說：「鼻在燃燒，香在燃燒，鼻識在燃燒，鼻觸在燃燒……舌在燃燒，味在燃燒，舌識在燃燒，舌觸在燃燒……身在燃燒，觸在燃燒，身識在燃燒，身觸在燃燒……意在燃燒，法在燃燒，意識在燃燒，意觸在燃燒……」然後再說解脫之道：「……厭離而離染，以離貪而解脫；於解脫而有『已解脫』之智，他了知：『生已盡，梵行已立，應作已作，再無後有。』」Southam (164-65) 指出，第三部分 (*The Fire Sermon*) 大概於一九二一年春動筆，同年十一月四日初稿完成。當時艾略特在英格蘭馬蓋特 (Margate) 克利夫頓維爾 (Cliftonville) 休養。據詩人自述，當時完成了五十行初稿。《荒原》的其他部分，大都是零碎斷章拼湊而成；艾略特寫《燃燒經》時，卻先有全詩的腹稿。"The Fire Sermon"，巴利文叫 Ādittapariyāya Sutta，艾略特在哈佛唸過印度語文學 (Indic Philology)、梵文、巴利文，一九一二─一九一三年間讀過這部佛教著作。撇開佛經典故，"The Fire Sermon" 也可以譯

「火訓」（即「火的訓誨」或「有關火的佈道詞」）。不過譯《燃燒經》能傳遞原文古今相證、東西互彰的效果，更能保留詩中的互文關係，一如《棋局》中女主角所坐的椅子與埃及妖后的御座並列。在這一部分，艾略特強調的是慾火、色慾 (lust)，以不同的角色、情節、場景戲劇化地表現這一主題。

90　河的帳篷破了：原文 "The river's tent is broken" (173)。Southam (165) 認為這半行可能指覆蓋河面的樹木；樹木的葉子落盡，就像帳篷破爛；也可暗示《聖經》中的會幕 (tabernacle)。不過這一解釋，像艾略特作品的許多詮釋一樣，也只算猜測。

91　殘餘的葉指／在抓攫，插入濕岸裏：原文 "the last fingers of leaf / Clutch and sink into the wet bank" (173-74)。這兩行的意象強烈，與 "The river's tent is broken" 相輔相成，叫讀者悚然驚懼。如要進一步推測，則可指出，「指」("fingers")、「抓攫」("clutch")、「插入」("sink") 等字眼，像一七三行的「破」("broken") 一樣，都有強烈的性暗示。由於這一部分的主題是燃燒，是慾火，再加上註九十三的分析，這說法應該可以成立。

92　風／吹過褐土，沒有人傾聽：原文 "The wind / Crosses the brown land, unheard" (174-75)。這兩行描寫的是一片荒涼景象。

93　山林仙女已離開：原文 "The nymphs are departed." (175) 論者對此句有兩種相反的詮釋。其一是：神話中的仙女，拋棄了泰晤士河，因為河水受了現代的污染，不再美麗。其二是：山林仙女暗指妓女。因為嫖客度假去了（參看一八〇─八一行），妓女也不再流連。

94　婉婉泰晤士，請柔柔流淌，等我把歌曲唱完：原文 "Sweet

Thames, run softly, till I end my song." (176) 艾略特的自註叫讀者參看史賓塞 (Edmund Spenser, 1552-1599) 的《燕爾歌》 ("Prothalamion")。《燕爾歌》是史賓塞祝賀伍斯特伯爵 (Earl of Worcester) 兩個女兒于歸之作。全詩共十節，每節十八行，每節最後一行為疊句："Sweet Thames, run softly, till I end my song." 詩中，西風在柔柔吹拂，泰晤士河流著銀漪，兩岸繁花似錦，河岸的草地有山林仙女出現。這一田園景象，與現代的泰晤士河形成強烈的對比。艾略特在這裏一字不易地引用史賓塞的疊句，有反諷意味。此外，史賓塞的《燕爾歌》寫莊嚴的婚禮；《燃燒經》第一節卻寫齷齪的色慾（妓女、嫖客）。

95　河水不再漂來空瓶、三明治包封紙、／絲質手帕、紙盒、菸蒂／或夏夜的其他物證：原文 "The river bears no empty bottles, sandwich papers, / Silk handkerchiefs, cardboard boxes, cigarette ends / Or other testimony of summer nights." (177-79) 這三行寫夏夜活動和泰晤士河的污染。

96　山林仙女已離開：原文 "The nymphs are departed" (179)。這句重複，有疊句效果，加強了前面（一七五行）"The nymphs are departed" 的淒清感。當然，如果視山林仙女為妓女，則泰晤士河此刻反而回復了寧靜。

97　她們的朋友──城中各董事的浪蕩繼承人，／都離開了，沒有留下地址：原文 "And their friends, the loitering heirs of City directors; / Departed, have left no addresses. (180-81) 就這兩行，論者至少有兩種解釋。第一種是：山林仙女是一般的女子，她們的朋友是無所事事的富家子弟。這一解釋說服力不強，因為富家子弟離開女朋友，不會連地址也不留下。第二種解釋較可信：山林仙女是婉語 (euphemism)，指妓女；「城中各董事的浪蕩繼承人」指嫖客；嫖客滿足了性慾，為了避免後患，自然不會給妓女留下地址了。這一詮釋說服力較強，有四大原因：第一，《荒原》這一部分（《燃燒經》）講慾火焚燒，像佛經那樣警誡世人；一般女子與男朋友的關係正當不過（即使這些男朋友是紈絝子弟），不可以視為慾火關係；嫖客付錢以滿足性慾，與妓女之間沒有精神上的愛，才像慾火燒身。第二，史賓塞的《燕爾歌》祝賀伍斯特的兩個女兒新婚，詩人想像中的山林仙女，是真正的山林仙女，與莊嚴聖潔的婚禮配合；艾略特反其意而用之，目的在諷刺荒原齷齪的性關係；山林仙女自然不是真正的山林仙女了，也不是用來比喻正派女子的喻體（vehicle，台灣稱「喻依」）；情形就像中國文人提到「神女生涯原是夢」時，所指並非真正的巫山神女，而是妓女，是風塵女子。第三，以山林仙女指妓女，以「城中各董事的浪蕩繼承人」指嫖客，才與泰晤士河夏夜的污染景象吻合。第四，「浪蕩」(loitering) 有「徘徊」、「躑躅」的意思，正好形容嫖客（「城中各董事的浪蕩繼承人」）在泰晤士河畔物色獵物（合意的妓女）的行為。現在眾嫖客走了，眾妓女沒有生意，自然也要離開了。賣肉的生意暫停，「河水（自然）不再漂來空瓶、三明治包封紙、／絲質手帕、紙盒、菸蒂／或夏夜的其他物證」。一七九行的「物證」，是嫖妓行為的物證，與第一行的「帳篷」(“tent”) 先後出現，都有反諷意味。正如Southam (165) 所說，“tent” 可以指《舊約》中的「會幕」，而會幕中有約櫃 (ark)，約櫃有 “two tables of testimony, tables of stone, written with the finger of God”（「耶和華在西奈山和摩西說完了話，就把兩塊法版交給他，是　神用手指頭寫的石版。」）（《出埃及記》第三十一章第十八節）。以《舊約》中神聖的「法版」(“tables of testimony”) 用諸妓女接客完畢留下的垃圾，艾略特的反諷意圖就明顯不過了。——儘管艾略特的意圖通常十分晦澀，並不明顯。

98　**在雷芒湖邊，我坐下來哭泣**：原文 "By the waters of Leman I
sat down and wept..." (182)。參看《舊約‧詩篇》第一三七
篇第一行：「我們曾在巴比倫的河邊坐下，／一追想錫安
就哭了。」("By the rivers of Babylon, there we sat down, yea,
we wept, when we remembered Zion") 這首詩以第一身寫以色
列人遭流放到巴比倫，在那裏想起錫安而哭泣。艾略特把
《詩篇》第一三七篇第一行稍加改動，嵌入作品中。"Lake
Leman" 中的 "Leman"，是日內瓦湖 (Lake Geneva) 的法語說
法。嚴格說來，"Leman" 在法語拼 "Léman"，湖的全名為
"Lac Léman"。法國人有時也稱日內瓦湖為 "Lac de Genève"。
一九二一年十一月中，艾略特從馬蓋特轉往瑞士日內瓦湖畔
的洛桑 (Lausanne) 接受心理醫生治療。艾略特自稱所患的心
理病為 "aboulie"（「意志缺失」）。在洛桑期間，他繼續寫
《荒原》；一九二二年離開洛桑時作品完成。英語 "leman"
又指「情人」、「情婦」。因此，Southam (166) 指出，"The
waters of Leman" 一語，又叫人聯想到「慾火」。從現實角
度看，艾略特在這裏插入了一點個人資料。從作品和《燃燒
經》的角度看，敘事者在這裏一語雙關：既說自己的確在日
內瓦湖畔坐下來哭泣；同時也暗指自己為色慾之過懺悔（否
則不會無緣無故地哭泣）。

99　**婉婉泰晤士，請柔柔流淌，等我把歌曲唱完。／婉婉泰晤
士，請柔柔流淌，我會說得軟又短**：原文 "Sweet Thames, run
softly till I end my song, / Sweet Thames, run softly, for I speak
not loud or long." (183-84) 艾略特在一八三行再用史賓塞的
疊句；不過由於一八四行的呼應，呼應中又有變化，結果
疊句的重複產生了悅耳的音樂效果。"loud or long" 用了頭
韻 (alliteration)；漢譯以「軟」和「短」的押韻相應，同時以

「短」和上一行的「完」押韻以傳遞原詩的音樂感。

100 可是，在我背後，冷冷的烈風中，我聽見／骨頭在戛戛發響，冷笑從此耳向彼耳傳延：原文 "But at my back in a cold blast I hear / The rattle of the bones, and chuckle spread from ear to ear." (185-86) 這兩行戲擬馬維爾《致他的害羞情人》中的兩行："But at my back I always hear / Time's winged chariot hurrying near"（「可是，在我背後，我總是聽到／時間插翼的飛車急馳著逼近」）。在這裏，一如在馬維爾的詩中，一個 "But"（「可是」）字把詩的發展倏地逆轉，有雷霆萬鈞之勢。不過在雷霆萬鈞之餘，艾略特的兩行又把馬維爾的兩行瞬間點化，由史詩式的崇高、磅礴急轉為極具震駭效果的場景，緊密配合整節的氣氛。

101 把黏糊糊的肚子拖過河岸：原文 "Dragging its slimy belly on the bank" (188)。這行的觸覺 (tactile) 意象鮮明，加強了讀者對所描場景的印象。

102 那一刻〔……〕我正在煤氣廠後的濁運河釣魚：原文 "While I was fishing in the dull canal [...] round behind the gashouse" (189-90)。"gashouse" 是美國人的說法；英國人叫 "gasworks"。在《尤利西斯》裏，卓伊斯用 "gasworks"。據傑茜·韋斯頓的說法，漁翁王要得救，因此要捕魚（相等於聖杯）。參看Southam, 167。

103 而在他之前，父王又如何駕崩：原文 "And on the king my father's death before him." (192) 艾略特的自註叫讀者參看《暴風雨》第一幕第二場。在這一場，費迪南聽見空靈兒唱歌，於是想起上次聽見同樣的歌聲時，自己正在想到父親遇難："Where should this music be? I' the air or th' earth? / It sounds no more, and sure, it waits upon / Some god o' the island. Sitting on a bank, / Weeping again the king my father's wrack, / This music

crept by me upon the waters, / Allaying both their fury and my passion / With its sweet air: thence I have follow'd it, / Or it hath drawn me rather. But 'tis gone. / No, it begins again." 在《荒原》中，說話的是現代版漁翁王。Southam (167) 指出，有的論者認為，這行也暗指艾略特父親於一九一九年一月去世。

104 **白色的屍體赤裸地攤在低濕的泥地上**：原文 "White bodies naked on the low damp ground" (193)。參看註三十一。這行繼續把死亡——復活的主題推展。「遇溺的腓尼基水手」（被投進水中的偶像）撈出來，「攤在低濕的泥地上」，象徵該神祇復活。參看Southam, 167。腓尼基水手是生育神祇；生育神祇遇溺，象徵夏天死亡；夏天死亡，才有翌年的春天復活。參看Southam, 167。

105 **可是，在我背後，我不時聽到／……會把施威尼向坡特太太引牽**：原文 "But at my back from time to time I hear / The sound of horns and motors, which shall bring / Sweeney to Mrs. Porter in the spring." (196-98) 自註中，艾略特叫讀者參看馬維爾的 "To His Coy Mistress"。註一○○已論及 "But at my back I always hear / Time's winged chariot hurrying near"（「可是，在我背後，我總是聽到／時間插翼的飛車急馳著逼近」）一句。在這裏，艾略特再度戲擬影射，不過要創造的是另一種效果。第一八五、一八六行的轉折，叫人悚然以驚（「可是，在我背後，冷冷的烈風中，我聽見／骨頭在戛戛發響，冷笑從此耳向彼耳傳延」）；在這裏，隨著 "I hear"（「我〔……〕聽到」）而來的句子則產生滑稽的放氣 (deflationary) 效果，從神奇突降到腐杇：在馬維爾的詩中，古代敘事者聽到的是氣勢超凡的時間飛車；在這裏，現代敘事者聽到的是大煞風景的「喇叭聲和馬達聲」。古今相對，現代的淪落也就顯而易見了。第一八七行的自註中，艾略特叫讀者參看約翰・戴

(John Day, 1574-1640) 的寓言劇《蜜蜂國會》(*The Parliament of Bees*)。劇中有下列幾行：

When of a sudden, listening, you shall hear,
A noise of horns and hunting, which shall bring
　　Actaeon to Diana in the Spring,
　　Where all shall see her naked skin.

參看一九七行艾略特自註和Southam, 167-68。兩者的引文有出入；最明顯部分是艾略特的 "of the sudden" 和Southam的 "of a sudden"。在希臘、羅馬神話中（在這裏，約翰·戴所用的拼法是羅馬神話名字的拼法），阿克提安 (Actaeon) 出獵，無意中碰見月神（也是貞潔女神）黛安娜 (Diana) 和山林仙女出浴，得窺她的裸體。黛安娜一怒之下，把阿克提安變成公鹿。結果阿克提安不能言語，慘遭自己的一群獵犬撕咬而死。艾略特把 "A noise of horns and hunting" 改為 "The sound of horns and motors"，把 "which shall bring / Actaeon to Diana in the Spring" 改為 "which shall bring / Sweeney to Mrs. Porter in the spring"，從神話的高度急降至現實世界的瑣屑，戲擬中乃產生放氣效果。「施威尼」：原文 "Sweeney"，是艾略特塑造的一個好色人物，曾在他多首詩裏出現，其中包括 "Sweeney Erect"、"Sweeney Among the Nightingales" 及未完成的阿里斯托芬尼斯式鬧劇《鬥士施威尼》(*Sweeney Agonistes*)。這些詩中，以《施威尼勃立》("Sweeney Erect") 最為突出 (參看T. S. Eliot, *Collected Poems: 1909-1962*, 44-45)。"Sweeney Erect" 中的 "Erect" 一語雙關，既指人類直立，由人猿進化為人類，又指陰莖勃起。為保留雙關效果，"Sweeney Erect" 譯《施威尼勃立》（「施威尼」中的「施威」，暗指這角色性慾旺盛，性能力強，淫念動時就會向女人「施威」）。艾略特和龐德兩人通信時，曾以「勃起」
為題材開玩笑。他寫成露骨的《施威尼勃立》後，曾在信
中 (Valerie Eliot, *The Letters of T. S. Eliot: Volume 1 1898-1922*,
363) 納罕，不知母親看了，會否嚇一大跳。參看Southam,
93。在《鬥士施威尼》中，施威尼提到吃人島 (cannibal isle)
時，說那裏沒有電話，沒有留聲機，沒有汽車⋯⋯一切活
動不過是「出生和交媾和死亡」("Birth, and copulation, and
death")。由此可知，《燃燒經》中的施威尼是個甚麼樣的人
物。

106 噢，月亮照著坡特太太呀朗朗／⋯⋯母女倆用蘇打之水洗腳
呀湯湯：原文 "O the moon shone bright on Mrs. Porter / And on
her daughter / They wash their feet in soda water" (199-201)。
艾略特在一九九行的自註裏說："I do not know the origin of
the ballad from which these lines are taken: it was reported to me
from Sydney, Australia." Southam (168) 指出，這幾行出自一首
民歌，第一次世界大戰期間在澳洲軍中流行。一九一五年，
澳軍登陸加里波利半島時所唱就是這首民歌。民歌有不同的
版本；艾略特所引是潔本：

> O the moon shines bright on Mrs Porter
> And on the daughter of Mrs Porter.
> And they both wash their feet in soda water
> And so they oughter
> To keep them clean.

坡特太太在埃及開羅經營妓院，不少澳洲士兵光顧後染上性
病。艾略特所引的歌詞沒有交代這一背景。嫖妓行為與慾火
主題有關，把此節放進《燃燒經》裏也順理成章。艾略特指
出，坡特母女用來洗腳的蘇打水並非供飲用的汽水，而是碳

酸氫鈉溶液 (bicarbonate of soda solution)。

107 *Et O ces voix d'enfants, chantant dans la coupole!* (202)：引文是法語，意為「噢，這些（也可譯「那些」）小孩的聲音，在穹頂下歌唱！」艾略特的自註指出，此行引自維赫蘭 (Paul-Marie Verlaine, 1844-1896) 的十四行詩《帕斯法爾》("Parsifal")（引文是該作品的最後一行）。不過，艾略特抄維赫蘭作品時抄錯了；正確的原文是："— Et, ô ces voix d'enfants chantant dans la coupole!"。在維赫蘭的詩中，帕斯法爾征服了色慾，治癒了漁翁王，最後向盛載基督寶血的聖杯行崇拜儀式。在聖杯傳說中，濯足儀式 (foot-washing ceremony) 舉行時，會有兒童合唱；然後，受傷的安佛塔斯 (Anfortas)——即漁翁王——由騎士帕斯法爾 (Parzifal) 治癒，罹咒的國土解咒。維赫蘭的詩以瓦格納 (Wagner) 的歌劇《帕斯法爾》(Parsifal) 為藍本，最初於一八八六年一月八日在《瓦格納雜誌》(*Revue Wagnérienne*) 發表。瓦格納的歌劇《帕斯法爾》，則以德國騎士兼詩人艾申巴赫 (Wolfram von Eschenbach) 十三世紀的史詩 *Parzival*（此詩敘述亞瑟王的騎士Parzival (英語Percival) 如何找尋聖杯）為藍本，不過把 "Anfortas" 改為 "Amfortas"。

108 吱吱吱／嚶嚶嚶嚶嚶嚶：原文 "Twit twit twit / Jug jug jug jug jug jug (203-204)。參看註五十九、六十、六十二。

109 遭這麼粗魯地施暴。／忒雷烏斯呀：原文 "So rudely forc'd. / Tereu (205-206)。參看註五十九。忒雷烏斯是強姦菲蘿梅拉的「蠻王」，"Tereu" 是希臘文 Τηρεύς (*Tereus*) 呼格 (vocative case) 的英譯。

110 虛幻之城：原文 "Unreal City" (207)。與波德萊爾的 "Fourmillante Cité"（「擁擠的城市」）呼應。參看註四十。"Unreal City" 在第六十行已出現過；這裏重複，有強調效果。

111 冬天正午的褐霧下：原文 "Under the brown fog of a winter noon" (208)。第六十一行是「冬天黎明的褐霧下」；這裏是「冬天正午的褐霧下」。時間已經由黎明推展至正午，地點相同，時間有別。

112 優生先生—— 一個斯墨納商人／……然後在大都會過周末：原文 "Mr. Eugenides, the Smyrna merchant /...followed by a weekend at the Metropole." (209) 優生先生：按詞源解釋 "Eugenides" = "well-born, of good family" (Southam, 169)。因此在這裏不譯音而譯詞源之意。斯墨納 (Smyrna)，今日的伊茲密爾 (Izmir)，在土耳其愛琴海岸，由希臘人建立，十五世紀落入奧斯曼帝國版圖。以前是中亞細亞一個重要的貿易港。C. i. f. (211)："Cost, insurance, freight" 的縮略，是商業貿易中運輸合同的術語，意為「成本、保險、運費」，指「保險運費在內價」或「成本、保險加運費價」，是包括運費、保險費在內的到岸價。參看網上 Bab.la、Ichacha 網頁（多倫多時間二〇二〇年九月十一日下午四時登入）。documents at sight：也說 "documents against payment at sight"，漢譯「即期付款交單」，詳細手續英文、中文條款如下：The buyers shall open through a bank acceptable to the sellers an irrevocable sight letter of credit to reach the sellers ** days before the month of shipment , stipulating that 50 % of the invoice value available against clean draft at sight while the remaining 50 % on documents against payment at sight on collection basis.（買方應通過以賣方所接受的銀行於裝船月分前**天開立並送達賣方不可撤銷即期信用證，規定50%發票金額憑即期光票支付，其餘50%金額用即期跟單託收方式付款交單）。參看網頁Ichacha（多倫多時間二〇二〇年九月十一日下午四時登入）。在二一〇行的自註中，艾略特指出，葡萄乾

的報價是 "'cost, insurance and freight to London'; "and the bill of Lading, etc., were to be handed to the buyer upon payment of the sight draft." 也就是說，所報的萄葡乾價，是「保險運費在內價」；貨物抵達，買方付款後，賣方即把貨單等文件交予買方。艾略特在這裏描寫商業交易，用商業術語。他從一九一七年開始，在銀行工作了八年，處理相關手續，用起這類術語自然駕輕就熟。**通俗法語**：原文 "demotic French" (212)，相對於較文雅、較正式的法語而言，為大眾所用。**肯嫩街酒店**：原文 "the Cannon Street Hotel" (213)。肯嫩街在倫敦市中心金融區，歷史悠久，在泰晤士河以北約二百五十公尺，與泰晤士河平行。早期，肯嫩街一帶是蠟燭製造商的居所，最早（一一九〇年）的名字是Candelwrichstrete（現代英語為Candlewright Street），即「燭匠街」；由於是倫敦土腔，名字改動了六十次以上，最後叫 "Cannon Street"。因此 "Cannon" 與大炮無關。參看*Wikipedia*, "Cannon Street" 條（多倫多時間二〇二〇年九月十一日下午五時登入）。**大都會**：原文 "Metropole" (214)。大都會是英國布賴頓 (Brighton) 的時髦高級酒店，在英格蘭南岸，離倫敦六十英里。在布賴頓度周末一般有性暗示。論者認為，二〇九至二一四行暗示一個同性戀男人（斯墨納商人）挑引敘事者。艾略特承認，在現實生活中，他在勞埃德銀行工作時，的確有這樣的一個男人向他提出這樣的邀請，不過他不覺得對方是同性戀者。艾略特的說法和論者的詮釋都沒錯。在現實生活中，艾略特在銀行工作，商人出口萄葡乾，可能獲他幫過忙；既然這樣，商人要款待他，是禮節之常，不必有其他動機。不過，艾略特在講色慾的《燃燒經》中加入這一節，就語境和情節而言，論者的詮釋也大有道理。當然，他們「大有道理」，也因為艾略特的描寫引導他們這樣詮釋。《荒原》雖然用了大量的拼湊和剪貼技巧，許多句子可以引發眾多——甚至彼此齟齬難入、互相矛盾——的詮釋；寫商人的一節指向清晰，顯然不是蓄意營造或無意中寫出來的晦澀文字；論者的詮釋，不是「無歌起舞」，而是聞艾略特清晰的歌聲而起舞。艾略特成名後，遇到艾迷就其作品或意圖提問時，常常故佈疑陣或秘而不宣；談到這節時沒有公開肯定論者的詮釋，正是艾略特慣用的招數。參看Southam, 169。

113 **紫色的時辰**：原文 "the violet hour" (215)。在一九二七年的一篇評論中，艾略特曾提到「一八九〇年代倫敦『紫色的煙霧』」 ("the 'violet-coloured' London fogs of the 1890s")。二二〇行再用「紫色的時辰」("the violet hour") 一語。參看Southam, 171。

114 **紫色的時辰，眼睛和背脊／從辦公桌抬起來……擺出罐頭食物**：原文 "At the violet hour, when the eyes and back / Turn upward from the desk, when the human engine waits /...lights / Her stove, and lays out food in tins. " (215-23)。Southam (171) 指出，這八行似乎模擬但丁《神曲・煉獄篇》第八章一至六行：「已經是黃昏的時辰。這時辰，叫水手／思歸；在他們告別摯友的那天，／叫他們的心變得善感而溫柔。／剛啟程的旅人，如果在遠處聽見／鐘聲彷彿在哀悼白晝將沒，／這時候也會受眷戀之情扎砭。」（參看黃國彬譯註，但丁，《神曲・煉獄篇》）（台北：九歌出版社，修訂版六印，二〇一八年二月），頁一一九。艾略特和但丁的文字的確有相似處；不過艾略特所寫的現代荒原，與但丁所寫的古代世界對比強烈，反面戲擬多於正面模擬。二一五至二五六行寫現代城市文明的乾癟「愛情」(Southam, 171 引海瓦德)，更與《神曲》所寫大相逕庭。**眼睛和背脊／從辦公桌抬起來**：原文 "when the eyes and back / Turn upward from the desk" (215-

16)。這兩行也寫艾略特生平之實：艾略特在勞埃德銀行工作時，在地下室辦公，唯一的自然光線從街上透過玻璃磚下照。參看Southam, 171。**人體機器在等待，像一輛計程車悸動著等待**：原文 "the human engine waits / Like a taxi throbbing waiting" (216-17)。現代白領階級從早晨到黃昏，困在辦公室裏，除了周末，天天如是；日子一久，變成了一架人體機器，就像一輛計程車，引擎悸動著等待主人下班，把他載回家去。這兩行是寫白領生活的精彩之筆：白領職員的眼睛、背脊和身體其他部分割切分離，變成了機器的零件；軀體則變成了一輛計程車；心臟變成了計程車的引擎。「悸動」("throbbing") 一詞，既寫心臟，也寫機器。這種一詞雙喻的意象，是詩人善用個人體驗，轉化為藝術的好例子。**我，忒瑞西阿斯，雖然失明，悸動於兩生間**：原文 "I Tiresias, though blind, throbbing between two lives" (218)。"Tiresias"，希臘文 Τειρεσίας。在古希臘神話中，忒瑞西阿斯是阿波羅在忒拜（古希臘文Θῆβαι，也有譯者按英語 Thebes 譯「底比斯」）的先知，其父為牧羊人，其母為山林仙女；在克勒涅 (Κυλλήνη，英文 Kyllini 或 Cyllene) 山上看見二蛇交媾，舉杖擊之；天后赫拉不悅，把他變為女人，令她過了七年女身生活，結果知道男歡女愛中哪一方更為歡快。忒瑞西阿斯因為看見雅典娜沐浴，被雅典娜擊盲。奧維德《變形記》(*Metamorphoses*) 的說法稍異：忒瑞西阿斯在林中看見二蛇交媾，舉杖擊之，結果由男變女，以女身活了七年。到了第八年，再度看見同樣的兩條蛇交媾；不禁自忖：「你們竟有這樣的神通，能使擊者變性。」於是再次擊蛇，變回了男身。後來宙斯和赫拉爭論，男女交歡中哪一方更歡快。宙斯說女方；赫拉說男方。二神都不能說服對方，於是問忒瑞西阿斯。忒瑞西阿斯站在宙斯的一邊，證實男歡女愛中，女方比男方歡快。結果赫拉不悅，把忒瑞西阿斯擊盲。由於神祇之間不能改變已施的神蹟，宙斯為了補償忒瑞西阿斯失明之罰，乃賜他先知之能。艾略特所依據的神話版本是《變形記》。在二一八行自註中，艾略特指出，忒瑞西阿斯雖然只是旁觀者，在詩中沒有「扮演角色」，卻是最重要的人物，把其餘演出者集於一身，一如單眼商人——葡萄乾兜售者——溶入腓尼基水手，而腓尼基水手與那波里王子費迪南又並非釐然有別；詩中所有女子是一個女子，男女兩性在忒瑞西阿斯一身相匯。忒瑞西阿斯所見，就是《荒原》一詩的基本內容。然後，艾略特引述奧維德《變形記》有關的一段文字，指出該段文字饒有人類學意味：

…Cum Iunone iocos et 'major vestra profecto est

Quam quae contingit maribus', dixisse, 'voluptas.'

Illa negat; placuit quae sit sententia docti

Quaerere Tiresiae: venus huic erat utraque nota.

Nam duo magnorum viridi coeuntia silva

Corpora serpentum baculi violaverat ictu

Deque viro factus, mirabile, femina septem

Egerat autumnos; octavo rursus eosdem

Vidit et 'est vestrae si tanta potentia plagae',

Dixit 'ut auctoris sortem in contraria mutet,

Nunc quoque vos feriam!' percussis anguibus isdem

Forma prior rediit genetivaque venit imago.

Arbiter hic igitur sumptus de lite iocosa

Dicta Iovis firmat; gravius Saturnia iusto

Nec pro materia fertur doluisse suique

Iudicis aeterna damnavit lumina nocte,

At pater omnipotens (neque enim licet inrita cuiquam
Facta dei fecisse deo) pro lumine adempto
Scire futura dedit poenamque levavit honore.

……〔宙斯〕與赫拉開玩笑說：
「交歡時，你們肯定比我們歡快。」赫拉
不以為然。於是，他們欣然問博識的
忒瑞西阿斯，請他仲裁。忒瑞西阿斯
熟悉男女雙方的歡快。因為，他曾在
翠林中見兩條大蛇交媾而舉杖擊之；
說來神奇，他竟然因此而由男變女，
活了七年；第八年再度看見二蛇；
自忖道：「你們竟有樣的神通，能使
擊打你們的人變性；那我就再擊一次！」
一擊之下恢復了昔日形相，變回
原本的男身。神祇開玩笑的爭辯中，
仲裁人忒瑞西阿斯肯定了宙斯的說法。
為此，據說赫拉大為不悅，因瑣碎
論爭惱過了火，結果判決仲裁人失明
而進入永夜。由於神祇不可以互廢
神蹟，全能之父只好賜忒瑞西阿斯
預卜未來的神通，以補償失明之痛，
同時還賜他光榮，以減輕永刑之苦。

（在奧維德以拉丁文寫成的《變形記》中，希臘神話中的
主神（即眾神之父）宙斯（希臘文 *Ζεύς*，英文 *Zeus*）稱為
Iupiter 或 *Iuppiter*（「朱庇特」），天后（宙斯的妹妹兼妻
子）赫拉（希臘文 *Ἥρα*，英文 *Hera*）稱為 *Iuno*（「優娜」，
不過一般按英文*Juno* 漢譯為「朱娜」或「朱諾」）。）

在這一節，艾略特借忒瑞西阿斯的觀點敘述打字員的單調生活，展現的並非古典的浪漫，而是現代的機械乏味：「在下午茶時間回家，清理早餐的殘餘，點著／火爐，擺出罐頭食物。」Southam (173) 指出，艾略特以忒瑞西阿斯這一角色入詩，可能受了龐德的《詩章》(*The Cantos*) 啟發。龐德作品的第一章和第三章有忒瑞西阿斯這一人物。**我——忒瑞西阿斯**：原文 "I, Tiresias" (218)。Southam (173) 指出，艾略特這樣開頭，可能受了斯溫伯恩 (Algernon Charles Swinburne, 1837-1909)《忒瑞西阿斯》一詩第一部分第八節第一行影響："I, Tiresisas the prophet, seeing in Thebes / Much evil, and the misery of men's hands / Who sow with fruitless wheat the stones and sands, / With fruitful thorns the fallows and warm glebes, / Bade their hands hold lest worse hap came to pass; / But which of you had heed of Tiresias?" 類似的開頭，也在《新約·啟示錄》第二十二章第八節出現："And I John saw these things, and heard them." (「這些事是我約翰所聽見、所看見的〔……〕。」) **把水手從海上帶回家去**：原文 "and brings the sailor home from sea" (221)。在自註中，艾略特指出，此行雖非一字不易地引自希臘女詩人薩孚 (Σαπφώ，英文*Sappho*，約公元前630-約公元前570) 的作品，但他寫作時的確想起「黃昏歸航的『沿岸』漁人或『平底小船』漁人」("the 'longshore' or 'dory' fisherman", who returns at nightfall")。薩孚的斷章一四九 (Fragment 149) 有黃昏星禱詞，其中有下列文字："Evening Star, that brings back all that the shining Dawn has sent far and wide, you bring back the sheep, the goat, and the child back to the mother." (「黃昏星啊，由黎明遣往四方的一切人畜，你總會使其還家；把綿羊、山羊帶回來，把孩子帶回母親那裏。」) 這一斷章，可能是龐德

介紹給艾略特的，因為龐德在第五詩章中提到這句。參看
Southam, 173。

115 **大奶**：原文 "dugs" (228)。Southam (173) 指出，"dugs" 一般
指動物之乳；忒瑞西阿斯用來自道，反映其惡己之心。

116 **而且預言了下文——**：原文 "and foretold the rest—" (229)。忒
瑞西阿斯有先知本領，因此能預言其後的發展。

117 **我呢，也在等候她期待的客人**：原文 "I too awaited the
expected guest." (230) 這行的行碼漏印。

118 **小伙子，滿臉暗瘡**：原文 "the young man carbuncular" (231)。
艾略特指出，原文是用來與米爾頓 (John Milton, 1608-1674)
十四行詩《致瑪格麗特·雷伊女士》("To the Lady Margaret
Ley") 中的 "that old man eloquent"（「那位老者，口才便
給」）呼應，有戲擬的意思。參看Southam, 173-74。

119 **像一頂絲質高頂禮帽坐在一個布拉福德的百萬富翁頭上**：
原文 "As a silk hat on a Bradford millionaire. (234) 英語 "silk
hat"，直譯是「絲帽」，指 "silk top-hat"（「絲質高頂禮
帽」）。"Bradford"按所有音素詳譯，進了漢語會變成「布
拉德福德」；為了避免煩瑣，在此譯「布拉福德」。布拉福
德，英格蘭北部的一個城鎮，有一批商人在第一次世界大戰
期間賣羊毛織物致富，成為暴發戶 (*nouveaux riches*)，喜歡戴
絲質高頂禮帽充紳士，以炫耀身分，參看Southam, 174。不
過在許多人的眼中，絲質高頂禮帽戴在頭上，戴者覺得高貴
莊嚴，旁觀者卻覺得滑稽可笑。艾略特以絲質高頂禮帽比喻
"assurance"（「自信」），可說入木三分。

120 **儘管也未受渴冀**：原文 "if undesired" (238)。女方太倦怠，
對男女的歡愛顯得冷漠。因此，男方的行動得不到相等的
回應，變成了急色鬼滿足性慾的侵襲。這一幕歸入《燃燒
經》，自然也順理成章。

121 就面紅耳赤，立定了主意，馬上進攻；／探索的雙手並沒有碰到防禦；／他志驕意滿，不需回應就行動，／視冷漠態度為歡迎之舉：原文 "Flushed and decided, he assaults at once; / Exploring hands encounter no defence; / His vanity requires no response, / And makes a welcome of indifference." (239-42)。原文二二四一二四八行的韻格十分複雜：有時押全韻，有時不押韻，有時押輔音韻。二二四一二二七行押a ("spread") b ("rays") a ("bed") b ("stays") 全韻；二二九、二三〇是對句 (couplet)，押a ("rest") a ("guest") 韻；二三二行的 "stare" 與二三四行的 "millionaire" 押全韻；二三五一二三八行押a ("guesses") b ("tired") a ("caresses") b ("undesired")；二四三一二四六行也押全韻a ("all") b ("bed") a ("wall") b ("dead")。二三九一二四二行最特別：既非無韻，也非押全韻，卻在各行的最末一字 ("once"、"defence"、"response"、"indifference") 押輔音韻 (consonance) "-nce" (/ns/)、"-nce" (/ns/)、"-nse" (/ns/)、"-nce" (/ns/)。如此獨特的押韻方式，漢語無從傳遞，只能以全韻a（「攻」）、b（「禦」）、a（「動」）、b（「舉」）模擬。

122 （而我，忒瑞西阿斯，對於這一切，有忍受的經驗／……而且行走間曾與最卑下的死者為伍）：原文 "(And I Tiresias have foresuffered all / Enacted on this same divan or bed; / I who have sat by Thebes below the wall / And walked among the lowest of the dead.)" (243-46)。忒瑞西阿斯兼具雙性，是所有男性和女性的典型；男文員和女打字員的性關係，他自然熟悉。在希臘悲劇家索福克勒斯 (希臘文Σοφοκλῆς，英文Sophocles，約公元前497/6-406/5) 的《俄狄浦斯王》(Οἰδίπους Τύραννος，也稱Oedipus Rex或Oedipus the King) 一劇中指出，忒拜（Θῆβαι，此城名字也按英文 Thebes 漢譯為「底比斯」）中

指出，忒拜罹咒，是因為俄狄浦斯殺父，娶母親為妻而生兒育女，儘管他當初不知道自己意外中所殺是親父，所娶是生母。**而且行走間曾與最卑下的死者為伍**：原文 "And walked among the lowest of the dead." (246)。Southam (174) 推測，這行大概指忒瑞西阿斯在陰間給奧德修斯忠告。參看荷馬《奧德修斯紀》卷十一。

123 **「好啦，完啦——也真想早點了事。」**：原文 "'Well now that's done: and I'm glad it's over'" (252)。這行反映荒原女人的性冷感。原文二五二行的 "over" (/ˈəʊ.vəˈ/) 與二五〇行的 "lover" (/ˈlʌv. əˈ/) 既押視韻 (eye rhyme)，也押陰韻 (feminine rhyme) "-ver"。"over" 和 "lover" 不是全韻，只是視韻，是因為二字中的 "o" 實際發音不同：前者的 "o" 唸 /əʊ/；後者的 "o" 唸 /ʌ/。二字的 "-ver" 是陰韻，是因為 "ver" 是輕音。由於這緣故，漢語翻譯只能以「意」和「事」相押。「意」和「事」的漢語拼音分別為 "yì" 和 "shì"，韻母都是 "i"，看來完全相同，但標準普通話的發音仍然有別，因此以「意」—「事」勉強傳遞 "lover"-"over" 的押韻效果。

124 **當麗人紆尊從事愚行**：原文 "When lovely woman stoops to folly" (253)。這行的出處，艾略特的自註有說明。在奧利弗‧戈爾德史密斯 (Oliver Goldsmith, 1730-1774) 小說《威克菲爾德教區的牧師》(*The Vicar of Wakefield*) 的第二十四章，奧麗維亞 (Olivia) 重返當日被勾引之地，唱出下列歌曲："When lovely woman stoops to folly / And finds too late that men betray, / What charm can soothe her melancholy, / What art can wash her guilt away? / The only art her guilt to cover, / To hide her shame from every eye, / To give repentance to her lover, / And wring his bosom – is to die." 艾略特引用這首歌的第一句，有古今並列的戲擬效果。

125 「這音樂在水上匍匐，越過我身旁」：原文 "'The music crept by me upon the waters'" (257)。艾略特在自註中指出，此行引自莎士比亞《暴風雨》第一幕第二場。劇中，費迪南想起平息海上風暴和心中哀傷的音樂。

126 河濱大道：原文 "the Strand" (258)，在倫敦中區西敏市 (City of Westminster)，長一點三公里，從特拉法加廣場 (Trafalgar Square) 向東直達聖殿門 (Temple Bar)，是倫敦的通衢。Southam (175) 引述Hayward指出，提到這條大道，讀者就會聯想到倫敦的過去和現在。

127 維多利亞女王街：原文 "Queen Victoria Street" (258)，在倫敦市中心 (City of London)，自西偏向東北，通往倫敦市的核心金融區（艾略特工作所在）。

128 下泰晤士街：原文 "Lower Thames Street" (260)。泰晤士河北岸有泰晤士街 (Thames Street)，由倫敦橋 (London Bridge) 的地下通道 (underpass) 劃分為西邊的上泰晤士街 (Upper Thames Street) 和東邊的下泰晤士街。

129 曼陀林：原文 "mandoline" (261)，樂器，形狀像琵琶，有金屬弦線，以撥子 (plectrum) 彈撥發聲。在倫敦酒吧內外，常有漫遊的演奏者以曼陀林奏樂娛人。參看Southam, 175。

130 漁人：原文 "fishmen" (263)。Southam (175) 指出，有的版本中，"fishmen" 作 "fishermen"；艾略特原稿為 "fishmen"，指附近水門漁市場 (Billingsgate fish market) 工人，一早開始工作，到中午工作完畢，到這裏的酒吧休憩。"fishmen" 不是指捕魚的漁人，因為既然泰晤士河這一帶像詩中所說，淌著「汽油和焦油」("Oil and tar")，已經無魚可捕。

131 殉道者馬格努斯教堂：原文 "Magnus Martyr"，是倫敦的著名教堂，位於下泰晤士街，為紀念殉道者馬格努斯而建。馬格努斯即奧克尼伯爵 (Earl of Orkney)，約卒於一一一六

年。不過馬格努斯的身分，也有其他說法。有關細節，參看
Wikipedia, "St. Magnus the Martyr" 條（多倫多時間二〇二〇
年三月三十一日下午四時登入）。原詩二六四行自註有以下
解釋："The interior of St. Magnus Martyr is to my mind one of
the finest among Wren's interiors."（「在我的心目中，殉道者
馬格努斯教堂的內部建築，就雷恩的內部建築而言，是數一
數二的佳構。」）雷恩，即克里斯托弗・雷恩，大設計師、
解剖學家、天文學家、幾何學家、數學家、物理學家、光學
家。一六六六年倫敦大火 (the Great Fire of London) 後，市中
有五十二座（一說五十一座，一說五十四座）教堂和許多建
築物由他重建。他的傑作聖保羅大教堂 (St. Paul's Cathedral)
是英國第一大教堂，也是世界五大教堂之一。聖保羅大教堂
內，有雷恩的墓碑，上刻拉丁文墓誌銘，由其兒子小克里
斯托弗・雷恩撰寫，結尾時這樣說："SI MONUMENTUM
REQUIRIS, CIRCUMSPICE."（「若要覓其豐碑，環視四周即
可」）。有關雷恩生平、事蹟，參看*Wikipedia*, "Christopher
Wren" 條（多倫多時間二〇二〇年三月三十一日下午六時登
入）。

132 河流的汗：原文 "The river sweats" (266)。艾略特的自註
指出，泰晤士河三女兒的歌從這行開始。從二九二至三〇
六行（包括開始和結尾兩行），她們輪流發言。同時，艾
略特還叫讀者參看歌劇 "*Götterdämmerung*, III, i: the Rhine-
daughters"（「《諸神的黃昏》第三幕第一場，萊茵河三女
兒」）。《諸神的黃昏》(*Die Götterdämmerung*) 是瓦格納
《尼貝龍指環》(*Der Ring des Nibelungen*) 的第四部，講萊茵
河的黃金被尼貝龍族盜去，鑄成指環，輾轉落入不同角色
的手中，經過各種傾軋爭鬥，最後失而復得。萊茵河因黃
金被盜而失色，一如聖杯故事中荒原罹咒。萊茵河黃金物

歸原主後，河水恢復原貌。萊茵河三女兒，是萊茵河的三個水仙，德文 *Rheintöchter* (英文 *Rhinemaidens*)，三姐妹的名字分別為沃格琳蒂 (Woglinde)、維姑恩蒂 (Wellgunde)、芙蘿絲希蒂 (Floßhilde)。瓦格納歌劇的故事主要以北歌故事為藍本，不過萊茵河三女兒卻是作曲家獨創的角色。艾略特塑造泰晤士河三女兒，目的是仿擬瓦格納歌劇中的人物，使古今互彰。在史賓塞的《燕爾歌》中，有「潮汐女兒」("Daughters of the Flood") ("Flood"在這裏指 "the flowing of the tide" (見網上 *Merriam-Webster*)，因此不譯「洪水」)，也可能給了艾略特啟發。*"Der Ring des Nibelungen"*，也譯《尼貝龍根的指環》。不過這譯法不夠準確："Nibelungen" 是 "Nibelung" 的複數，"-en" 是德語複數後綴，不該音譯。"Nibelungen" 也可譯「尼貝龍族」。在日爾曼神話中，"Nibelung" 是北歐侏儒族的一員，侏儒族貯有黃金和魔術寶物，統治者為Nibelung，是Nibelheim（霧之國）的國王；因此 "Nibelungen" 也可譯為「霧族」。*"Götterdämmerung"* 是古北歐語片語 "Ragnarök" 的德譯，指預言中的戰爭，鏖戰者包括各種人物、神祇；結果世界會焚毀，沉入水中，然後更生。參看*Wikipedia, "Götterdämmerung"* 條（多倫多時間二〇二〇年九月二十一日下午三時登入）。德語 *Dämmerung* 有多種解釋：「黎明」；「黃昏」；「暮色」；不過其古義指某一時期的終結。*Götterdämmerung* 指諸神的統治時期結束。參看*Wiktionary, "Dämmerung"* 條。*Wiktionary*指出，*Götterdämmerung* 是古北歐語*ragnarøk*的誤譯；譯者把*ragnarøk*（意為「諸神的命運」）誤認為*ragnarøkkr*（意為「諸神的黃昏」）。參看*Wiktionary, "Götterdämmerung"* 條（多倫多時間二〇二〇年九月二十一日下午三時登入）。Southam (177) 指出，二六六─二七八行寫泰晤士河，其細節受康拉德《黑暗之心》影響。該書有下列文字："the tanned sails of the barges drifting up with the tide seemed to stand still in red clusters of canvas." "nothing is easier…than to evoke the great spirit of the past upon the lower reaches of the Thames […]" 二七九至二九一行，描寫伊麗莎白一世 (Elizabeth I) 和萊斯特 (Leicester)，正符合康拉德的意思：「喚起泰晤士河下游過去的宏偉氣象」("evoke the great spirit of the past upon the lower reaches of the Thames")。史賓塞《燕爾歌》第八、第九節，也描寫伊麗莎白一世和萊斯特。

133 **漂落格林尼治的水域／漂過狗島**：原文 "Down Greenwich reach / Past the Isle of Dogs." (175-76) Southam (177) 引述Hayward指出，泰晤士河從倫敦流到下游的格林尼治 (Greenwich)，急轉，繞過狗島 (the Isle of Dogs) 向北，然後向南，流過格林尼治醫院。狗島屬白楊教區，是窮困的碼頭區；格林尼治醫院是宏偉的建築群，是克里斯托弗・雷恩的傑作。北岸和南岸對照，顯然是艾略特的刻意安排。英國標準英語中，*Greenwich* 唸 /ˈɡrɪnɪdʒ/、/ˈɡrɪnɪtʃ/、/ˈɡrɛnɪdʒ/ 或 /ˈɡrɛnɪtʃ/，*w* 不發聲，因此譯「格林尼治」，不譯「格林威治」。美國康奈迪格 (Connecticut) 州有Greenwich鎮，鎮名 "Greenwich" 中的 *w* 發聲，可譯「格林威治」。

134 **Weialala leia / Wallala leialala** (277-78)：這是萊茵河三女兒的哀歌。不過正如Southam (177) 所說，艾略特在這裏所引，只是縮略的歌詞，不是歌劇的第九十七至一〇二小節及其後的歌曲。三女兒唱原曲時，歌聲哀慟婉轉，效果有別於歌詞引文。"Weialala leia / Wallala leialala" 可音譯為「歪呀啦啦　來呀／嘩啦啦　來呀啦啦」（朗誦時用唱腔，不必理會漢語單字的語意）。

135 **伊麗莎白與萊斯特**：原文 "Elizabeth and Leicester" (279)。

艾略特的自註叫讀者參看J. A. Froude, *Elizabeth*, Vol. I, ch. iv, letter of De Quadra to Philip of Spain:

> In the afternoon we were in a barge, watching the games on the river. (The Queen) was alone with Lord Robert and myself on the poop, when they began to talk nonsense, and went so far that Lord Robert at last said, as I was on the spot there was no reason why they should not be married if the queen pleased.

Southam (27) 指出，艾略特的註釋往往不夠準確。以《荒原》二七九行 ("Elizabeth and Leicester") 的自註為例，詩人叫讀者參看 "Froude, *Elizabeth*, Vol. I"。其實，Froude並沒有寫過*Elizabeth*一書。引文的正確出處是 James Anthony Froude (1818-1894) 的*History of England from the Fall of Wolsey to the Defeat of the Spanish Armada* (1856-1870)。此書共十二冊，其中四冊敘述*The Reign of Elizabeth*。換言之，艾略特粗疏草率的自註，對按註索驥的讀者幫助不大。De Quadra (全名 Alvarez de Quadra) 是阿圭拉主教 (Bishop of Aquila)，也是西班牙國王駐英大使。信中所說的「河」("the river") 指泰晤士河。Southam (178) 指出，伊麗莎白和萊斯特並非情人，兩者都是「精明的權術家」("astute power-players")，在西班牙使節面前調情都別有用心。Southam 贊同Matthiessen的看法：詩中描寫伊麗莎白和萊斯特的一節，雖然「喚起浮華幻象」("brings an illusion of glamour")，「細思之下，讀者會發覺，伊麗莎白和萊斯特的關係老套矯揉，結果在本質上像打字員與文員的關係一樣空洞」("closer thought reveals that the stale pretence of their relationship left it essentially as empty as that between the typist and the clerk") (Southam 178)。伊麗

莎白和萊斯特如何「別有用心」，Southam沒有說明，詩中也沒有明示或暗示。Matthiessen的評語，也是概念先行，在詩中找不到佐證。其實，二七九至二八九行，婉麗華美，可以當作一首出色的短詩獨立欣賞；就文字論文字，讀者無論如何「細思」，都不覺得作者或敘事者有意諷刺或貶抑伊麗莎白一世和萊斯特。唯一對二人的「負面」微詞，是艾略特自註引文中 "they began to talk nonsense"（「他們的談話，變得言不及義了」）一語。不過這是作品外的描寫，沒有在作品中出現，就作品論作品時沒有分量。何況在輕鬆場合，即使是君王和臣子，偶爾「言不及義」也不為過。細看《燃燒經》，讀者反而會覺得，艾略特在這裏是以古典的高貴華麗與現代的鄙陋齷齪對比，現代變成了古代的反面。詩人提到伊麗莎白和萊斯特時，對他們的關係沒有直接或間接非議；情形與作者寫文員和打字員的性關係（快餐式的肉慾滿足）時大不相同。寫荒原中的兩個現代角色時，作者貶抑的意圖明顯，負面細節毫不模稜：「清理早餐的殘餘」，「擺出罐頭食物」，「她晾的各式衣物，危然攤出了／窗外」，「長沙發（夜間是她的床）上，堆著／長統絲襪、拖鞋、內衣、襪帶」，「客人是個小伙子，滿臉暗瘡」，「上面安坐著自信」，「視冷漠的態度為歡迎之舉」……。場景的對比，也同樣強烈：古典的故事展開時，讀者眼前出現「鍍金的貝殼」、「彤紅與金黃」、「輕快的潮漲」、「兩岸」的「粼粼」「漣漪」，「一座座的白塔」，耳中聽到「西南風／把一串串鈴聲／向下游飄送」。如此悅目怡心的描寫，加上輕快悅耳、充滿音樂感的節奏，怎能與「浮華幻象」、「老套矯揉」、「空洞」等負面評語拉上關係呢？與這段文字對照的，還有二六六至二六七行（「河流的汗／淌著汽油和焦油」）。讀者如重看《燃燒經》開頭的一節（一七三至一八六行），還可以找到更多的佐證。在該節中，作者以史賓塞《燕爾歌》的古典對照荒原的現代——到處是「空瓶、三明治包封紙、／絲質手帕、紙盒、菸蒂」的現代，借古代男女的幸福結合暗諷荒原的男女苟合（娼妓和嫖客的性交易）。Southam和Matthiessen也許能找到史料，證明伊麗莎白一世和萊斯特的關係的確「空洞」。但那是歷史，不是創作。Matthiessen是艾略特的哈佛同學，可能有艾略特的權威支持他的論點。艾略特也許對他說過，寫《荒原》二七九至二八九行，是為了表現伊麗莎白一世和萊斯特關係的「空洞」。即使如此，讀者仍不必無條件接受Matthiessen的詮釋。研究文學評論的人都知道，作品一旦離開作者的筆，就有了獨立的生命，作者不再是詮釋作品的最高或最終權威。不錯，作者可以告訴我們，他的創作意圖是甚麼。艾略特寫作時，也許——只是「也許」而已——真的要把伊麗莎白一世和萊斯特塑造成「精明的權術家」，顯示他們的關係「空洞」；作品卻不能叫讀者按照他的創作意圖去領會解讀。也就是說，實踐中，他未能達到目標。在創作世界，這一現象並不罕見。一位成就比艾略特大、地位比艾略特高的詩人，早於三百多年前就這樣「辭不達標」。這位詩人不是別人，而是大名鼎鼎的約翰·米爾頓。米爾頓寫《失樂園》(*Paradise Lost*)（一六六七年出版），是要「向人類宣揚神道公正」("justify the ways of God to men")。他寫上帝、寫天使時全力以赴，成就輝煌。可是，他全心全意要褒上帝、褒天使、貶撒旦時，卻把撒旦塑造得比聖父和眾天使更引人入勝；結果另一位詩人威廉·布雷克在《天堂與地獄的婚姻》("The Marriage of Heaven and Hell")中說：「米爾頓寫眾天使和上帝時桎梏羈身，寫眾妖魔和地獄時揮灑自如，因為他是真正的詩人，與魔鬼同黨而不自知。」("The reason Milton wrote in fetters when he wrote of Angels & God, and at liberty when of Devils & Hell, is because he was a true poet and of the Devil's party without knowing it.") 由於這緣故，即使艾略特的寫作意圖與Southam和Matthiessen的想法吻合，讀者仍可以就詩論詩，指出其創作意圖與實踐相違。——當然，本譯者認為艾略特的寫作意圖和實踐一致，「辭能達標」，寫伊麗莎白和萊斯特是為了借古諷今。

136 **西南風／把一串串鈴聲／向下游飄送**：原文 "Southwest wind / Carried down stream / The peal of bells (286-88)。指鈴聲一直從倫敦橋傳到下游的格林尼治，全程約五英里。參看Southam, 178。

137 **一座座的白塔**：原文 "White towers" (289)。Southam (178) 指出，艾略特在倫敦市中心工作期間，空中煙霧瀰漫，建築物外牆骯髒。不過一九二一年八月，艾略特曾撰文指出，有一段時間，由於天氣晴朗，煤礦工人罷工，周圍建築的塔樓、尖頂首次呈現不受污染的潔白。艾略特所指，可能是倫敦塔 (Tower of London) 的附屬塔樓。這些塔樓，在征服者威廉 (William the Conqueror) 治下建成，石材是侏羅紀石灰石，發掘自法國西北戈恩 (Caen) 市附近。

138 **Weialala leia / Wallala leialala**：參看註一三二。Southam (178) 指出，萊茵河三女兒所唱哀歌的艾略特版本，只是語音的模擬，在《諸神的黃昏》中找不到；唯一較類似的版本，可在《尼貝龍指環》第一部《萊茵河黃金》(*Das Rheingold*) 裏找到。

139 **「電車和多塵的樹木」**：原文 "Trams and dusty trees" (292)。從二九二行至二九五行（「在一隻狹窄的獨木舟底部仰臥」("Supine on the floor of a narrow canoe")），由第一個泰晤士河女兒唱出，自述她如何失貞。實際翻譯時，二九五行的句法要調整。

140 **海布里**：原文 "Highbury" (293)。在倫敦東北，屬伊斯靈頓 (Islington) 郊區。

141 **里治門和克伊烏**：原文 "Richmond and Kew" (293)。里治門是富裕人家的住宅區，在倫敦西南八點二英里，位於泰晤士河南岸。參看*Wikipedia*, "Richmond" 條（多倫多時間二〇二〇年九月二十二日下午四時登入）。克伊烏原為村落，位於泰晤士河南岸，在倫敦以西，里治門東北一點五英里，人口一萬一千四百三十六（二〇一一年統計數字），是王家植物公園所在。參看*Wikipedia*，"Kew" 條（多倫多時間二〇二〇年九月二十二日下午四時登入）。以「克伊烏」三個音節譯 "Kew" 一個音節，是迫不得已的做法。以漢語譯外語語音，往往左支右絀；以法語、意大利語、德語譯*Hamlet*一詞，搬字過紙就大功告成了；用漢語譯同一詞，卻會言人人殊：甲譯「哈姆雷特」，乙譯「哈孟雷特」，丙譯「哈姆萊特」，丁譯「漢穆雷特」……誰也不能說誰錯。現代漢語（以北京話為基礎的普通話）與粵語比較，是前者笨拙，後者靈巧。有誰不同意這一說法，就請他以普通話譯*Hitchcock* (唸 /hɪtʃkɒk/) 和*Houston* (唸 /hjuːst(ə)n/) 試試看。「希區科克」？「休斯頓」？相差太遠了！聽廣東人翻譯吧：「希治閣」、「曉斯頓」；粵譯的高度傳真／高度存真會叫普通話既羨且妒。這類例子，可說舉不勝舉。音節貧乏的普通話和音節豐富的粵語（更不要說粵語中極其管用的入聲了）比較，譯起外語音節來，常會變成大舌頭，叫粵語忍俊不禁。把英語的 "Kew" 譯成「克伊烏」，要起用復古的反切，也因為普通話笨拙；用粵語譯，一個「喬」字或「翹」字，就把英語的語音 (/kju/) 手到擒來。就詞源而言，*Kew*有 "promontory"、"cliff"、"spur of land" 的意思 (見*Wiktionary*,

"Kew" 條），因此也可以意譯。

142 **海布里生下我。里治門和克伊烏／搞垮我**：原文 "Highbury bore me. Richmond and Kew / Undid me." (293-94) 從二九三行艾略特的自註中可以看出，這兩行仿擬但丁《神曲‧煉獄篇》第五章一三三—三四行："'Ricorditi di me, che son la Pia; / Siena mi fe' [該作 "fé"], disfecemi Maremma.'" 漢譯參看黃國彬譯註，但丁，《神曲‧煉獄篇》頁七十八：「請你不要忘記琵亞這個人：／吾生由錫耶納賜胚，遭馬雷馬摧毀。」不過，要看艾略特的英文句式如何模仿但丁作品，最好的方法是細看艾略特一九二九年寫《但丁》（"Dante"）一文時所用的英譯版："Remember me, who am La Pia; / Siena made me, Maremma unmade me." 顯而易見，艾略特的 "Highbury bore me. Richmond and Kew / Undid me" 幾乎是這一英譯的複印。《煉獄篇》中的 "La Pia"（「琵亞」），是錫耶納 (Siena) 人；上述引語，是她對但丁所說的話。煉獄有不少亡魂，不能為自己的罪愆懺悔。琵亞是其中之一。琵亞在生時，在馬雷馬 (Maremma) 遭丈夫命手下從城堡的窗戶推出，活活摔死。她在錫耶納出生，因此說 "Siena mi fé" ("Siena made me")；在馬雷馬遭丈夫謀殺，因此說 "disfecemi Maremma" ("Maremma unmade me")。意大利人為了表示親切，會在人名之前加定冠詞 "La"，因此琵亞的意大利名字又叫 "La Pia"。有關琵亞的生平和被殺細節，參看黃國彬譯註，但丁，《神曲‧煉獄篇》頁八十五—八十六。

143 **「在里治門那邊，在一隻狹窄的／獨木舟底部，我仰身躺下，翹起雙膝。」**：原文 "By Richmond I raised my knees / Supine on the floor of a narrow canoe." 這兩行寫敘事者（第一個泰晤士河女兒）失去貞操的過程，姿勢、動作都交代了，寫得十分逼真（或者應該說，寫得十分露骨）。原文只

有一個動詞 ("raised")，"supine" 是謂語形容詞 (predicative adjective)；但是翻譯時要以動詞補足（「仰身躺下」），否則就譯不出原文的生動戲劇。同時，在原文中，"raised my knees" 出現在 "supine" 之前；但就詩中情節和現實情況而言，在時間的順序上，"raised my knees" 應該是女方獻身（或失身）前一刻的最後動作。譯事複雜，於此可見一斑。在《神曲・煉獄篇》裏，所謂 "disfecemi" 指La Pia遭殺害；在這裏，所謂 "Undid me"，則指女方被奪去貞操，等於英語所謂的 "deflower"（也就是說，"Kew deflowered me"）。論者說《J・阿爾弗雷德・普魯弗洛克的戀歌》中的主角是艾略特本人的寫照：害羞、矜持而保守。在這兩行描寫中，讀者可以看到害羞、矜持、保守的外表之下的艾略特。

144 「我的雙腳在姆爾蓋特……我有甚麼可嫌憎呢？」：原文 "'My feet are at Moorgate, and my heart / Under my feet. After the event / He wept. He promised "a new start." / I made no comment. What should I resent?'" (296-99) 此節比上節隱晦，但也可以看出，所寫是男女關係，不過地點與上節有別。"After the event" 大概指二人發生性關係後。至於男方為甚麼要 "promised 'a new start'" 呢，答案也只能猜測：男方奪去了女方的貞操後，心懷歉疚，保證以後「重新做人」。《燃燒經》寫色慾，這一猜測大概可以成立。**姆爾蓋特**：原文 "Moorgate" (296)。姆爾蓋特原為古倫敦北門，其北是沼澤地帶 (moor)，因此以 "Moor" 為名。"Moorgate" 也可意譯為「沼澤門」。現代的 "Moorgate" 既是街名，也指倫敦的金融中心區，是艾略特工作所在。這節的敘事者是泰晤士河三女兒之二。Southam (179) 認為，三女兒之二大概指金融中心一座建築裏的女打字員。這一描寫，有古今重疊的效果。

145 「在馬蓋特沙灘。／我甚麼東西／都不能連繫。」：原文

"'On Margate sands. / I can connect / Nothing with nothing.'"
(300-302) 這三行也十分隱晦,許多論者、分析者不是含糊言
之,就是牽強附會,胡亂徵引,都欠缺說服力。詮釋這三行
不宜太落實,只宜概括言之:敘事者感到迷惘。由於情節出
現在《燃燒經》部分,也許敘事者像先前兩個姐妹一樣,與
男人發生關係後自述心理狀態。

146 我的族人哪卑微的族人:原文 "My people humble people"
(304)。Southam (179) 指出,此行遙應《舊約·詩篇》第五十
篇第七節耶和華的話:"Hear, O my people, and I will speak;
O Israel, and I will testify against thee: I am God, even thy God."
(「我的民哪,你們當聽我的話;以色列啊,我要勸戒你。
我是 神,是你的 神!」)不過在這裏,敘事人的語氣謙
卑,與耶和華雷霆萬鈞、充滿權威的語氣大不相同。

147 **la la**:原文 (306)。可以音譯為「啦啦」。萊茵河三女兒哀歌
的尾聲("leialala" 最後兩個音節),有突出的音樂效果,如
樂曲終結時由強轉弱,最後在寂滅中消逝。

148 **於是,我來到迦太基**:原文 "To Carthage then I came" (307)。
艾略特的自註指出,這行徵引自聖奧古斯丁的《懺悔錄》:
"to Carthage then I came, where a cauldron of unholy loves sang
all about mine ears."迦太基在非洲北岸,離突尼斯不遠,古時
以淫蕩風尚為人熟知。

149 **燃燒燃燒燃燒燃燒**:原文 "Burning burning burning burning"
(308)。參看註八十九。艾略特在自註裏說:"The complete
text of the Buddha's Fire Sermon (which corresponds in
importance to the Sermon on the Mount) from which these
words are taken, will be found translated in the late Henry Clarke
Warren's *Buddhism in Translation* [正確書名是*Buddhism in
Translations*] (Harvard Oriental Series). Mr. Warren was one of

the great pioneers of Buddhist studies in the Occident."（「此語引自佛陀的《燃燒經》。此經的重要性相當於《山上寶訓》，全文英譯見已故譯者亨利・克拉克・沃倫的《佛學翻譯》（哈佛東方叢書）。沃倫先生是西方佛學研究的開山巨擘之一。」）「《山上寶訓》」指《新約・馬太福音》第五至第七章耶穌對門徒的教訓：「虛心的人有福了，／因為天國是他們的。／哀慟的人有福了，／因為他們必得安慰。／溫柔的人有福了，／因為他們必承受地土。／飢渴慕義的人有福了，因為他們必得飽足。（第五章第三至第六節）〔……〕你們不要論斷人，免得你們被論斷。因為你們怎樣論斷人，也必怎樣被論斷；你們用甚麼量器量給人，也必用甚麼量器量給你們。（第七章第一節）〔……〕」

150 **上主哇，你把我拔了出來**：原文 "O Lord Thou pluckest me out" (309)。艾略特的自註指出，此語也出自奧古斯丁的《懺悔錄》。同時，艾略特在自註裏說：「把東西方禁慾主義的兩位代表〔指佛陀和奧古斯丁〕並列，為詩的這部分點睛，並非偶然。」("The collocation of these two representatives of eastern and western asceticism, as the culmination of this part of the poem, is not an accident")。換言之，把東西二哲並列，是匠心安排。奧古斯丁有關文字的英譯如下："I entangle my steps with these outward beauties, but Thou pluckest me out, O Lord, Thou pluckest me out!"（「我以這些外表美態纏住了步履，不過你把我拔了出來，上主哇，你把我拔了出來！」）奧古斯丁不能自拔，最後要等上帝出手營救。

151 **燃燒**：原文 "burning" (311)。"Burning burning burning burning"（「燃燒燃燒燃燒燃燒」）(308) 之後再加一個 "burning"（「燃燒」），音樂效果有如三〇六行的 "la la"（「啦啦」）。參看註一四七。

152 《水殞》：原文 "Death by Water"。Southam (181) 指出，在
《死者的葬禮》中，瑟索特里斯夫人說過「忌水殞」("Fear
death by water") (55)。第四部分的題目，回應了瑟索特里斯
夫人的話。第四部分和第五部分一樣，於一九二一年十一
月中至十二月底在瑞士洛桑完成，當時艾略特正在維多斯
(Vittoz) 醫生的療養院療養。《水殞》改編自作者於一九一八
年五、六月所寫的法文詩 "Dans le Restaurant" (《餐廳
裏》) (見 T. S. Eliot, *Collected Poems: 1909-1962* (London:
Faber and Faber Limited, 1963), 53) 最後七行（其中大部分是
法文原文的直接英譯）：

> Phlébas, le Phénicien, pendant quinze jours noyé,
> Oubliait les cris des mouettes et la houle de Cornouaille,
> Et les profits et les pertes, et la cargaison d'étain:
> Un courant de sous-mer l'emporta très loin,
> Le repassant aux étapes de sa vie antérieure.
> Figurez-vous donc, c'était un sort pénible;
> Cependant, ce fut jadis un bel homme, de haute taille.

> 腓尼基人菲雷巴斯，遇溺兩星期，
> 忘了海鷗的叫聲和康沃爾起伏的海濤，
> 忘了利得、損失和一船錫礦：
> 大海的一股暗流把他捲得老遠，
> 把他帶回前生的各個階段。
> 試想想，這是可怕的結局呀──
> 然而，他昔日是個俊男，身材魁梧。

Southam (182) 指出，《餐廳裏》和《水殞》的意象和意念，
可能受了《尤利西斯》的影響。龐德也指出，艾略特的《水

殉》，來自布魯姆 (Bloom)（《尤利西斯》中的人物）對生命、死亡、復活、不朽的看法。參看Southam 182。根據傑茜·韋斯頓的說法，在埃及的亞歷山大港，埃及人每年會舉行儀式，把神祇偶像的頭顱投進海中（象徵大自然生化力量之死），讓水流漂至拜布洛斯 (Byblos)，然後撈起，祭祀崇拜，象徵神祇復活。另一「水殉—復活」傳統是基督教的洗禮：「豈不知我們這受洗歸入基督耶穌的人，是受洗歸入他的死嗎？所以我們藉著洗禮歸入死，和他一同埋葬，原是叫我們一舉一動有新生的樣式，像基督藉著父的榮耀從死裏復活一樣。」（《羅馬書》第六章第三—四節）在弗雷塞《金枝》的第四部分，也有腓尼基傳統的描寫。荷馬《奧德修斯紀》卷十四則敘述一個遇溺的腓尼基商人的故事。至於 "Phlebas" 一名，Southam (183) 認為，可能出自柏拉圖的《菲利巴斯》(*Philebas* (該作*Philebus*或*Philebos*，希臘文*Φίληβος*))。《菲利巴斯》是蘇格拉底對話錄，書中的主要說話人是蘇格拉底；此外還有菲利巴斯和普羅塔科斯 (Protarchus)。在書中，菲利巴斯主張享樂主義 (hedonism)，普羅塔科斯支持菲利巴斯的觀點。艾略特以菲利巴斯為《水殉》中的人物，大概與詩中的人生觀有關：塵世的得失，以至菲利巴斯服膺的享樂主義，死後再也不重要。

Southam 徵引的資料，有的較有說服力，有的顯然是附會。無論如何，即使所有背景資料都給艾略特提供了素材，有一點卻可以肯定：經過詩人的妙手點化，這些資料已脫胎換骨，成為好詩。整篇《荒原》既然用了大量拼湊和剪貼技巧，原稿篇幅被龐德刪削了二分之一，零碎現象和不必要的晦澀在所難免；有時候，各節的前後次序也給讀者隨機堆砌的感覺，說不上甚麼「神氣貫注」。《荒原》，是貝多芬《第五交響曲》、索福克勒斯《俄狄浦斯王》、杜甫《秋興》八首的反面。至於東一行抽自作者甲，西一行抽自作者乙，似乎是博學和功力的表現，為克里斯蒂瓦 (Julia Kristeva) 的門徒提供發掘互文關係 (intertextualité) 的「寶藏」；但吃力的發掘工程結束後，讀者會一邊罵，一邊搖著頭長嘆：「所得不償勞！」到了《四重奏四首》，情形有所改觀，但艾略特的商標晦澀和割裂仍然存在（這點會在《四重奏四首》的有關段落討論；更詳細的討論，見黃國彬著，《世紀詩人艾略特》）。不過，在整首《荒原》中，《水殞》無疑是最出色的片段之一。短短十行，有抒情，有哲理，有鮮活難忘的意象。本譯者幾十年前初讀《荒原》，《水殞》部分過目難忘，其節奏、其智慧幾十年來一直縈繞腦中。幾十年後的今日，艾略特在本譯者心目中的地位雖有大幅度的調整，但《水殞》的地位並沒有下降。《水殞》一段，即使單獨存在，也是上乘好詩。此詩的前身，即《餐廳裏》的最後七行（詩中的第三節），也是好詩，但加上 "Gentile or Jew / O you who turn the wheel and look to windward, / Consider Phlebas, who was once handsome and tall as you."（「你呀，不管屬外邦／還是猶太一族，轉動舵輪間望向逆風處；／回想菲利巴斯呀，他曾經像你一樣俊美軒昂。」）三行，作品就更上層樓。上文有以下一句：「至於東一行抽自作者甲，西一行抽自作者乙，似乎是博學和功力的表現」；在此要稍加補充。本譯者在「是博學和功力的表現」之前加上「似乎」一詞，是因為事實與艾略特一生所營造的形象有很大差距。詳細的討論和探究，見黃國彬著，《世紀詩人艾略特》第十一章（《艾略特的學問》）和第十二章（《艾略特的外語》）。

153 腓尼基水手菲利巴斯，死了兩星期，／忘了海鷗的叫聲和巨浪的起伏連綿，／也忘了利得和損失：原文 "Phlebas the

Phoenician, a fortnight dead, / Forgot the cry of gulls, and the deep sea swell / And the profit and loss." (312-14) 這三行的意思很簡單，是普通不過的常識：人死後一了百了，塵世的一切再不重要。但是經艾略特用嶄新的意象傳遞，舊酒新瓶，卻醒人感官；情形就像李白的《越中覽古》和《登金陵鳳臺》，所寫的主題並不新鮮，但經謫仙以新手法表現，馬上熠熠生輝，成為不朽作品。原文 "the Phoenician" 不譯「腓尼基人」而譯「腓尼基水手」，是因為作品的語境毫不模稜地顯示，詩中人物在生時善於航海；而且譯「腓尼基水手」，才能與全詩第四十七行的 "the drowned Phoenician Sailor"（「遇溺的腓尼基水手」）呼應。"the profit and loss" 在這裏不譯較簡潔的「得失」，是因為「腓尼基水手」所忘記的是商業、貿易上的具體得失，與「金錢」、「盈利」、「虧損」等概念有關；而「得失」一詞（尤其在「不計較個人得失」一類語境中），往往叫人想起「名譽」、「地位」、「榮辱」等較抽象的名詞或詞組。

154 海底一股暗流／竊竊然剔淨了他的骨頭：原文 "A current under sea / Picked his bones in whispers." (315-16) 這兩行寫死去的腓尼基水手，在海中的暗流經歷淨化過程。這一概念，艾略特以細膩、警策的意象傳達，乃成佳句。暗流擬人後，會竊竊私語，為死後世界增添神秘而超自然的氣氛，是艾略特詩才的充分體現。

155 一升一沉間，／他越過了老年和青年階段，／進入大漩渦：原文 "As he rose and fell / He passed the stages of age and youth / Entering the whirlpool." (316-18) 這三行遙應佛經的輪迴觀念。

156 你呀，不管屬外邦／還是猶太一族，轉動舵輪間望向逆風處；／回想菲利巴斯呀，他曾經像你一樣俊美軒昂：

原文 "Gentile or Jew / O you who turn the wheel and look to windward, / Consider Phlebas, who was once handsome and tall as you." (319-21) 這三行的意思是：不管你是誰，如果太自信，以為命運的舵輪由你掌控，可以逆風而航，就瞻顧一下菲利巴斯吧。他遇溺而死，死後一了百了，塵世的一切，再不足道。昔日呀，他也有你一樣的體貌。既然這樣，你有甚麼可恃？「不管屬外邦／還是猶太一族」，指全人類。原文 "Gentile" 和 "Jew" 兩個詞，在《聖經》裏經常出現。《羅馬書》第三章第二十九節就說：「難道 神只作猶太人的 神嗎？不也是作外邦人的 神嗎？是的，也作外邦人的 神。」**舵輪**：指掌控船隻方向的舵輪。「轉動舵輪」，是航入大海的行動，也是自信的表現。"windward" 指上風、迎風、向風，相反詞是 "leeward"（「下風」）。迎風航行（這裏的風可以象徵超自然的力量或上帝的意旨），是自信的表現；但過度的自信，就會變成驕傲、囂張，結果會摔跤，甚至會自取滅亡。這三行的觀點，《聖經》、古希臘悲劇、佛經、老子和莊子的著作都有強調，並不新穎；艾略特以精美的新瓶裝舊酒，以悅耳的新聲唱老歌，結果裝出了一瓶可賞的酒，唱出了一曲堪聽的歌。基督徒講謙卑，講順從神的聖志；古希臘的悲劇告誡讀者，不要狂妄自大，否則報應早晚會降臨。詩中的菲利巴斯和這三行的受話者 (addressee)，顯然欠缺基督徒的美德和古希臘悲劇所蘊含的智慧，因此敘事者提出忠告。

157 **雷語**：原文標題："What the Thunder said"。Southam (184-85) 引述一手資料指出，艾略特按照龐德的意見，改動《荒原》初稿，刪削了許多文字；但作者指出，第五部分並沒有改動，「完全與初稿相同」("exactly as I first wrote it")。艾略特在這一部分，加入了他讀過的梵文文學典故，包括印度的紅色地貌、雷神泄洪的神話、雷語的三種詮釋。在這一部分，艾略特以雷聲象徵上帝儆人的聖音。佛教有「雷音」的說法，受佛經影響的《西遊記》有雷音寺。艾略特的《雷語》，也與佛經有密切關係。據作者自述，《雷語》的第一部分（三二二—九四行）有三個主題。首先是《路加福音》第二十四章第十三至三十一節所敘：耶穌復活那天，兩個門徒去以馬忤斯，途中談論老師被釘十字架一事，耶穌「親自就近他們，和他們同行；只是他們的眼睛迷糊了，不認識他」（第十五—十六節）……「到了坐席的時候，耶穌拿起餅來，祝謝了，擘開，遞給他們。他們的眼睛明亮了，這才認出他來」（第三十一—三十一節）。參看三二二至三六五行的有關註釋。第二主題，是聖杯傳說中尋覓聖杯者快要到達危險教堂 (Chapel Perilous) 的階段。這一主題，是三三一至三九四行的內容，與以馬忤斯的故事交織。第三主題，是現代史上東歐的淪喪（參看三六六至三七六行的有關註釋）。

158 **火炬照紅了冒汗的臉孔後**：原文 "After the torchlight red on sweaty faces" (322)。《約翰福音》第十八章第三節敘述耶穌在客西馬尼園被捕：「猶大領了一隊兵和祭司長並法利賽人的差役，拿著燈籠、火把、兵器，就來到園裏。」客西馬尼園的耶穌，又可以與弗雷塞《金枝》中被吊死的神祇相連。參看Southam, 186。

159 **火炬照紅了淌汗的臉孔後，／……一度活過的他此刻已身故**：原文 "After the torchlight red on sweaty faces /...He who was living is now dead (322-28)。這七行寫耶穌被出賣、逮捕，在客西馬尼園祈禱，然後被釘十字架的事件。參看Southam, 186。

160 **火炬照紅了冒汗的臉孔後，／……死得稍有耐性**：原文 "After the torchlight red on sweaty faces /...With a little patience"

(322-30)。Matthiessen指出，在這一節，艾略特糅合了各種經驗和傳說：既寫客西馬尼園中耶穌被捕的事件和耶穌在以馬忤斯出現前門徒的惶惑，也寫聖杯故事、寒霜般的寂靜和精神的極度煎熬，寫騎士珀斯弗爾和格拉哈德尋覓聖杯的艱險。「吆喝和叫喊」不但指耶穌被釘十字架時耶路撒冷暴民的反應，也指現代俄國造反，湧過「無垠〔……〕平原」的「人群」；指「回響過遠處〔……〕群山」的「春雷」；並且包含化育神話的主題，暗示雨水的復甦力量和焦土的更生。因此，「一度活過」而「此刻已身故」的「他」不僅指基督，也指化育之神；是阿多尼斯 (Adonis)、奧斯里斯 (Osiris)、奧菲烏斯 (Orpheus)。「一度活過的我們，此刻在死亡」一行，回應《荒原》寫生中之死的第一節。該節可說濃縮了全詩所有的主題。這些主題，在以後各節反覆重奏。現代的荒原，像神話和傳說中的荒原一樣，在等待拯救；要得救，必須遵循雷語的訓誡：「施予，同情，克制。」**王宮**：原文 "palace" (326)。耶穌被捕後，被帶到大祭司的王宮，接受公開盤問，然後轉解到羅馬總督比拉多的衙門。

161 **這裏沒有水，只有岩石／……可是，卻沒有水**：原文 "Here is no water but only rock /...But there is no water" (331-59)。三三一至五九行，是艾略特本人最感滿意的一節。一九二三年八月，作者寫信給小說家福德·馬德斯·福德 (Ford Madox Ford)，說："There are, I think, about 30 *good* lines in *The Waste Land*. Can you find them? The rest is ephemeral."（「我看《荒原》裏大約有三十行是真正好詩。其餘則只有短暫價值。」）福德似乎不能準確地回答艾略特的提問，因為兩個月後，艾略特自問自答："As for the lines I mention, you need not scratch your head over them. They are the 29 lines of the water-dripping song in the last part."（「至於我提到的詩行，

不必傷腦筋去找了；是詩中最後部分寫滴水之歌的二十九行。」）參看Southam, 187。本譯者的看法，與艾略特的看法不謀而合。上世紀七十年代，也就是將近五十年前，本譯者與友人在香港創辦《詩風》詩刊，刊登詩作和評論。有一期，本譯者準備節錄《荒原》片段與讀者一起賞析；尚未動筆，心中已有首選：第三三一至三五九行（一九六三年版的《艾略特詩集》(*Collected Poems 1909-1962*) 中，行碼是三三一至三五八行）。所以如此，是因為本譯者當時覺得，《荒原》全詩中，這二十九行最精彩，連《水殞》也不得不屈居亞軍。評論脫稿後，題為《荒原管窺》，以筆名「凝凝」在《詩風》第十期（一九七三年三月一日）發表。當時，本譯者還未看過艾略特寫給福德的信，所見卻與《荒原》的作者不謀而合。

這二十九行如何出色，在《詩風》發表的賞析文字有詳細交代；在此只談精彩的夢魘氣氛、高妙的重複手法、逼真的擬聲技巧。這二十九行，一空依傍，大異於詩中引經據典的段落；唯其一空依傍，藝術效果反而更直接、更透明。Southam (187) 註釋三三一至三三六行 ("Here is no water but only rock / Rock and no water and the sandy road / The road winding above among the mountains / Which are mountains of rock without water / If there were water we should stop and drink / Amongst the rock one cannot stop or think") 時，徵引《舊約・出埃及記》第十七章第五至六節。由於所引的《聖經》文字和所釋的詩行沒有明顯的關連，對欣賞原文沒有幫助，反而成了多餘的附會。在這六行裏，讀者要注意的，是艾略特的詩藝：三三一行結尾是 "rock"；三三二行開頭 ("Rock") 用頂真法重複 "rock"，結尾用 "road"；三三三行開頭 ("The road") 再用頂真法重複 "road"，結尾用 "mountains"；三三四

行再重複 "mountains"，不過不再用頂真，結果同中生異。然後 "rock" 和 "water" 再出現（三三四行），呼應三三一行的 "water" 和 "rock"；雖是重複，次序卻互相顛倒，可說是詩藝中的「對位法」。幾個單詞，就因詩人的巧妙安排而產生難忘的音樂效果。除了音樂效果，艾略特在調節聲韻時還有更重要的目標：創造夢魘氣氛，使讀者在文字的迷宮裏左轉右轉，兜來兜去，仍然在八陣圖裏被困，在八陣圖裏陷入夢魘。夢魘中，荒原的乾旱藉語意、音聲、節奏化為可感的實在。看完或誦完三三一至三三四行，讀者會感到口渴，想找尋水源；找尋水源間迷失了方向，怎麼找也找不到。這時，詩人見大功告成，再以聯句 (couplet) 畫龍點睛，總結荒原人的困境："If there were water we should stop and drink / Amongst the rock one cannot stop or think"。

　　在三三一至三三六行，尋常的語法發揮了不尋常的效用：三三一行 ("Here is no water but only rock") 用陳述語氣 (indicative mood)；三三五行用虛擬語氣 (subjunctive mood)："If there were water we should stop and drink"；然後再用陳述語氣，把讀者從一廂情願的世界扯回殘忍的現實("Amongst the rock one cannot stop or think")，「殘忍地」提醒荒原中人：水呀，只能在想像世界出現，現實世界是滴水全無；不但滴水全無，而且不讓人「駐足」("stop")、「思維」("think")。想像和現實的殘忍對照，又因 "drink"-"think" 押韻而加強。

　　同樣值得注意的，是 "If there were" 在隨後各行（三三八、三四六、三四八、三五三行）一再重複，把殘酷的現實一再烙進荒原人（也是讀者）的腦中，叫他們逃無可逃，避無可避。然而，艾略特彷彿覺得這樣的「酷刑」仍不夠「酷」，於是一再把鏡頭虛─實─虛─實地迭換，繼續

「折磨」他們。虛鏡和實鏡比較，實鏡當然更殘忍："Here one can neither stand nor lie nor sit" (340)，"There is not even silence in the mountains" (341)；不過，最殘忍的莫若最後一句重如命運的判詞向讀者轟擊，把一切幻覺、一切一廂情願一掃而空："But there is no water" (359)。

三四〇、三四一兩行和緊接而來的各行，還有效果顯著的層遞："neither stand nor lie nor sit"。由「不能站」到「不能臥」，再由「不能臥」到「不能坐」，痛苦接踵而來；面對這樣的層遞式「行刑」，讀者已經忍受不了；更何況艾略特像行刑官那樣，一邊施刑，一邊向受刑者揶揄："There is not even silence in the mountains"，"There is not even solitude in the mountains"。

換過另一比喻，我們可以這樣說：從三三一行開始，艾略特就把讀者的精神像螺絲一樣掌控，一毫米一毫米地以各種手法越擰越緊。這可怕的擰螺絲過程，到了三四四—四五行 ("But red sullen faces sneer and snarl / From doors of mudcracked houses") 進入高潮。然而到了高潮時刻，艾略特仍以各種修辭法把讀者推向更高的高度："If there were water / And no rock / If there were rock / And also water / And water / A spring / A pool among the rock / If there were the sound of water only / Not the cicada / And dry grass singing / But sound of water over a rock / Where the hermit-thrush sings in the pine trees […]" (346-57)

在三三一至三五九行，還有絕妙的意象把荒原的乾、荒原的旱化為可感可覺的經驗傳遞給讀者："the cicada / And dry grass singing"。在虛擬世界，讀者最後進入了幻覺："Drip drop drip drop drop drop drop"，精彩的擬聲中彷彿聽見了水聲而告別荒原，迷離恍惚、疑幻似真間喜出望外；然而就在他們喜出望外的剎那，卻看見殘忍的現實："But there is no water"。

　　《荒原》有不少精彩片段、不少精彩句子，但沒有任何一節能夠像三三一至三五九行那樣直接透明，那樣淪肌浹髓，把荒原之「荒」，荒原之乾、之旱、之真化為可怕的夢魘，叫讀者無從突圍。

162　**死山的齲齒口腔不能夠吐唾**：原文 "Dead mountain mouth of carious teeth that cannot spit" (339)。這行藉齲齒口腔寫荒原的朽敗。"spit" 和下一行的 "sit" 押韻，像三三五行的 "drink" 和三三六行的 "think" 一樣，有聚焦和加強作用。

163　**卻有乾瘠的雷鳴而無雨**：原文 "But dry sterile thunder without rain" (342)。「雷鳴」通常是下雨的前奏，藉音聲給人「潤濕感」；荒原人聽到的卻是「乾瘠」的「雷鳴」，「潤濕感」可想而不可即。此行為荒原之「荒」聚焦。

164　**卻有一張張漲紅慍怒的臉在冷笑在露齦／從一間間泥裂房屋的門內探出來**：原文 "But red sullen faces sneer and snarl / From doors of mudcracked houses" (344-45)。此行把荒原的可怕景象大事渲染。「一張張漲紅慍怒的臉」，像荒原的火焰一樣，叫讀者感到不安。「泥裂」加強了荒原的乾旱感。「冷笑」、「露齦」、「從一間間泥裂房屋的門內探出來」等詭異細節，叫讀者感到駭怖。

165　**隱士夜鶇**：又稱「隱夜鶇」，原文 "hermit-thrush" (357)。艾略特的自註說："This is *Turdus aonalaschkae pallasii*, the hermit-thrush which I have heard in Quebec Province, Chapman says (*Handbook of Birds of Eastern North America*) 'it is most at home' in secluded woodland and thickety retreats… Its notes are not remarkable for variety or volume, but in purity and sweetness of tone and exquisite modulation they are unequalled.' Its 'water-dripping song' is justly celebrated." 原文和引文中，鳥兒的英文名字（"hermit-thrush"）有連字符(hyphen)；在其他有關文獻中，"hermit thrush"是兩個字，沒有連字符；學名是"*Catharus guttatus*"，與艾略特所引有別。參看*Avibas – The World Bird Data Base*："The Hermit Thrush (*Catharus guttatus*) is a medium-sized North American thrush. It is not very closely related to the other North American migrant species of *Catharus*, but rather to the Mexican Russet Nightingale-thrush. Source：*Wikipedia* [.] Order: Passerformes [,] Family: Turdidae [,] Genus: Catharus [,] Scientific: *Catharus guttatus* [,] Citation: Pallas, 1811 [.]" "English: Alaska Hermit Thrush, Dwarf Hermit Thrush, Dwarf Thrush, Hermit Thrush, Little Thrush, Swamp Angel"; "Chinese：隱夜鶇"；"Chinese (Traditional): 隱士夜鶇"。*Glosbe*: "Hermit Thrush [,] 隱夜鶇 [:] "A species of solitary thrush native to North America, *Catharus guttatus*. North American thrush noted for its complex and appealing song." *Collins*: "hermit thrush [,] in American English [:] US [:] a North American thrush (*Catharus guttatus*) with a brown body, spotted breast, and reddish-brown tail [.]" *The Cornell Lab [:] All About Birds*: "Size & Shape [:] Hermit Thrushes have a chunky shape similar to an American Robin, but smaller. They stand upright, often with the slender, straight bill slightly raised. Like other thrushes, the head is round and the tail fairly long. Relative Size [:] Smaller than an American Robin, larger than a Song Sparrow [.] Colour Pattern [:] The Hermit Thrush is rich brown on the head and back, with a distinctly warm, reddish tail. The underparts are pale with distinct spots on the throat and smudged on the breast. With a close look you may see a thin pale eyering (not a bold one).

Behavior [:] Hermit Thrushes hop and scrape in leaf litter while foraging. They perch low to the ground on fallen logs and shrubs, often wandering into open areas such as forest clearings or trails. Sometimes a Hermit Thrush will cock its tail and bob it slowly, while flicking its wings. Habitat [:] Look for Hermit Thrushes in forest understories, especially around edges or openings." 以上網頁於多倫多時間二〇二〇年十月一日下午十時至十一時半登入。 *Audubon: Guide to North American Birds*: "Hermit Thrush [,] *Catharus guttatus*"; *Wikipedia*: "The hermit thrush (*Catharus guttatus*) is a medium-sized North American bird. [...] The specific name *guttatus* is Latin for 'spotted'. [...] Adults are mainly brown on the upperparts, with reddish tails. The underparts are white with dark spots on the breast and grey or brownish flanks. They have pink legs and a white eye ring. Birds in the east are more olive-brown on the upperparts; western birds are more grey-brown. [...] The hermit thrush's song has been described as 'the finest sound in nature' and is ethereal and flute-like, consisting of a beginning note, then several descending musical phrases in a minor key, repeated at different pitches. It often sings from a high open location. Analysis of the notes of its song indicates that they are related by harmonic simple integer pitch ratios, like many kinds of human music and unlike the songs of other birds that has been similarly examined.' [...] Walt Whitman construes the hermit thrush as a symbol of the American voice, poetic and otherwise, in his elegy for Abraham Lincoln, 'When Lilacs Last in the Dooryard Bloom'd'. "A Hermit Thrush" is the name of a poem by the American poet Amy Clampitt [...]" 以上網頁於多倫多時間二〇二〇年十月二日中午十二時登入。

166 **點滴點滴滴滴滴**：原文 "Drip drop drip drop drop drop drop" (357)。這行的擬聲效果因頭韻 /d/、結尾輔音 /p/、"drop" (/drɒp/) 中的開元音 /ɒ/ 而彰顯，叫讀者彷彿聽到水聲。漢譯設法以漢語語音傳遞類似效果。

167 **如果有水／……可是，卻沒有水**："If there were water /...But there is no water" (346-59)。這段文字把荒原人渴望有水、見水、聽水的心理寫活，叫讀者身歷其境。所用的技巧包括 "If" 的重複、"water"、"spring"、"pool" 的變換推進、正反假設的互相取代 ("If there were" (352)，"Not the cicada / And dry grass singing / But sound of water over a rock" (353-56)) 以至所「討」之「價」由高處一步一步地下降，最後下降到至低 ("If there were water / And no rock / If there were rock / And also water / And water / A spring / A pool among the rock / If there were the sound of water only / Not the cicada / And dry grass singing" (346-55))。

168 **一直走在你身旁的第三者是誰呢？／……／──走在你另一邊的到底是誰呢？**：原文 "Who is the third who walks always beside you? / ... / —But who is that on the other side of you?" (359-65) 這七行營造的是神秘、詭異的氣氛。"the third" 是誰呢？敘事者故意不交代，在原文連 "person"（「人」）也不用，以增加模稜感。因此，漢譯也不說「第三人」，而說「第三者」。三六五行開頭的 "But" 表示強調語氣，不是連詞 (conjunction)「但是」、「可是」或「不過」的意思，因此譯「到底」（或「究竟」）。在自註裏，艾略特指出，三六〇至三六五行受了厄訥斯特‧沙克爾頓 (Ernest Shackleton)《南方》(*South*) 一書啟發。此書於一九一九年出版，寫沙克爾頓一九一四年至一九一七年南極探險之旅。艾略特的自註說："The following lines〔指三六〇至三六五行〕

were stimulated by the account of one of the Antarctic expeditions (I forgot which, but I think one of Shackleton's) : it was related that the party of explorers, at the extremity of their strength, had the constant delusion that there was *one more member* than could actually be counted."（「以下幾行由某一南極探險旅程的紀錄所引發（忘記是哪一探險隊了，大概是沙克爾頓率領的一隊吧）。紀錄提到：大家精疲力竭時，總有這樣的幻覺：隊員比實際數目多一人」）。原詩的行碼在 "350"（該作 "351"）開始出錯。為了避免增加閱讀麻煩，註釋有時會「將錯就錯」，按書中出錯的行碼排序。

169 那空中高處的聲音是甚麼？／……虛幻：原文 "What is that sound high in the air /...Unreal" (366-76)。在三六六至三七六行的自註中，艾略特指出，這幾行受赫爾曼・赫塞 (Hermann Hesse, 1872-1962)《混沌一瞥——論文三篇》(*Blick ins Chaos: Drei Aufsätze*) 一書中的下列文字啟發："Schon ist halb Europa, schon ist zumindest der halbe Osten Europas auf dem Wege zum Chaos, fährt betrunken im heiligen Wahn am Abgrund entlang und singt dazu, singt betrunken und hymnisch wie Dmitri Karamasoff sang. Ueber diese Lieder lacht der Bürger beleidigt, der Heilige und Seher hört sie mit Tränen."（「半個歐洲——至少是半個東歐——已經在駛向混沌途中，醉醺醺地狂野神入在深淵邊緣馳行，而且醉醺醺地歡唱，彷彿在唱著聖詩，像德米特里・卡拉馬佐夫〔多斯托耶夫斯基小說《卡拉馬佐夫兄弟》中的人物〕那樣唱著。被冒犯的資產階級訕笑這些歌，聖者和先知聽後卻流淚。」）赫塞的著作在瑞士伯爾尼 (Bern) 出版，一九二一年艾略特在該城療養，讀到該書；一九二二年三月十三日寫信給赫塞，說英國尚未有作品能夠像《混沌一瞥》那樣嚴肅看待時局。參看Southam 189-90。

170 **母親的**：原文 "maternal" (367)。有些論者認為，母親指擬人化的俄羅斯，哀悼的是一九一七年的政治動盪。參看 Southam, 189。

171 **人群**：原文 "hordes" (368)。有的論者認為指俄國造反的民眾。參看Southam, 189。

172 **群山那邊的城市是甚麼╱……虛幻**：原文 "What is the city over the mountains"…"Unreal" (371-76)。據羅素憶述，他曾經夢見倫敦變成一個虛幻城市，其居民變成了幻影，倫敦橋倒塌，倫敦市化為薄霧。這一惡夢，他曾經向艾略特敘說。其後，艾略特把這一惡夢的細節全部寫進了《荒原》。參看 Southam, 190。

173 **空中，上下顛倒的塔樓╱敲響報時的回憶之鐘**：原文 "And upside down in air were towers / Tolling reminiscent bells, that kept the hours" (382-83)。Southam (191)指出，這裏的鐘指倫敦教堂的鐘。在傑茜·韋斯頓的聖杯故事中，騎士抵達危險教堂受考驗時，就會有鐘聲響起。

174 **一個婦人把長長的黑髮緊拉╱……空池和枯井傳出唱歌的嗓音**：原文 "A woman drew her long black hair out tight /…And voices singing out of empty cisterns and exhausted wells" (377-84)。三七七至三七八行用了超現實手法。婦人把長髮拉緊，然後把頭髮當作弦線，奏起樂來。三七九至三八四行營造詭異悚人的景象。Southam (190) 指出，根據中世紀版本的聖杯傳說，危險教堂有各種可怖景象考驗騎士；他們接近教堂時會遭各種夢魘（包括臉如娃娃的蝙蝠）攻襲。艾略特本人則承認，這六行的某些細節獲十五世紀荷蘭畫家耶羅尼米斯·博斯 (Hieronymus Bosch，1452-1516) 啟發。博斯的作品詭異神秘，常常描繪地獄的可怖景象、惡魔以至各種引誘。此外，艾略特雖然堅稱，自己從沒有看過阿伯拉罕·布拉姆·

斯托克 (Abraham "Bram" Stoker, 1847-1912) 的恐怖小說《吸血殭屍》(*Dracula*) (1897)，但不少論者一再指出，三八一行 ("crawled head downward") 肯定出自《吸血殭屍》。在該小說的第三章，斯托克描寫被囚的哈克 (Jonathan Harker) 看見一個人在月光中 "crawl down the castle wall"（「爬下古堡的外牆」），"face down, with his cloak spread out around him like great wings"（「臉孔向下，斗篷像巨翅在他的四周散開」）。「斗篷像巨翅在他的四周散開」一句，叫讀者想起蝙蝠。參看Southam, 191。在民間傳說中，蝙蝠和吸血殭屍有密切關係，叫讀者直接聯想到三七九行的 "bats with baby faces"。這樣看來，艾略特詩中的意象與斯托克小說的描寫確有相似之處；但僅僅一個例子未足以確證艾略特看過該小說，因為在創作中，雷同或不約而同、不謀而合的現象至為尋常。**空池和枯井傳出唱歌的嗓音**：原文 "And voices singing out of empty cisterns and exhausted wells" (384)。Southam (191) 指出，在《舊約》的語言中，枯井表示信仰乾枯，眾人崇祀假神祇。在《耶利米書》第二章第十三節，神對其先知耶利米說："For my people have committed two evils; they have forsaken me the fountain of living waters, and hewed them out cisterns, broken cisterns, that can hold no water."（「因為我的百姓做了兩件惡事，／就是離棄我這活水的泉源，／為自己鑿出池子，／是破裂不能存水的池子。」）在《箴言》這五章第十五節，所羅門對其子民說："Drink waters out of thine own cistern, / And running waters out of thine own well."（「你要喝自己池中的水，／飲自己井裏的活水。」）

艾略特詩中的標點，沒有統一的規律。以《荒原》為例，有的段落中，標點用得嚴謹（如二二八—二六五行）；有的全部不用標點；有的整節一直不用標點，到結尾（如本節末行，即三八四行）才加一個句號。這樣「運用」標點，究竟是因為詩人有意創造某種藝術效果呢，還是因為詩人草率、粗疏，則有待學者進一步考證。不過，正如許多論者所言（如Southam），《荒原》的自註有不少錯漏。讀者只要按註索驥，一一核對引文的出處（包括英文以外的語言），就會同意論者的說法。有的論者推測，艾略特徵引外文（即英文以外的文字）時，所用並非一手資料。也許正因為如此，某些對外語（如古希臘語）有研究的作者，如羅伯特‧格雷夫斯 (Robert Graves)，不大看得起艾略特，雖然格雷夫斯的名氣在艾略特之下，譯荷馬的《伊利昂記》時譯得面目全非。至於格雷夫斯的譯筆如何拙劣，如何在翻譯過程中把荷馬的偉著糟蹋，參看本譯者英文論文 "Channelling the Amazon into a Canal: Pope's Translation of Homer's *Iliad*", 見Laurence K. P. Wong, *Thus Burst Hippocrene: Studies in the Olympian Imagination* (Newcastle upon Tyne: Cambridge Scholars Publishing, 2018), 350-413。現在回顧，《荒原》連行碼也印錯，標點符號不統一，也就不必奇怪了。本譯者的《世紀詩人艾略特》對艾略特的學問和外語有詳細探究，可參看。

175 **群山裏，在這個坍敗的洞中／……帶來了雨**：原文 "In this decayed hole among the mountains /…Bringing rain." (385-94)。Hayward 認為，根據傑茜‧韋斯頓的《從宗教儀式到傳奇》所述，這節寫騎士往危險教堂的旅程（這旅程是一種啟悟儀式）；教堂的可怕佈置，用來考驗新手的勇氣。參看 Southam, 191。

176 **只有一隻公雞在脊檁上／喔喔喔喔，喔喔喔喔**：原文 "Only a cock stood on the rooftree / Co co rico co co rico" (391-92)。Southam (191) 推測，這兩行可能隱含兩個典故：《新約》

中，雞啼三次彼得就會不認耶穌；西方傳說，雞啼時夜間出來遊蕩作惡的鬼魂就要回家。"Co co rico co co rico" 是法語雞啼的擬聲，等於英語的 "Cock-a-doodle-do"、漢語的「喔喔喔」。

177 **霍然電閃間，一陣濕潤的強風／帶來了雨**：原文 "In a flash of lightning. Then a damp gust / Bringing rain" (393-94)。荒原一直期待、渴望的雨水終於來臨。雨水來臨前，一節接一節的文字一直強調荒原乾旱、磽瘠，以營造雨水來時的高潮。由於前後對照，雨水來時更顯珍貴。

178 **雪山**：原文 "Himavant" (397)，是喜馬拉雅山脈的一座聖山。"Himavant" 是巴利文，意為「有雪的」。參看網上《巴漢詞典》(*Pali Dictionary*)（明法尊者增訂）（多倫多時間二〇二〇年十月九日下午六時登入）。

179 **森林蜷伏，寂靜中弓著背**：原文 "The jungle crouched, humped in silence" (398)。這行描寫雷聲說話前凝重而肅穆的氣氛。

180 **接著，雷聲開始說話／DA／Datta: 我們付出過甚麼？**：原文 "Then spoke the thunder / DA / *Datta*: what have we given?" (399-401)。四〇一行艾略特的自註有下列資料：" 'Datta, dayadhvam, damyata' (Give, sympathise, control). The fable of the meaning of the Thunder is found in the *Brihadaranyaka—Upanishad* [一般拼 "*Brihadāranyaka Upanishad*"], 5, I. A translation is found in Deussen's *Sechzig Upanishads* [正確拼法為 "*Upanishad's*"] *des Veda*, p. 489." Southam (192) 指出，艾略特的引文 "5, I" 有誤；正確的出處是 "V, 2"。艾略特出錯，是因為他所看到的保羅·多伊森 (Paul Jakob Deussen, 1845-1919) 德文翻譯四八九頁出錯。多伊森的譯本全名為 *Sechzig Upanishad's des Veda: aus dem Sanskrit übersetzt und*

mit Einleitungen und Anmerkungen versehen。*Brihadāranyaka Upanishad*，漢譯《廣林奧義書》（又譯《大森林奧義書》），屬於白柔夜吠陀。在《廣林奧義書》中，三批角色（神祇、人類、妖魔 (asuras)）找生主（Prajāpati，又譯「主神」、「眾生之主」；Prajāpati，也拼Prajapati），請他發言。生主對三批來者都說 "DA"。三批來者對 "DA" 字有不同的詮釋：神祇認為指 "Damyata"（「克制自我」）；人類認為指 "Datta"（「佈施」、「施捨」）；妖魔認為指 "Dayadhvam"（「同情」）。生主的回應是：三種答覆都對。艾略特沒有保留原文三種詮釋的次序，引起論者的種種揣測。雖然Southam (192) 認為 "Datta" 指 "give alms"（「佈施」、「施捨」），但從四○一一四○五行的文意看，"Datta" 該譯「付出」；只有這樣，詩意才可以前後呼應。付出甚麼呢？付出人類對上帝的信任和順從。"Prajapati"（又稱 "Svayambhu" 或 "Vedanatha"）是梵文，是印度教吠陀中的神祇："praja = creation, procreative powers"；"pati = lord, master"；"Prajapati" = "lord of creatures", "lord of all born beings"；"Prajapati" 在不同的文本中又可以指不同的神祇，包括因陀羅 (Indra)、梵天 (Brahma) 等等，同時又相等於印度教的梵 (Brahman)，指宇宙中最高的真理、最終的真實；到了後期，更常與梵天 (Brahma)、毗濕奴 (Vishnu)、濕婆 (Shiva) 等神祇相混。參看*Wikipedia*, "Prajapati" 條（多倫多時間二○二○年十月十日下午四時登入）。有關艾略特的奧義書師承，參看Southam, 192-93。此外，Southam (193) 認為，"DA" 的重複，也與特里斯坦‧扎拉 (Tristan Tzara，真名Sami Rosenstock (1896-1963)) 的達達主義 (Dadaism) 宣言有關。達達主義反藝術，反資產階級，宣揚無政府主義，一九一六年興起，一九二二年式微。其口號有："DADA; abolition de la mémoire: / DADA; abolition de l'archéologie: / DADA; abolition des prophètes." (「達達;廢除記憶:／達達;廢除考古學:／達達;廢除先知。」) 艾略特認識扎拉的作品,寫過文章評他的《詩作二十五首》(*Vingt-cinq poèmes*)。龐德、卓伊斯與達達主義者有交往,艾略特應該從兩人口中聽過達達主義的傳聞。一九二〇年六月在柏林出版的《達達年鑒》(*Dada Almanac*)「藉語音表達的哀號」("phonetic wailings"),與《荒原》中萊茵河三女兒的哀號有相似之處。

181 **我的朋友哇,血液搖動我的心/……憑藉這點,也僅憑這點,我們幸存至今**:原文 "My friend, blood shaking my heart /...By this, and this only, we have existed" (402-405)。這幾行寫信仰的心志湧動,毅然順從,把自己的命運交給上主。這「毅然順從」需要勇氣,因此說「膽量」。在這裏,"surrender" 指信仰者把自己的命運毅然向上帝付託(參看下文),不可以譯「投降」。"awful" 一般指「十分糟糕」、「十分可怕」,在這裏卻指「充滿敬畏」("full of awe"),充滿「對上帝的敬畏」("awe" 的另一種解釋,有明顯的宗教意味)。參看 *OED* 詞條 awe 和 *awful*。

182 **在獲得行善蜘蛛披掛綵飾的記憶**:原文 "Or in memories draped by the beneficent spider" (407)。在此行自註中,艾略特叫讀者參看韋布斯特《白魔鬼》的第五幕第六場:"'...they'll remarry / Ere the worm pierce your winding-sheet, ere the spider / Make a thin curtain for your epitaphs.'" (「『蠕蟲嚙穿你的壽衣前,蜘蛛/替你的墓誌銘編織帳幔前,/她們就會再婚了。』」)「行善」在這裏有反諷意味。

183 **或在我們的空房間裏/被瘦律師撕裂的封條下都找不到**:原文 "Or under seals broken by the lean solicitor / In our empty rooms" (408-409)。這兩行指人死後,人去房空,剩下遺囑,

由律師撕開火漆封條，公佈遺囑的內容。律師為凡間的法律手續或訴訟絞盡腦汁，人也消瘦了，因此說「瘦律師」（"the lean solicitor"）。"the lean solicitor"：按照英語語法，冠詞 "the" 加單數名詞 "solicitor"表示「所有律師」或「律師這一行」。四〇六－四〇九行上承四〇二－四〇五行，意思是：我們幸存至今，是因為我們有信仰，能順從上帝，把命運向上帝付託。而我們賴以生存的這一行動，具有恆久價值；這恆久價值，在歌功頌德、冠冕堂皇的訃聞中，在只供蜘蛛鋪網的墓誌上，在轉傳財富產業給後代的遺囑裏都找不到。換言之，塵世的繁華都虛幻，都不可恃；可恃的只有永恆的上帝。四〇二至四〇九行，哲學意味深遠，可與《水殞》並觀。

184 **DA**："DA" 的重複，增加了神諭的雷霆萬鈞。

185 **Dayadhvam**：這是妖魔對生主之言的詮釋：「同情」。"*Dayadhvam*" 一詞，艾略特譯 "sympathise"，也有譯者譯 "be compassionate"。

186 **我聽到鑰匙**：原文 "I have heard the key" (411)。艾略特的自註叫讀者參看《神曲‧地獄篇》第三十三章四十六－四十七行："e io senti' chiavar l'uscio di sotto / a l' orribile torre" (M. Barbi et al., eds., *Le opere di Dante:Testo critico della Società Dantesca Italiana*, by Dante Alighieri, II edizione (Firenze: Nella Sede della Società , 1960)。M. Barbi et al. 版與艾略特自註的引文有別：艾略特自註的引文中，"senti'" 作 "senti"；"a l' orribile torre" 作 "all' orribile torre")。（「我聽到凶堡樓下出口之門／被人釘了起來」）。在《地獄篇》第三十三章，烏戈利諾‧德拉格拉爾德斯卡 (Ugolino della Gherardesca) 伯爵敘述他和兒孫（父子、祖孫共五人）如何被大主教魯吉耶里‧德利烏巴爾迪尼 (Ruggieri degli Ubaldini) 出賣、囚禁，

然後活活餓死。但丁原文漢譯，參看黃國彬譯註《神曲‧地獄篇》，頁六一九。有關烏戈利諾和兒孫如何活活餓死，參看黃國彬譯註《神曲‧地獄篇》第三十三章十三—十八行註釋（頁六二六—二七）。艾略特對《神曲》原文的理解有誤：意大利原文的 "chiavar" 是「釘起來」的意思，與「鑰匙」無關。「鑰匙」的意大利語是 "chiave"；「鎖起來」或「關起來」的意大利語是 "chiudere a chiave"（物件）或 "mettere dentro"（罪犯）。Southam (194) 也指出了艾略特的錯誤：但丁的 "chiavar"，並不是 "locked" 的意思。換言之，在《荒原》四一一至四一四行，艾略特按錯誤的意英翻譯創作。艾略特出錯，可能因為他所依據的但丁版本是Temple Classics 意英對照版（艾略特常用的但丁版本）。Temple Classics 版的註解這樣詮釋烏戈利諾之死："the keys of the prison" "were thrown into the river and the captives left to starve" (Southam) 在 "the keys of the prison" 之後，加了以下按語："(rather than the tower)"。艾略特徵引但丁《神曲》的原文時，不止一次出錯；在他的著名論文 "Dante"（《但丁》）中，所引的意大利文也有舛訛。所以如此，大概有兩個原因：他所用的版本出錯；他的意大利語造詣不高（關於艾略特的外語造詣，《世紀詩人艾略特》有詳細討論）。不過在《荒原》四一一一一四行，他的錯誤對創作不但沒有害處，而且有很大的好處：讓他創造出優美、傳神的意象，把詩裏的題旨表達得準確而細膩。換言之，學術上的缺失，變成了創作上的優點。這種「錯有錯著」，在龐德的創作／翻譯生涯中也出現過。龐德不懂中文，靠費諾洛薩 (Ernest Fenollosa) 的筆記轉譯李白和其他中國古典詩人的作品後，「出產」的絕非翻譯，以韋里 (Arthur Waley) 和霍克思 (David Hawkes) 等中譯英翻譯高手的標準衡量，連及格的分數都拿不到，只能成為翻譯班同學的反面教材。——但是不要緊，龐德的胡搞和亂譯，產生了出色的英詩創作；中詩的原料經充強譯者的詩人誤解、錯解後，竟「轉生」為文學妙品，就像艾略特《荒原》的四一一——四行一樣。

　　自註中，艾略特還徵引了布雷德利的《表象與真實》(*Appearance and Reality*) 頁三〇六："My external sensations are no less private to my self than are my thoughts or my feelings. In either case my experience falls within my own circle, a circle closed on the outside; and, with all its elements alike, every sphere is opaque to the others which surround it...In brief, regarded as an existence which appears in a soul, the whole world for each is peculiar and private to that soul." （「我的外界感官經驗對於我個人，其獨有程度並不下於我的意念和感覺。在兩種情形下，我的經驗會落入我個人的圈子，對外界關閉的圈子；同時，由於其組成部分完全相似，每個圈子對於其周圍的圈子並不透明。簡而言之，對於每一個體，整個世界如當作出現在一個靈魂中的存在現象來看，就該靈魂而言，這世界是獨特的。」）艾略特的博士論文，以布雷德利的哲學為研究對象，題為《F‧H‧布雷德利哲學中的知識和經驗》，於一九一六年四月完成，一九六四年出版。一九一四年十月，艾略特往牛津大學默頓學院隨哈羅德‧亨利‧周厄克姆 (Harold Henry Joachim, 1868-1938) 研究布雷德利的哲學。周厄克姆是布雷德利的門徒。當時，布雷德利已深居簡出，過著退隱生活。艾略特在牛津期間從未見過他。不過在一九六一年發表的《批評批評家》("To Criticize the Critic") 一文中，艾略特承認，「布雷德利著作中反映的人格對我影響深遠」([Bradley's] personality as manifested in his works — affected me profoundly"）。參看Southam, 194。

187 **我聽到鑰匙／在門裏旋動了一次……想念著鑰匙，人人都證實有一個牢獄**：原文 "I have heard the key / Turn in the door once...Thinking of the key, each confirms a prison" (411-14)。這四行寫荒原的人（也是世人）活在自我的禁錮（詩中的「牢獄」）中，此刻終於聽到開鎖之匙；他們想念開鎖之匙，證實他們身在牢獄。開鎖之匙，在這裏象徵啟悟。這幾句以詩傳理，具體而深刻，也是《荒原》中的上乘佳句。

188 **只在黑夜降臨時，太清的謠言／使一個破爛的科里奧拉努斯復活於瞬間**：原文 "Only at nightfall, aethereal rumours / Revive for a moment a broken Coriolanus" (415)，"aethereal"（「太清」，形容詞，*ethereal* 的異體拼法）有多種意思：「極度脆弱」；「極度精緻、輕清，彷彿不屬於人間」；「空靈」；「出塵」；「縹緲」；「屬於太虛」；「屬於天堂」。"Coriolanus"（「科里奧拉努斯」）：Caius Marcius Coriolanus，羅馬將領，莎士比亞悲劇《科里奧拉努斯》(*Coriolanus*) 的主角。劇中，科里奧拉努斯是個勇敢、無畏而善戰的將領，不過性情傲慢，瞧不起羅馬的平民 (plebeians)，認為他們低貴族 (patricians) 一等，結果被羅馬人放逐，最後被盟友殺害，是沒有從政之才而從政的人物。這兩行的敘事人說他「復活」，是指他一改傲慢性情，「重新做人」，變得謙遜，遙呼四二一至四二二行的 "beating obedient / To controlling hands"。基督教視謙遜和順從上帝為美德；科里奧拉努斯復活，自然不再傲慢。原文 "nightfall" 一般譯「黃昏」，這裏直譯 "night" "fall"，更能傳遞原詩的時間和氣氛。"broken"有「砸爛」、「毀壞」之意。

189 **DA**："DA" 的第三次出現，再加強雷語雷霆萬鈞之勢。

190 **Damyata**：艾略特的英譯是 "control"，其他譯者譯 "restrain / subdue yourselves" (Southam, 195)，是「克制」、「克己」之意。

191 **小船欣然／回應……隨掌控的手搏動**：原文 "The boat responded / Gaily, to the hand expert with sail and oar / The sea was calm, your heart would have responded / Gaily, when invited, beating obedient / To controlling hands (418-22)。論者指出，艾略特是出色的遊艇駕駛者，也是哈佛大學和牛津大學的划艇手，駕船和航海意象來自一手經驗。這五行以航海意象描寫溫馴的靈魂順從最高意志的掌控。這種順從，是荒原獲得救贖的關鍵。

192 **我在岸邊坐著／……Shantih shantih shantih**：原文 "I sat upon the shore /…Shantih shantih shantih (423-33)。Southam (195) 指出，在這一節，艾略特湊合多種語言的引文，其手法可以上溯至晚期拉丁詩，如奧索紐斯（Decimius Magnus Ausonius，約公元310-390，一說約公元310-395）的作品。在《神曲》的意大利文中，但丁也穿插普羅旺斯語。不過但丁的手法和艾略特的手法有很大的分別：在《神曲》裏，情節中的人物是普羅旺斯詩人，因此說普羅旺斯語；但丁並沒有像艾略特那樣拼湊、剪貼，在同一節文字裏插入不同的外語。

193 **釣魚，背後是乾旱的平原**：原文 "Fishing, with the arid plain behind me" (424)。艾略特的自註叫讀者參看韋斯頓《從宗教儀式到傳奇》中有關漁翁王的一章。

194 **至少，我該把我的國土理妥吧？**：原文 "Shall I at least set my lands in order?" (425) 敘事者在自言自語，彷彿在沉思，在自我檢討。Southam (196) 指出，這行與《舊約・以賽亞書》第三十八章第一節呼應：" 'Thus saith the Lord, Set thine house in order: for thou shalt die, and not live." （「耶和華如此說：『你當留遺命與你的家，因為你必死，不能活了。』」）和合本《聖經》何以把 "Set thine house in order" 譯成「你當留遺命與你的家」，不得而知。英語 "set / put / get your (own) house

in order" 是「先把你自己的事務搞好」、「先把你的家治好」、「你自己要先齊家」之意。這裏的 "order" 與「命令」（「留遺命」）無關。和合本《聖經》據欽定本《聖經》漢譯，因此在這裏以英文為原文衡量。

195　**倫敦橋在倒塌在倒塌在倒塌**：原文 "London Bridge is falling down falling down falling down" (426)。這是英國兒歌中的疊句。一七五〇年前，倫敦橋是泰晤士河的唯一橋樑。十八世紀，倫敦橋坍圮不堪。兒歌涉及修橋之法。參看Southam, 196。

196　***Poi s'ascose nel foco che gli affina*** (427)：艾略特的自註叫讀者參看《神曲‧煉獄篇》第二十六章一四五─四八行：

> "'Ara vos prec per aquella valor
> 　'que vos condus [也作 "guida"] al som de l'escalina,
> 　'sovenha vos a temps de ma dolor.'
> 　Poi s'ascose nel foco che li affina."

引文一至三行，是十二世紀吟遊詩人 (troubadour) 阿諾‧丹尼爾以普羅旺斯語（丹尼爾的母語）對但丁所說的話。第四行是但丁的意大利文敍述。艾略特自註中的 "li" ("Poi s'ascose nel foco che li affina")，在正文四二七行是 "gli" ("Poi s'ascose nel foco che gli affina")；引用同一行意大利文也前後不符，足見他自註《荒原》時如何草率。漢譯參看黃國彬譯註，但丁，《神曲‧煉獄篇》頁四一〇和頁四〇三：

> 「偉力把閣下帶到梯頂之上。
> 　看在他分上，讓鄙人向閣下懇祈：
> 　機會來時，請眷念在下的悒悵！」
> 　之後就隱沒，受烈火繼續淨化。

當時，丹尼爾因淫慾之罪受烈火之刑，同時也受烈火淨化。Williamson指出，丹尼爾是最傑出的吟遊詩人，是獅心王理查德 (Richard Cœur de Lion) 的朋友。提起丹尼爾，讀者就會想起普羅旺斯的燦爛文明及其吟遊詩人留給當今世界的傳說；就象徵層次言之，則給烈火增添基督教色彩。

Southam (196-97) 指出，這幾行對艾略特有重要意義，獲他多次徵引。他的第三本詩集，於一九二〇年在倫敦出版，書名為*Ara Vos Prec*。一九一九年十月，他寫信給出版商約翰·羅德克 (John Rodker)，說："It has occurred to me that the title ARA VUS PREC would do. For it is non-committal about the newness of the contents, and unintelligible to most people"（「剛剛想起，以ARA VUS PREC為書名就可以了。因為，書名對內容的新舊，並沒有表示立場；大多數人看了，則不明所以。」）艾略特信中的 "VUS"，是 "VOS" 之誤。艾略特不懂普羅旺斯語；所以出錯，是因為他徵引的但丁版本有排印舛訛（該版本是他隨身攜帶的版本）。錯誤發現後，出版社只來得及把書的標籤改正。引文中的 "sovenha vos"（"sovenha"，Southam, 197作 "Sovegna"），則出現在 "Exequy"（《輓歌》）（《荒原》手稿中的一首詩，不過為艾略特刪去，其後在 "Ash-Wednesday" 第四部分出現）。艾略特可能因龐德的介紹而對上述引文產生興趣。參看Southam, 197。

197 *Quando fiam uti chelidon*：(428)。拉丁文，意為「我何時 [Quando] 才能 [fiam] 像 [uti] 燕子 [chelidon] ？」拉丁文一般不用主詞，動詞的詞形變化 (conjugation) 即可以顯示主詞是「我」、是「你」還是「他」，是單數還是複數；拉丁原文漢譯時要補入主詞。在自註裏，艾略特叫讀者參看《維納斯之夜》(*Pervigilium Veneris*)（指維納斯節為節日守夜）一詩，也就是說，此句引自該詩。"Pervigilium Veneris" 是拉丁詩，創作年代不詳，一般論者認為作於公元兩世紀、四世紀或五世紀。至於作者，則有三說：一說是提貝里安努斯 (Tiberianus)；一說是普布利烏斯·安紐斯·弗洛魯斯 (Publius Annius Florus)；一說作者不詳。作品大概寫於早春，在長達三夜的維納斯節前夕，寫作地點大概是西西里。作品描寫動植物世界的周年復甦。詩人寫作時，身在坍毀的古城。詩中的浪漫情調是古典時期過渡到中世紀的特色。全詩九十三行，長短七步格 (trochaic septenarius)，疊句為 "Cras amet qui nunquam amavit; quique amavit cras amet." (英語直譯："Let the one love tomorrow who has never loved, and let the one who has loved love tomorrow." 墳場派 (Graveyard School或Churchyard School) 詩人托馬斯·帕奈爾 (Thomas Parnell) 的意譯為："Let those love now who never loved before, / Let those who always lov'd, now love the more." 漢譯：「讓未曾愛戀過的在明天愛戀；讓愛戀過的愛戀於明天。」) 作品以夜鶯之歌結尾："illa cantat; nos tacemus; quando ver venit meum?" ("She sings; we are silent; when will my springtime come?" 漢譯：「她在歌唱；我們沉默；我的春天何時來？」) 參看*Wikipedia*, "Pervigilium Veneris" 條（多倫多時間二〇二〇年十月十四日下午十二時三十分登入）。在拉丁文原詩中，"Quando fiam uti chelidon" 之後，是 "ut tacere desinam"。整行是 "Quando fiam uti chelidon, ut tacere desinam?"（「我何時才能像燕子那樣，不再沉默？」）Southam (198) 指出，艾略特可能從龐德《羅漫語精神》(*The Spirit of Romance: An Attempt to Define Somewhat the Charm of the Pre-Renaissance Literature of Latin Europe*) 一書首次接觸到《維納斯之夜》這首拉丁詩。這樣看來，艾略特的引文又是二手資料了。

198 **燕子呀，燕子**：原文 "O swallow swallow" (428)。出現在坦

尼森敘事詩《公主》(*The Princess*) 第四部分："O Swallow, Swallow, flying, flying south, / Fly to her, and fall upon her gilded eaves, / And tell her, tell her, what I tell to thee. / O tell her, Swallow, thou that knowest each, / That bright and fierce and fickle is the South, / And dark and true and tender is the North. / O Swallow, Swallow, if I could follow, and light / Upon her lattice, I would pipe and trill, / And cheep and twitter twenty million loves. […] O tell her, brief is life but love is long, / And brief the sun of summer in the North, / And brief the moon of beauty in the South. […]" 歌中，王子求燕子給情人傳遞信息。

199 *Le Prince d'Aquitaine à la tour abolie* (429)：艾略特的自註指出，此句引自法國作家兼翻譯家舍哈·德涅瓦爾(Gérard de Nerval; Gérard，艾略特拼 Gerard，*é* 變成了*e*) 的十四行詩《倒霉鬼》("El Desdichado")。Gérard de Nerval全名為Gérard Cecil de Van Nerval，是Gérard Labrunie的筆名。在該詩中，作者說："Je suis le Ténébreux, —le Veuf, —l'Inconsolé, / Le Prince d'Aquitaine à la Tour abolie […]"（「我是個憂人、鰥夫，不得慰藉，／置身坍壞塔樓的阿奎登王子〔……〕」）。詩的氣氛沉鬱，敘事者境況淒慘。阿奎登(Aquitaine)，歷史上法國西南部的一個區域，西瀕大西洋，西南與西班牙毗鄰，首府波爾多 (Bordeaux)。Williamson 指出，塔羅紙牌中，有一張描繪塔樓遭電擊，預示巨變將臨。在古代傳統中，法國的吟遊詩人 (troubadour) 與法國西南部阿奎登的古堡關係密切。敘事者想像自己是吟遊傳統的繼承人，但是繼承權被剝奪，像一個置身坍壞塔樓的阿奎登王子。德涅瓦爾患有精神病，於一八五五年自殺身亡。西班牙語 *desdichado* 既指「倒霉」、「不幸」，也指「繼承權被剝奪」；法語*ténébreux*，也指「性情陰鬱」。參看Southam,

198。

200 **這些零碎我拿來支撐我的廢墟**：原文 "These fragments I have shored against my ruins" (430)。**零碎**：指上述各外語引文。

201 **自當遵命。海羅尼莫又瘋了**：原文 "Why then Ile fit you. Hieronymo's mad againe." (431) 艾略特的自註指出，此行出自英國劇作家托馬斯‧克伊德 (Thomas Kyd, ?1557-1594，"Kyd" 也可粵譯「基德」) 的《西班牙悲劇》(*The Spanish Tragedy*)。劇中，海羅尼莫被吩咐撰寫劇本以娛樂宮廷中人時答道："Why then Ile fit you!"（「自當遵命！」）此劇作於十六世紀，副標題為 *Hieronymo Is Mad Againe*。劇本寫賀雷修 (Horatio) 被謀殺後，父親海羅尼莫如何為兒子復仇。"Hieronymo" 也拼 "Hieronimo"；如以西班牙語發音，可譯「耶羅尼莫」。克伊德的生卒年份難以確定；後人只知道他於一五五八年十一月六日領洗，一五九四年八月十五日下葬。

202 **Shantih shantih shantih** (433)：梵文，也拼 "shanti"，是印度傳統的咒語或禱詞。艾略特的自註指出，"shantih" 一詞重複，是奧義書的正式結尾。在《奧義書》中，正式的結尾為 "Om shantih shantih shantih." 在自註中，艾略特這樣解釋 "shantih"："'The Peace which passeth understanding' is our equivalent to this word."（「此詞相當於英語的『超越理解的寧謐』」）Southam (198) 指出，艾略特的詮釋脫胎自保羅對早期基督徒所說的話："And the Peace of God, which passeth all understanding, shall keep your hearts and minds through Christ Jesus." (*Philippians*, iv, 7)（「神所賜出人意外的平安，必在基督耶穌裏，保守你們的心懷意念」）（《腓立比書》第四章第七節）。和合本《聖經》的漢譯（「出人意外的平安」）值得商榷。首先，"passesth understanding" 並非「出人

意外」，而是指「超出人智的理解能力」（上帝無限神秘，渺小的凡智自然無從理解）。第二，「出人意外」是「突如其來，意想不到」的意思，與 "passeth understanding" 拉不上關係。第三，「平安」叫人想起「出入平安」，也不是原文 "peace" 的意思。在漢語世界，「平安」是十分尋常的意念，其涵義連未受過正式教育的老嫗都能掌握，怎會 "passeth understanding" 呢？不過，話又要說回來，要把《奧義書》的 "shantih" 或《聖經》"the Peace of God" 中的 "Peace" 譯成另一語言，的確也不容易（當然，從語言學和翻譯理論的角度衡量，"shantih" 和 "The Peace which passeth understanding" 也不可能絕對相等）。僅僅 "shantih" 一詞，就有 "inner peace"、「安恬」、「安舒」、「靜謐」、「了無罣礙」、「脫離煩憂、驚怖」等意義。這麼繁複的一個詞，要找準確的對應，實在非常困難，甚至完全不可能。一定要漢譯，「寧謐」算是較佳選擇，因為「寧謐」遠比「平安」淵深奧密，距離塵世的凡思較遠，距離上帝的聖聰較近。艾略特說 "shantih" 是「《奧義書》的正式結尾」，也需補充。翻閱《奧義書》，我們會發覺，"shantih" 的重複可以出現在全書之末，也可以出現在全書之首。比如說，《伽陀奧義書》一開始就說："Om! Shantih! Shantih! Shantih!"。"Om! Shantih! Shantih! Shantih!" 一語，有的譯者譯「唵！和平！和平！和平！」。這一譯法，同樣值得商榷。"Om" 是印度教中的神聖音節，有兩種詮釋：一，是宇宙脈搏之音；二，是用來傳達天啟真理之詞 (參看Southam, 199)；音譯為「唵」沒有問題；但 "Shantih" 譯為「和平」就大乖原意了。在現代漢語中，「和平」幾已凝定為「戰爭」的反義詞；一般人說「和平」或聽到「和平」一詞時，常會聯想到「但願世界和平」一類善頌善禱，甚少——甚至不會——聯想到屬於心靈層次的「寧謐」、「安恬」、「了無罣礙」、「脫離煩憂、驚怖」等詞語或片語。艾略特以 "Shantih shantih shantih" 結束全詩，但沒有斷言，荒原最後是否得救。他這樣做，大概是為了讓讀者自己找答案，給他們言雖盡、意無窮的感覺。這樣為作品結尾，是上世紀某些文學理論家津津樂道的「開放型」結尾。

參考書目

一、英語及其他外語

甲、參考書（按作者姓名字母序）

Abrams, M. H., *A Glossary of Literary Terms*, 11th ed. (Stamford: Cengage Learning, 2015).

Ackroyd, Peter, *T. S. Eliot* (London: Hamilton, 1984).

Alighieri, Dante, *Le opere di Dante: Testo critico della Società Dantesca Italiana*, a cura di M. Barbi et al. (Firenze: Nella Sede della Società, 1960).

Aristotle, *Poetics* (Περὶ Ποιητικῆς), ed. and trans., Stephen Halliwell, The Loeb Classical Library, ed. Jeffrey Henderson, Aristotle XXIII LCL 199 (Cambridge, Massachusetts / London, England: Harvard University Press, 1995).

Blamires, Harry, *Word Unheard: A Guide through Eliot's Four Quartets* (London: Methuen & Co. Ltd., 1969).

Bodelsen, C. A., *T. S. Eliot's Four Quartets: A Commentary*. 2nd ed. (Copenhagen: Copenhagen University Publication Fund, 1966).

Borrow, Colin, *William Shakespeare: The Complete Sonnets and Poems* (Oxford / New York: Oxford University Press, 2008).

Bradley, A. C., *Shakespearean Tragedy: Lectures on* Hamlet, Othello,

King Lear, Macbeth (London: Macmillan and Co. Ltd., 1965).

Catford, J. C., *A Linguistic Theory of Translation: An Essay in Applied Linguistics*, Language and Language Learning 8, General Editors, Ronald Mackin and Peter Strevens (London: Oxford University Press, 1965)

Chinitz, David E., ed., *A Companion to T. S. Eliot*, Oxford: Wiley-Blackwell, 2009.

Craig, W. J., ed., *Shakespeare: Complete Works*, by William Shakespeare, Oxford Standard Authors (London: Oxford University Press, 1974).

de Saussure, Ferdinand, *Cours de linguistique générale,* eds. Charles Bally, Albert Sechehaye, and Albert Riedlinger (Paris: Payot, 1964).

Dettmar, Kevin, "A Hundred Years of T. S. Eliot's 'Tradition and the Individual Talent'", *The New Yorker*, October 27, 2019.

Donne, John, *Donne: Poetical Works*, ed. H. J. C. Grierson, Oxford Standard Authors (London: Oxford University Press, 1933).

Eliot, T. S., *After Strange Gods: A Primer of Modern Heresy: The Page-Barbour Lectures at the University of Virginia, 1933* (London: Faber and Faber Limited, 1934).

_____. *Collected Poems: 1909-1962* (London: Faber and Faber Limited, 1963).

_____. *Murder in the Cathedral* (New York: Harcourt, Brace and Company, Inc., 1935).

_____. *On Poetry and Poets* (London: Faber and Faber, 1957).

_____. *On Poetry and Poets* (New York: Farrar, Straus and Giroux, 2009). 引文如無註明出版地點和出版社名字，則引自 "Faber and Faber" 版。

———. *Selected Essays* (London: Faber and Faber, 1951).

———. *The Cocktail Party* (London: Faber and Faber, 1950).

———. *The Confidential Clerk* (New York: Harcourt, Brace and Company, 1954).

———. *The Family Reunion* (London: Faber and Faber, 1950).

———. *The Sacred Wood: Essays on Poetry and Criticism*, 6th ed. (London: Methuen, 1948).

———. *The Waste Land: Authoritative Text, Contexts, Criticism*, A Norton Critical Edition, ed. Michael North (New York / London: W. W. Norton, 2001).

———. *The Waste Land: A Facsimile and Transcript of the Original Drafts Including the Annotations of Ezra Pound*, ed. Valerie Eliot, A Harvest book (San Diego / New York/ London: Harcourt, Brace and Company, 1971).

———. *To Criticize the Critic and Other Writings* (London: Faber and Faber, 1965)

Gardner, Helen, *The Art of T. S. Eliot* (London: The Cresset Press, 1949).

Greene, E. J. H., *T. S. Eliot et la France* (Paris: Boivin, 1951).

Harvey, Sir Paul, and J. E. Helseltine, comp. and ed., *The Oxford Companion to French Literature* (Oxford: Clarendon Press, 1989).

Hesse, Eva, *T. S. Eliot und Das wüste Land: Eine Analyse* (Frankfurt am Main: Suhrkamp Verlag, 1973).

The Holy Bible, containing the *Old* and *New Testaments*, translated out of the original tongues and with the former translators diligently compared and revised by His Majesty's special command, appointed to be read in churches, Authorized King James Version, printed by authority (London / New York / Glasgow / Toronto / Sydney / Auckland: Collins' Clear-Type Press, [no publication year]).

Homer, Ἰλιάς [*The Iliad*], trans., A. T. Murray, 2 vols., The Loeb Classical Library 170, 171, ed. G. P. Goold (Cambridge, Massachusetts: Harvard University Press, 1924-1925).

Jenkins, Harold, ed., *Hamlet*, by William Shakespeare, The Arden Shakespeare (London: Methuen, 1982).

Johnson, Samuel, *The Lives of the Most Eminent English Poets: With Critical Observations on Their Works*, with an Introduction and Note by Roger Lonsdale, 4 vols. (Oxford: Clarendon Press, 2006).

Kermode, Frank, *Romantic Image* (London / New York: Routledge, 2002).

Kerrigan, John, ed., *William Shakespeare: The Sonnets and A Lover's Complaint* (London: Penguin Books, 2005).

Leishman, J. B., *The Monarch of Wit: An Analytical and Comparative Study of John Donne* (London: Hutchinson, 1965)

Levin, Harry, *The Question of* Hamlet (New York: Oxford University Press, 1959).

Lewis, C. S., "Hamlet: The Prince or the Poem", in Laurence Lerner, ed., *Shakespeare's Tragedies: An Anthology of Modern Criticism* (Harmondsworth: Penguin Books, 1968), 65-77.

_____. *A Preface to* Paradise Lost (New York: Oxford University Press, 1961).

Leyris, Pierre, and John Hayward, trans., *Quatre quatuors*, by T. S. Eliot (Paris: Éditions du Seuil, 1950).

Matthiessen, F. O, and C. L. Barber, *The Achievement of T. S. Eliot: An Essay on the Nature of Poetry*, with a chapter on Eliot's later work by C. L. Barber, Galaxy Book GB22, 3rd ed. (New York: Oxford University Press, 1963).

Milton, John, *Milton: Poetical Works*, ed. Douglas Bush (London: Oxford University Press, 1966).

Petrocchi, Giorgio, a cura di, *Le Opere di Dante Alighieri: La Commedia*, by Dante Alighieri, secondo l'antica vulgata, Società Dantesca Italiana, Edizione Nazionale (Milano: Arnoldo Mondadori Editore, 1967).

Pinion, F. B., *A T. S. Eliot Companion: Life and Works* (London: Papermac, 1986).

Rainey, Lawrence, ed., with annotations and introduction, *The Annotated Waste Land with Eliot's Contemporary Prose*, 2nd ed. (New Haven / London: Yale University Press, 2006).

Ricks, Christopher, *Milton's Grand Style* (Oxford: Clarendon Press, 1963).

Ricks, Christopher, and Jim McCue, eds., *The Poems of T. S. Eliot*, by T. S. Eliot, 2 vols., Vol. 1, *Collected and Uncollected Poems*, Vol. 2, *Practical Cats and Further Verses* (London: Faber and Faber, 2015).

Robbins, Rossell [也拼 "Russell"] Hope, *The T. S. Eliot Myth* (New York: Henry Schuman, 1951).

Sophocles, *Ajax • Electra • Oedipus Tyrannus*, trans. Hugh Lloyd Jones, 1st ed. 1994, The Loeb Classical Library (Cambridge, Massachusetts / London, England: Harvard University Press, 1997 ed.).

Southam, B. C., *A Guide to the Selected Poems of T. S. Eliot*, 6th ed., A Harvest Original (San Diego / New York / London: Harcourt, Brace and Company, 1994).

Taylor, Michelle, "The Secret History of T. S. Eliot's Muse", *The New Yorker* (December 5, 2020). (accessed through the Internet)

Thompson, Ann, and Neil Taylor, eds., *Hamlet*, by William Shakespeare, the Arden Shakespeare (London: Arden Shakespeare, 2006).

Wells, Stanley, et al., eds., *William Shakespeare: The Complete Works*, by William Shakespeare, General Editors: Stanley Wells and Gary Taylor, 2nd ed. (Oxford: Clarendon Press, 2005), 1st ed. 1986.

Williamson, George, *A Reader's Guide to T. S. Eliot: A Poem-by-Poem Analysis* (New York: The Noonday Press, 1953).

Wong, Laurence [Huang Guobin], "Musicality and Intrafamily Translation: With Reference to European Languages and Chinese", *Meta* 51.1 (March 2006): 89-97. 此文現已收錄於本譯者的英文專著。參看Laurence K. P. Wong, *Where Theory and Practice Meet: Understanding Translation through Translation* (Newcastle upon Tyne: Cambridge Scholars Publishing, 2016), 86-98.

乙、詞典（按編者姓名字母序）

1. 英語

Allen, R. E., *The Concise Oxford Dictionary of Current English*, 1st ed. by H. W. Fowler and F. G. Fowler, 1911 (Oxford: Clarendon Press, 8th ed. 1990).

Gove, Philip Babcock et al., eds., *Webster's Third New International Dictionary of the English Language Unabridged* (Springfield, Massachusetts: G. & C. Merriam Company, 1976).

Gove, Philip Babcock et al., eds., *Webster's Third New International Dictionary of the English Language Unabridged* (Springfield,

Massachusetts: Merriam – Webster Inc., Publishers, 1986).

Brown, Lesley et al., eds., *The New Shorter Oxford English Dictionary on Historical Principles*, 2 vols. (Oxford: Clarendon Press, 1993).

Flexner, Stuart Berg, et al., eds., *The Random House Dictionary of the English Language*, 2nd ed., unabridged (New York: Random House, Inc., 1987).

Little, William, et al., prepared and eds., *The Shorter Oxford English Dictionary on Historical Principles*, 1st ed. 1933 (Oxford: Clarendon Press, 3rd ed. with corrections 1970).

Nichols, Wendalyn R., et al., eds., *Random House Webster's Unabridged Dictionary*, 2nd ed. (New York: Random House, Inc., 2001).

Simpson, J. A., and E. S. C. Weiner, eds., *The Oxford English Dictionary*, 1st ed. by James A. Murray, Henry Bradley, and W. A. Craigie, 20 vols., combined with A Supplement to *The Oxford English Dictionary*, ed. R. W. Burchfield (Oxford: Clarendon Press, 2nd ed. 1989); *OED* online. Also referred to as *"OED"* for short (也簡稱 *"OED"*).

Sinclair, John, et al., eds., *Collins Cobuild English Dictionary* (London: HarperCollins Publishers, 1995).

Soanes, Catherine, and Angus Stevenson, eds., *Concise Oxford English Dictionary*, 1st ed. by H. W. Fowler and F. G. Fowler, 1911 (Oxford: Oxford University Press, 11th ed. 2004).

Soanes, Catherine, and Angus Stevenson, eds., *Oxford Dictionary of English*, 2nd ed., revised (Oxford: Oxford University Press, 2005); 1st ed. edited by Judy Pearsall and Patrick Hanks.

Stevenson, Angus, and Christine A. Lindberg, eds., *New Oxford American Dictionary*, 3rd ed. (Oxford / New York: Oxford

University Press, 2010); 1st ed. (2001) edited by Elizabeth J. Jewell and Frank Abate.

Della Thompson, ed., *The Concise Oxford Dictionary of Current English* (Oxford: Clarendon Press, 9th ed. 1995).

Trumble, William R., et al., eds., *Shorter Oxford English Dictionary on Historical Principles*, 2 vols., Vol. 1, A – M, Vol. 2, N – Z, 1st ed. 1933 (Oxford: Oxford University Press, 5th ed. 2002).

2. 法語

Carney, Faye, et al., eds., *Grand dictionnaire: français-anglais / anglais-français / French-English / English-French Dictionary* unabridged, 2 vols.; 1: *français-anglais / French-English*; 2: *anglais-français / English-French* (Paris: Larousse, 1993).

Chevalley, Abel, and Marguerite Chevalley, comp., *The Concise Oxford French Dictionary: French-English*, 1st ed. 1934 (Oxford: Clarendon Press, reprinted with corrections 1966).

Goodridge, G. W. F. R., ed., *The Concise Oxford French Dictionary: Part II: English-French*, 1st ed. 1940 (Oxford: Clarendon Press, reprinted with corrections 1964).

Guilbert, Louis, et al., eds., *Grand Larousse de la langue française en sept volumes* (Paris: Librairie Larousse, 1971-1978). On the title page of Vol. 1, Vol. 2, and Vol. 3, the words indicating the number of volumes are "en six volumes" [in six volumes] instead of "en sept volumes" [in seven volumes]; on the title page of Vol. 4, Vol. 5, Vol. 6, and Vol. 7, the words "en sept volumes" [in seven volumes] are used. As a matter of fact, the dictionary consists of seven volumes instead of six. The publication years are 1971 (Vol. 1), 1972 (Vol. 2), 1973 (Vol. 3), 1975 (Vol. 4), 1976 (Vol. 5), 1977

(Vol. 6), and 1978 (Vol. 7).

Harrap's Shorter Dictionary: English-French / French-English / Dictionnaire: Anglais-Français / Français-Anglais, 6ᵗʰ ed. (Edinburgh: Chambers Harrap Publishers Ltd., 2000) [no information on editor(s)].

Imbs, Paul, et al., eds., *Trésor de la langue française: Dictionnaire de la langue du XIXᵉ et du XXᵉ siècle (1789-1960)*, 16 vols. (Paris: Éditions du Centre National de la Recherche Scientifique, 1971).

Mansion, J. E., revised and edited by R. P. L. Ledésert et al., *Harrap's New Standard French and English Dictionary*, Part One, French-English, 2 vols., Part Two, English-French, 2 vols., 1ˢᵗ ed. 1934-1939 (London: George G. Harrap and Co. Ltd., revised ed. 1972-1980).

Corréard, Marie-Hélène, et al., eds., *The Oxford-Hachette French Dictionary: French-English • English-French / Le Grand Dictionnaire Hachette-Oxford: français-anglais • anglais-français*, 1ˢᵗ ed. 1994, 4ᵗʰed. by Jean-Benoit Ormal-Grenon and Nicholas Rollin (Oxford: Oxford University Press; Paris: Hachette Livre; 4ᵗʰ ed. 2007).

Rey, Alain, et al., eds., *Le Grand Robert de la langue française*, deuxième édition dirigée par Alain Rey du dictionnaire alphabétique et analogique de la langue française de Paul Robert, 6 vols., 1ˢᵗ ed. 1951-1966 (Paris: Dictionnaires le Robert, 2001). In the list of "PRINCIPAUX COLLABORATEURS" ["PRINCIPAL COLLABORATORS"], however, the six-volume edition is described as "Édition augmentée" [enlarged or augmented edition] "sous la responsabilité de [under the responsibility of] Alain REY et Danièle MORVAN," the second edition being a nine-volume edition published in 1985.

Rey, Alain, et al., eds., *Dictionnaire historique de la langue française*, 6 vols. (Paris: Dictionnaires le Robert, 2000).

3. 德語

Betteridge, Harold T., ed., *Cassell's German and English Dictionary*, 1ˢᵗ ed. 1957, based on the editions by Karl Breul (London: Cassell and Company Ltd., 12ᵗʰ ed. 1968).

Drosdowski, Günther, et al., eds., *DUDEN: Das große Wörterbuch der deutschen Sprache*, in acht Bänden [in eight volumes], völlig neu bearbeitete und stark erweiterte Auflage herausgegeben und bearbeitet vom Wissenschaftlichen Rat und den Mitarbeitern der Dudenredaktion unter der Leitung von Günther Drosdowski (Mannheim / Leipzig / Wien / Zurich: Dudenverlag, 1993-1995).

Pfeifer, Wolfgang, et al., eds., *Etymologisches Wörterbuch des Deutschen*, 3 vols. (Berlin: Akademie – Verlag, 1989).

Scholze-Stubenrecht, W., et al., eds., *Oxford-Duden German Dictionary: German-English / English-German*, 1ˢᵗ ed. 1990 (Oxford University Press, 3ʳᵈ ed. 2005).

Wahrig, Gerhard, et al., eds., *Brockhaus Wahrig Deutsches Wörterbuch*, in sechs Bänden [in six volumes] (Wiesbaden: F. A. Brockhaus; Stuttgart: Deutsche-Verlags-Anstalt, 1980-1984).

4. 意大利語

Bareggi, Maria Cristina, et al., eds., *DII Dizionario: Inglese Italiano•Italiano Inglese*, in collaborazione con Oxford University Press (Oxford: Paravia Bruno Mondatori Editori and Oxford University Press, 2001).

Bareggi, Cristina, et al., eds., *Oxford-Paravia Italian Dictionary: English-Italian•Italian-English / Oxford-Paravia: Il dizionario Inglese Italiano•Italiano Inglese*, 1st ed. 2001 (Oxford: Paravia Bruno Mondadori Editori and Oxford University Press, 2nd ed. (seconda edizione aggiornata) 2006).

Battaglia, Salvatore, et al., eds., *Grande dizionario della lingua italiana*, 21 vols. (Torino: Unione Tipografico–Editrice Torinese, 1961-2002). *Supplemento all'indice degli autori citati: autori, opere, edizioni che compaiono nei volumi X, XI e XII per la prima volta*; *Supplemento 2004*, diretto da Edoardo Sanguineti, 2004; *Indice degli autori citati nei volumi I-XXI e nel supplemento 2004*, a cura di Giovanni Ronco, 2004; *Supplemento 2009*, diretto da Edoardo Sanguineti, 2009.

Cusatelli, Giorgio, et al., eds., *Dizionario Garzanti della lingua italiana*, 1st ed. 1965 (Milan: Aldo Garzanti Editore, 18th ed. 1980).

Duro, Aldo, et al., eds., *Vocabolario della lingua italiana*, 4 vols. (Roma: Istituto della Enciclopedia Italiana, 1986-1994).

Love, Catherine E., et al., eds., *Collins dizionario inglese: italiano-inglese inglese-italiano*, imprint issued by HarperResource in 2003 (Glasgow / New York: HarperCollins Publishers; Milan: Arnoldo Mondatori Editore; 2000).

Macchi, Vladimiro, et al., eds., *Dizionario delle lingue italiana e inglese*, 4 vols., Parte Prima: Italiano-Inglese, Parte Seconda: Inglese-Italiano, realizzato dal Centro Lessicografico Sansoni sotto la direzione di Vladimiro Macchi, seconda edizione corretta e ampliata, i grandi dizionari Sansoni / *Dictionary of the Italian and English Languages*, 4 vols., Part One: Italian-English, Part Two: English-Italian, edited by The Centro Lessicografico

Sansoni under the general editorship of Vladimiro Macchi, second edition corrected and enlarged, The Great Sansoni Dictionaries (Firenze: Sansoni Editore, 1985). With Supplemento to Parte Prima a cura di Vladimiro Macchi, 1985.

de Mauro, Tullio [ideato e diretto da Tullio de Mauro], et al., eds., *Grande dizionario italiano dell'uso*, 6 vols. (Torino: Unione Tipografico-Editrice Torinese, 2000).

Rebora, Piero, et al., prepared, *Cassell's Italian-English English-Italian Dictionary*, 1st ed. 1958 (London: Cassell & Company Limited, 7th ed. 1967).

5. 希臘語

Cunliffe, Richard John, *A Lexicon of the Homeric Dialect*, expanded edition, with a new Preface by James H. Dee (Norman: University of Oklahoma Press, 2012); first published by Blackie and Son Limited, London, Glasgow, Bombay, 1924; new edition published 1963 by the University of Oklahoma Press, Norman, Publishing Division of the University; paperback edition published 1977.

Liddell, Henry George, and Robert Scott, compiled, *A Greek-English Lexicon*, 1st ed. 1843, new edition revised and augmented throughout by Henry Stuart Jones et al., with a revised supplement 1996 (Oxford: Clarendon Press, new (9th) ed. 1940).

Liddell and Scott, *Greek-English Lexicon*, abridged ed. (Oxford: Clarendon Press, 1989).

6. 拉丁語

Lewis, Charlton T., and Charles Short, revised, enlarged, and in great part rewritten, *A Latin Dictionary*, founded on Andrews' [*sic*] edition of Freund's Latin Dictionary, 1st ed. 1879 (Oxford: Clarendon Press, impression of 1962).

Simpson, D. P., *Cassell's Latin Dictionary: Latin-English / English-Latin*, 1st ed. 1959 (New York: Macmillan Publishing Company, 5th ed. 1968). The London edition of this dictionary has a different title and a different publisher: *Cassell's New Latin-English / English-Latin Dictionary*, 1st ed. 1959 (London: Cassell and Company Ltd., 5th ed. 1968).

Souter, A., et al., eds., *Oxford Latin Dictionary* (Oxford: Clarendon Press, 1968).

二、漢語

甲、參考書（按作者或書名拼音序）

但丁著，黃國彬譯註，《神曲》（*La Divina Commedia* 漢譯及詳註），全三冊，九歌文庫927、928、929，第一冊，《地獄篇》(*Inferno*)，第二冊，《煉獄篇》(*Purgatorio*)，第三冊，《天堂篇》(*Paradiso*)（台北：九歌出版社，二〇〇三年九月初版，二〇〇六年二月訂正版）。

莎士比亞著，黃國彬譯註，《解讀〈哈姆雷特〉──莎士比亞原著漢譯及詳註》，全二冊，翻譯與跨學科研究叢書，宮力、羅選民策劃，羅選民主編（北京：清華大學出版社，二〇一三年一月）。

《聖經・和合本・研讀本》（繁體），編輯：汪亞立、馬榮德、張秀儀、陶珍、楊美芬（香港：漢語聖經協會有限公司，二〇一五年七月初版，二〇一六年一月第二版）。

乙、詞典（按編者或書名拼音序）

《法漢詞典》，《法漢詞典》編寫組編（上海：上海譯文出版社，一九七九年十月第一版）。

《現代漢語詞典》，第五版，中國社會科學院語言研究所詞典編輯室編（北京：商務印書館，二〇〇五年六月）。

《新英漢詞典》，《新英漢詞典》編寫組編（香港：生活·讀書·新知三聯書店香港分店，一九七五年十月香港第一版）/ *A New English-Chinese Dictionary*, compiled by the Editing Group of *A New English-Chinese Dictionary* (Hong Kong: Joint Publishing Company (Hongkong Branch), October, 1975)。

顏力鋼、李淑娟編，《詩歌韻腳詞典》（北京：新世界出版社，一九九四年五月）。

《英漢大詞典》·*The English-Chinese Dictionary* (Unabridged)，上、下卷，上卷，A-L，下卷，M-Z，《英漢大詞典》編輯部編，主編，陸谷孫（上海：上海譯文出版社，一九八九年八月第一版）。

《英華大詞典》（修訂第二版）·*A New English-Chinese Dictionary* (Second Revised Edition), first edited by Zheng Yi Li〔鄭易里〕and Cao Cheng Xiu〔曹誠修〕, second revised edition, edited by Zheng Yi Li〔鄭易里〕et al. (Beijing / Hong Kong: The Commercial Press; New York / Chichester / Brisbane / Toronto: John Wiley and Sons, Inc., 1984).

九 歌 文 庫 　 9 　 5 　 4

艾略特詩選 1 (1909-1922)：
《荒原》及其他詩作

國家圖書館出版品預行編目 (CIP) 資料

艾略特詩選 1(1909-1922)：《荒原》及其他詩作 / 托馬斯·斯特恩斯·
艾略特 (Thomas Stearns Eliot) 著；黃國彬譯註 . -- 初版 .
-- 臺北市：九歌出版社有限公司 , 2022.04
　　面；　公分 . -- (九歌文庫 ; 954)
譯自：*Collected Poems: 1909-1962*
ISBN 978-986-450-427-5(平裝)

873.51　　　　　　　　　　　　　　　　　　111002675

作　　　者 —— 托馬斯·斯特恩斯·艾略特 (Thomas Stearns Eliot)
譯　　　註 —— 黃國彬
責任編輯 —— 李心柔
創 辦 人 —— 蔡文甫
發 行 人 —— 蔡澤玉
出　　　版 —— 九歌出版社有限公司
　　　　　　　台北市 105 八德路 3 段 12 巷 57 弄 40 號
　　　　　　　電話 / 02-25776564・傳真 / 02-25789205
　　　　　　　郵政劃撥 / 0112295-1

九歌文學網　www.chiuko.com.tw

印　　　刷 —— 晨捷印製股份有限公司
法律顧問 —— 龍躍天律師・蕭雄淋律師・董安丹律師
初　　　版 —— 2022 年 4 月
初版 2 印 —— 2023 年 10 月
定　　　價 —— 360 元
書　　　號 —— 0130059
Ｉ Ｓ Ｂ Ｎ —— 978-986-450-427-5
　　　　　　　9789864504299 (PDF)